魅丽文化 花火工作室

岂止钟情

岑利 著

江苏凤凰文艺出版社
JIANGSU PHOENIX LITERATURE AND
ART PUBLISHING

图书在版编目（CIP）数据

岂止钟情 / 岑利著. -- 南京：江苏凤凰文艺出版社，2023.11
ISBN 978-7-5594-7854-2

Ⅰ. ①岂… Ⅱ. ①岑… Ⅲ. ①言情小说 – 中国 – 当代
Ⅳ. ① I247.5

中国国家版本馆 CIP 数据核字 (2023) 第 121788 号

岂止钟情

岑利 著

出版统筹　曾英姿
责任编辑　张　倩
文字编辑　叉　叉
装帧设计　殷　舍
出版发行　江苏凤凰文艺出版社
　　　　　南京市中央路 165 号，邮编：210009
网　　址　http://www.jswenyi.com
印　　刷　长沙金鹰印务有限公司
开　　本　880mm × 1230mm　1/32
印　　张　9
字　　数　267 千字
版　　次　2023 年 11 月第 1 版
印　　次　2023 年 11 月第 1 次印刷
书　　号　ISBN 978-7-5594-7854-2
定　　价　46.80 元

目录

CONTENTS

001/ 第一章 姻缘
021/ 第二章 美玉
042/ 第三章 邀约
066/ 第四章 绯闻
088/ 第五章 外援
112/ 第六章 动情

135/ 第七章 秘密
166/ 第八章 朋友
188/ 第九章 是你
224/ 第十章 搭档
246/ 第十一章 独占
268/ 第十二章 失控

第一章

姻缘

桌上水壶里的水烧开了。

壶口冒着热气，白雾腾腾，发出咕嘟咕嘟的声响。

季清晚坐在椅子上，微微闭眼，仰着头让专属化妆师卸妆，听着小助理喋喋不休的声音。

“晚总，别的先不说吧，我知道您人美心善，提拔提拔后辈人才可以，但是您下次能不能——”

“夏夏。”

突然被她喊了一声，夏夏一脸的茫然：“怎么了？”

季清晚半垂着眼，懒洋洋地提醒一句：“水开了。”

夏夏闻言一愣，下意识点头：“哦，好，我去。”

她边应着边起身，屁股刚离开凳子十厘米，忽然觉得不对，立马重新坐下，皱眉看向季清晚：“不是，你别扯开话题。刚刚在台上的时候，主持人的话题明明都往你这边带了，你怎么直接就避开转给别人了呢？”

当晚录制的采访节目，在同一类栏目中算得上是数一数二的。别人都巴不得能上，而季清晚凭着正当红的名气，上是上了，主持人也明显在给她镜头提问，可季清晚偏偏把机会让给同剧组的新人了。

夏夏在台下看得心拔凉拔凉的，整个人都要绝望了。

“好了。”

身旁的化妆师卸完妆示意季清晚可以了，季清晚微微睁开眼，朝她道了声谢，化妆师笑着摆手，提着自己的箱子离开。

房间里就剩下两个人。

季清晚侧头看着夏夏那张愤愤表情的脸，不紧不慢地说道：“那个问题根本就是明知故问，我如果回答了，你不觉得很傻吗？”

下午主持人明显就是在给她胡乱凑机会，提的问题不是问她主演的身份是什么，就是问她在电影的结局是什么。

季清晚当时坐在台上差点儿没控制住表情，内心道：这是瞎吗？没看见电影宣传片上我的死相？

夏夏被她问得一噎，回过神来还想说她，季清晚侧头看了眼镜子里映照的自己，忽然皱眉轻轻“啊”了一声：“夏夏，我觉得我好像被灯光烤黑了。”

这个问题有点儿严重，“牛奶肌肤”这个称号可不能破。

夏夏闻言立即瞪眼，凑近她白皙的脸颊：“哪儿？哪儿变黑了？”

季清晚看着她着急的样子，慢悠悠地抬手：“这儿。”

夏夏瞧见她所指的位置，无语了。

“你这什么表情？”季清晚指尖点着自己的黑眼圈，挑眉道，“这可是我的辛劳付出。”

“您是辛苦，可我是大难临头。”夏夏闭眼，欲哭无泪，“我晚上肯定要被王姐骂的。怎么办？”

王姐是季清晚的经纪人，平常就老叮嘱夏夏要盯紧季清晚，不要让她搞事情，奈何季清晚这人从来不会让人失望。

季清晚笑着拍了拍她的脑袋，无所谓道：“王姐要骂也是骂我，你别担心。”

话音落下，她抬手揉了揉酸涩的眼角，半眯着眼睛，道：“先不管这个，我快困死了，能不能先送我回家休息？”

这几天正好在宣传新戏，行程连轴转，季清晚基本上每天都只能睡三四个小时，现在好不容易结束了，她是真不想和小助理讨论这个没必要的问题。

夏夏察觉到她的疲惫，连忙点头："好，好，晚总，您好好休息比较重要。我马上让司机在外面等！"

季清晚闻言起身向门边走，夏夏叮嘱完司机后，走过去替她打开化妆间的门。

两人正准备往外走，不巧被外头的人挡住了去路。

夏夏瞧见来人，微微一愣。男人宽肩窄腰，身姿高挺，长相偏斯文型，白白净净的，还有些少年感。

苏泽扫了眼夏夏，视线转到季清晚身上，低头打了声招呼："前辈好。"

季清晚正打着哈欠，扫到前头的人影，无精打采地抬了抬眼皮，没什么情绪地看向他。

苏泽忽然对上她那双眼睛，愣了愣。

淡褐色的瞳仁在灯光下犹如琥珀，清澈透亮，眼尾微勾着，加上她此刻的倦意，她整个人宛如自带贵气的波斯猫。

网上流传，"女神"季清晚有一双独特的眼眸，与她对视时，会被她勾走人心。

季清晚看清是他，倒是有些意外："有事吗？"

苏泽闻言回过神来，连忙解释自己的来意："前辈好，谢谢前辈刚才在台上的照顾。"

他比不上季清晚的"女神"名气，这次参演电影的角色也只是男三号，原本就没什么存在感。没想到，下午季清晚居然把话题转给了他。

不管什么原因，他总要道声谢。

季清晚闻言，挑了下眉。下午那事完全是因为她懒得回答，也没有什么特意照顾的成分在，但既然人家都误会了，她也不可能自己打脸，便淡笑着回了句："不用谢，以后好好努力吧。"

苏泽乖巧地点点头："谢谢前辈，我会的。"

季清晚顺着他的话，毫无压力地应了一声："嗯，别辜负今日我对你的期望。”

苏泽愣了愣，期望？

夏夏在一旁听着自家艺人瞎扯，没忍住出声解释：“我们晚总的意思就是您好好努力，以后会越来越好的。”

话音落下，夏夏和苏泽告别后，就拉着季清晚往外走。

保姆车已经停在电视台外面，季清晚刚在后座坐下，夏夏就催着司机发动车子，转头又开始揪着季清晚说刚才回话的错误。

季清晚懒得听，索性仰头靠在椅背上闭眼假寐。

听了一阵儿小助理絮絮叨叨的声音后，她忽然察觉到自己衣兜内的手机铃声响了。

伸手摸出手机，上头一连串的未读信息，季清晚半眯着眼翻了翻，视线忽然扫到一条，她顿了顿，开口唤了句：“夏夏。”

还在小声嘀咕的夏夏一停：“嗯，怎么了？”

“停车。”

“啊？”夏夏没反应过来。

季清晚合上眼：“停车，这几天我不回公寓了。”

夏夏愣了愣，示意司机靠边停车。季清晚随手拿起帽子和口罩，拉开车门下去。

“给你放几天假。如果有什么事给我发信息就好。”

季清晚戴着帽子，弯腰接过夏夏递过来的行李箱。

夏夏还有些迷茫：“不是，晚总，您不回公寓，要去哪儿啊？”

季清晚单手拉着行李杆，指尖在上头敲了敲，勾起唇漫不经心地开口：“去玩啊！”

夏夏瞪眼：“什么？”

季清晚也没解释，单手拦了辆路过的出租车，拉开后车门坐了进去，低头给司机报了地名。

出租车喷着尾气扬长而去，夏夏在原地目送她离开，心里只升起了一个念头——

完了，晚总要去蹦迪。

傍晚时分的天有些暗，远山飘荡的晚霞环绕着山顶的寺庙，火红中带着微黄。

山道上的行人渐渐稀少，出租车缓慢往上行驶着，却上不了山路，最终停在了山脚的路口处。

“小姐，不好意思啊，这边不让车往上开，你只能自己上去了。”司机转头抱歉地说道。

季清晚摇摇头：“没关系，谢谢。”

她付完钱下车，单手拉着行李箱，微微仰头看着面前那段有点儿陡的长坡山路，有些头疼。

她站在原地叹了口气，无奈地拉着箱子慢吞吞地往上走。起步时她还觉得挺轻松的，可走上那段长坡路后，就明显有些吃力了。

再坚持走了几步后，季清晚放弃了，她觉得自己可能是脑子抽了才会过来。

她呼出一口气，抖了抖有些酸涩的手，准备给庙里的人打电话，叫人出来帮她提一下行李。

季清晚低头点亮屏幕，翻到通讯录的一刻，忽然听见轻微的脚步声传来。

余光瞥见身侧走来一人，她下意识地抬头看去。

男人身影修长，山边玫红的霞光洒在他的身后，暗色系的风衣被照得有些亮。

黑色鸭舌帽帽檐挡住了男人的面容，隐约只能看到他的细薄唇瓣，瘦削的线条透着锋利的下颚。

季清晚站在原地捏着手机，看着这不知道从哪儿冒出来的男人，有些讶异。

盛瑜看着面前全副武装的女人，鸭舌帽、口罩一件不落，他眉梢微挑。

抬头看了眼前头的山路和台阶，再看了看这个拖着行李箱爬山的女人，他微微垂眸：“要上去？”

男人的话语随着他的动作，季清晚这才看清他帽檐下的眉眼。

微暗的光线在他眼窝下投下淡淡的阴影，微微低垂的眼睑，眸色深黑却显平静，表情也很淡。

季清晚一愣，及时回神后默默点头。

盛瑜见此，瞥了眼她手边有些麻烦的行李箱，淡淡地说道："需要帮忙？"

季清晚看着他，还是默默点头。

她觉得现在这种情况，还真的不能客套说自己可以。

盛瑜见她几次都是点头，却没发声，便单手接过她的行李箱，下巴朝前头扬了扬，压着声线道："走吧。"

季清晚看着他的动作，微微点头，抿了抿唇："谢谢。"

口罩盖着她的声音，有些沉闷沙哑。

盛瑜闻言抬眼看向她，眉梢微扬，语气有些漫不经心："还以为是个哑巴呢！"

"……"

让您失望了。

两人都没再说话，只有轮子摩擦地面的轱辘声在作响。

季清晚在前头走了一段路后，还是有些担心。她转头，轻声问他："会不会有点儿重，要不要休息一下？"

"你这问题有点儿多啊！"他懒散地笑了，"重和休息，你让我回答哪个？"

季清晚一噎，不知道该说什么。

很快，两人走到了寺院的台阶前。

盛瑜站在她身侧，微微抬头看着面前不长不短的台阶。

季清晚计算了一下，觉得这提着行李箱走这段路可能有点儿难，想着说她和他两个人一起抬着上去。

男人却敲着行李杆，随意地开口："你先上。"

季清晚闻言瞬时止住了快到嘴边的话。

他既然这么说了，她也不矫情扭捏，迈步拾级而上，偶尔侧头看一眼后头的男人，见他单手提着行李箱，一副轻松的样子。

她便没再多看，老老实实地提着步子。

台阶数不多，季清晚数了，有十二个。

她跨完最后一个，站定在平台上，盛瑜正好也提着行李箱上来，单手放下后推给她。

季清晚连忙接过，抬头朝他颔首道谢："麻烦你了，谢谢。"

面前的女人被口罩遮住了大部分的脸，只露出了她那双浅褐色的眸子，还折着光。

盛瑜与她对视了几秒，不在意地收回视线，单手揉了揉手腕，懒散地应了一声："顺手而已。"

言罢，他也没等季清晚回复，径自转身往寺庙内走。

季清晚站在原地愣了愣，回过神后拉起行李杆提步跟在他身后。

前头的人步伐不疾不徐，像是来游玩参观的，有时还能听见他低叹一声，像是在欣赏赞同着什么。

完全是一副懒散自在的少爷模样，应该是出来游山玩水的。

季清晚猜这可能是哪家的帅气宝贝儿子，也没多想，走了几步后她一转身，轻车熟路地往偏殿后的客房走。

应该是已经得到了消息，季清晚老远就看到了季家的管家。

"大小姐。"管家快步上前问好。

季清晚点头："他们人呢？"

"老夫人在休息，其余人在四周观园。"

"观园？"季清晚轻笑一声，指尖敲着行李杆，嘴角微扯，"一个个都这么闲，也用不着我回来凑数吧？"

管家闻言，微微垂头没有回话。

"我去休息。如果他们提起我，就说我还没到。"季清晚留了一句话，转身往殿内最角落的一个房间走去。

房门关上，季清晚不想收拾行李，直接就躺在了干净的床上，疲惫的身子瞬时得到舒展，她不禁长叹了一声。

她躺了一会儿，想着干脆就这样睡一觉算了，可外头忽然传来了几道对话声。

什么住宿、游玩……

季清晚只能听见几个词汇，声音由远及近，听着有人好像越来越靠近她的房间。

她眼睑微动，睁开眼起身，感受到外头的脚步声，她走过去轻轻推开窗户，一眼就瞧见了屋外戴着鸭舌帽的男人。

他站在桃花树下，身姿高挺，正在和寺内的僧人说话。

似是察觉到什么，男人侧头，目光略抬，看到窗边的人影，眉梢单挑，声音带着慵倦："这是要……男女同宿？"

季家每半年都要来一次寺庙祭祀祈福，具体时间不定，看当家老太太的心情。

而季家本就是御音寺的常驻香客，原本客房是已经分配好的，但这季清晚没打个招呼就突然过来，还选了个偏远的房间——

不巧，和盛瑜撞上了。

僧人知道季清晚的习惯，和她解释了一遍。

季清晚也明白是自己的错，点头正打算搬出房间，院内的男人忽地出声打断她："不用搬了。"

他的声音有些低醇，透着磁性，语调总是带着懒懒的味道。

季清晚动作一顿，抬眸看向他，有些不解。

盛瑜看了眼她旁边的空房，道："我住隔壁。"

僧人闻言看向季清晚，询问她的意见。

"我没问题，这位先生觉得可以就好。"季清晚站在门前回答。

盛瑜闻言，抬眸扫了眼她摘下口罩后露出的面容。

长相可以说得上是惊艳，未施粉黛的五官精致立体，特别是她那双眼睛。

浅褐的眸色，睫毛顺着眼尾上挑，清纯中又添了一丝娇媚，看人时明明是淡淡的几眼，却带着诱人的味道。

盛瑜难得意外地觉得对方有些眼熟，但懒得多想，对她点了点头算是打了个招呼后，慢悠悠地往隔壁房间迈步。

看着他关上房门，季清晚侧头对着僧人打了声招呼，然后回到了房内。

单手关上门后，她忽然意识到什么，顿了顿。

她这才想起自己已经把口罩摘下来了，但刚才那男人平淡无奇的反应不像是认出她来的样子。

季清晚歪了下脑袋，有些没想通他是没认出她，还是不认识她。

可她又想了想自己好像还没火到能让所有人都认识。

脑子里还在转着，但最终没抵住倦意和疲惫，不知何时眼皮开始垂下来，她渐渐睡去。

夕阳落下，白日的燥热渐渐散去，夜间山顶的气温骤降，山间吹来的风也带着几分冷意。

季清晚是被冷醒的。她睁开眼察觉到自己正蜷曲着身子躺在床上，身上没半点儿遮盖，难怪会觉得冷。

屋内的光线很暗，没有灯光照明。

季清晚吸了吸鼻子，起身搓动着双臂，走到墙边去开灯，手指按下开关。

啪嗒一声落下，可屋内毫无变化，依旧昏暗。

季清晚眨了眨眼，又按了几下开关，灯泡还是没有反应。

停电了？

季清晚有些怀疑地打开门往外头看，只见庙内灯火通明，周围的房舍也都亮着光，黑暗的就只有她的房间和隔壁房间。

自己这间可能是灯泡老旧坏了，可隔壁也没亮灯，她真不知道是什么原因。

季清晚转身拿起手机看了眼时间，七点了。

她也不急着去找僧人解决问题，索性坐在了房门前的台阶上，翻看未读的信息。

而看到夏夏给她发的信息时，她笑了。

“晚总，您去哪儿玩了啊？”

这句发完，可能是因为没收到回复，夏夏又发了一条。

“晚总，都这么晚了，我们还是做个安静的美女，好好在家里休息吧？”

季清晚觉得自己这小助理永远能给她带来快乐，她单手在屏幕上点了点，回了个表情图。

季清晚：“三天三夜，不醉不休！”

夏夏那边收到后，明显误会了，很快就给她回信息：“晚总！您真去蹦迪啦？！”

季清晚撑着下巴：“没有，我睡觉都来不及，还蹦什么迪。”

夏夏：“您肯定去蹦了！您是不是中场休息给我回的信息？！”

季清晚轻笑一声：“你脑洞为什么这么大？”

夏夏：“晚总，说真的，您可千万别再给我搞事情，特别、特别是别和男人闹出绯闻之类的，我还想活命！”

季清晚挑眉看着这几行字，特别是里头的“男人”两个字，很自然地让她想到现在离自己最近的那位少爷。

不过说实话，她在娱乐圈里这几年也是见惯了帅哥美女的，但今天这男人的外貌还是让她眼前一亮。

也不知道这位少爷是干什么的。

她思索着，低头正要回复夏夏，忽然察觉到一道细微的声音从隔壁房间传来，听着像是开灯的声音。

她拿着手机等了几秒，也没见里头的人出来，最后想了想还是起身往他的房间走去。

季清晚站在门前，抬手敲了敲门。

等待期间，她低头看了眼时间，刚扫到屏幕上的数字，屋内的人就发问：“谁？”

“是我。”季清晚顿了顿，又添了句，“隔壁的人。”

没过几秒，面前的门就被人拉开了，屋内的景象在外头灯光的照射下变得清晰。

男人站在门边，看着外头的光，表情似乎有些不解，还有点儿不爽，眉头微微蹙着。

他的鸭舌帽已经摘下，光影洒在他利落的短发上，那双眼睛微垂，瞳仁漆黑，明显透着几分清冷的疏离和不耐烦。

他睫尾极长，微微上挑着，莫名地又染上了些许随意的慵懒。

这男人还真有些让人捉摸不透。

“有事儿？”盛瑜垂下眼睑看她，嗓音带着懒懒的沙哑。

季清晚微微抿了抿唇，思索着抬手指了指自己的房间：“我房间的灯泡坏了，看你这边没亮灯，想问一下你的也坏了吗？”

“哦。”盛瑜闻言，心里了解了情况，不紧不慢道，“差不多坏了。”

季清晚：“……”

什么叫差不多？

她的疑惑还没来得及问出口，就见他内的灯泡忽然亮起，故障性地一闪一闪，刺眼至极。

季清晚下意识地眯上眼睛，而盛瑜对这一情况似已熟悉，偏头看了眼天花板上的灯泡，评论了一句：“还挺会抓时机的。”

季清晚看着那刺眼的光，微微皱眉：“一直都这样吗？”

“不知道。”男人懒洋洋地解释说，“我刚打开。”

季清晚平静地点头：“我去找人拿新的灯泡。”

“嗯？”盛瑜没听清。

寺院前殿内礼诵的木鱼声忽然响起，盖过了她的声音。

季清晚向前走近了一步，微微抬头看他，想说话却愣了愣。

黑夜中，寺院内的木鱼敲打声，伴着面前的男人，身后闪烁的灯光，节奏感十足。

季清晚忽然想到了夏夏给她发的信息……

季清晚猛地回过神，咳嗽了一声，移开视线：“等一下，我去找人换灯泡。”

盛瑜：“一个人？”

季清晚点点头："我知道这里的路线。"

盛瑜闻言扫了眼周围，沉吟了一下，淡淡地问了句："几点了？"

"快七点半了。"季清晚低头看向手机屏幕，道了句。

"那一起吧。"盛瑜迈步走出房间，随手关上了门。

季清晚看着他的动作，再听到他的话，有些没反应过来："啊，什么？"

男人走到她身旁。

他身高腿长，宽肩窄腰，比例很好，身穿墨色风衣，妥妥的超模风范。

盛瑜微微垂眸，侧头看着她，开口道："我饿了，这儿有没有吃饭的地方？"

"……"

真的是个活脱脱的少爷。

寺庙里自然有吃饭的地方，而且斋堂就在客房的后面，但这位散漫的少爷可能不知道。

季清晚迈步走出偏殿，身旁的男人跟着她慢悠悠地走着，时不时侧头观望一下。

季清晚注意到他的举动，倒是有些好奇："你第一次来这儿？"

盛瑜挑了下眉："我看起来像是来过这儿的？"

季清晚实话实说："……不像。"

男人点点头："嗯，还挺有眼光。"

"……"

季清晚想起之前进寺庙的时候他还是一个人，但再次见到的时候就是和僧人在一起，她歪了下脑袋问："你过来的时候问了僧人？"

"不然？"盛瑜语调调皮，"让我独闯天涯？"

季清晚一噎，说不过他，默默收声。

两人没走多远，半路上就碰上了下午见过的僧人。

她上前解释了一遍两人房间的灯泡问题，僧人闻言，双手合十颔首应了一声，却说了别的事："季施主，府上的人正在找您。"

季清晚一愣，回过神点头道了声谢，侧头看着一旁正在赏月的男人，出声唤他："我有点儿事，不能带你去了。"

"行。"盛瑜不紧不慢地点头，"你忙。"

季清晚转头对僧人道了句："麻烦小师父带这位先生去斋堂。"

僧人颔首，转身就带着盛瑜往右道方向走。

季清晚也准备走的时候，忽然听见男人走的时候小声嘀咕了一句，具体说的什么，她没听清。

她还没来得及细想，刚抬头，就瞧见了不远处屋檐下正在等待的管家。

季清晚神色顿了顿，突然觉得有点儿好笑。

她倒是忘了这茬儿。

管家领着季清晚到后院大厅的时候，季善林正坐在里头和季颢说话，笑声不断，完全是一幅父慈子孝的美好画面。

季清晚站在门前停住脚步，安静地看了几秒，然后伸手敲了敲门框，打断了屋内的和谐。

季善林听见声响抬头看去，瞧见来人，嘴角的笑意淡了下去："进来。"

一旁的季颢看着外头的女人，面色带着不屑。

季清晚提步走进屋内，抬眸看着屋内的两人，视线落在季善林身上，表情有点儿淡："找我有事？"

季善林看着她的态度，皱起眉头："你的教养去哪儿了，不会叫人吗？"

季清晚闻言挑了挑眉，还没开口说话，季颢却先不怕死地出声："季清晚，你最近在娱乐圈很火啊，脾气都变大了。"

提到这个，季善林面色明显变冷了："你不要忘了你还是季家的大小姐，不是哗众取宠的戏子。整天在外面抛头露面，得到了点儿戏子的名气，就以为翅膀硬了，季家的教养都被你丢到哪儿去了？！"

“教养？”季清晚突然笑了一声，冷冷地瞥了眼季颢，“我也挺想问问季少爷，你什么时候能学学长幼有序？”

季颢闻言眼眸微瞪，正打算发作，季清晚却懒得搭理他，侧头半垂着眼睑，随口说了句：“季颢什么时候能规规矩矩地叫我一声姐，我就考虑考虑什么时候把季家的教养给你，这交易应该不亏，你说呢？”话音顿住，季清晚抬了抬眼皮，露出那双浅眸，直直地对上季善林，随意地道出称呼，“季总。”

季善林一愣，还未反应过来，季清晚已转身离开，只留了句“我先走了，季总和你儿子慢慢聊”。

高挑的女人慢悠悠地走出大厅，屋外的管家见此颔首送别她。

几秒后，大厅内传来一声怒吼。

管家眼眸微垂，却没有做其他反应。

季清晚只当作未听见，脚上离去的步伐不变，走了一段路后，她抬头看着夜空那轮残月，莫名觉得身子有点儿发冷。

她长舒了一口气，转身正打算回客房，不知想起了什么，脚步忽然顿了顿，转换了方向往左侧的道路走。

斋堂的位置离她还挺近，季清晚慢悠悠地走着，也不着急，想着不知道那位少爷回去没。

一边想着，她一边顺着道路转弯，没怎么注意四周，下一秒，一道黑影突然从侧方出现。

季清晚心口骤地一跳，神经瞬时紧张，她抬头看向面前的人影，在瞧见一张淡然的俊脸后，愣住了。

盛瑜看见她也有些意外，眉梢挑了一下。

季清晚还没缓过神，表情讶异地看向他，尾音有些颤：“你怎么在这儿？”

男人舔了舔有些干燥的嘴唇，慢条斯理地解释说：“迷路了。”

季清晚头一次听说被人领着走还会迷路的。

“迷路？”季清晚有些愣神，“不是有小师父带你去吗？”

话说到这儿，她环视了一圈，才察觉到男人身边没有刚才的僧人，只有他一个人。

“他有事被人叫走了。”盛瑜眼皮半垂，淡淡地回道。

季清晚皱了下眉：“那他没有和你说斋堂在哪儿吗？”

盛瑜点点头，大方地承认：“说了，我没记住。”

季清晚听完，表情有些无语。

是路痴吗？这么短的路都没记住。

“不是。”

男人忽然冒出一声，季清晚闻言一顿，疑惑地抬头：“什么？”

盛瑜下巴朝地面扬了扬，悠悠道：“天太黑，路太绕，我人生地不熟的，迷路是正常的，路痴倒不至于。”

季清晚：？

这人难不成会读心术？还能知道她刚才在想什么？

盛瑜看着她诧异的表情，稍稍抬了抬眉，没说话。

季清晚咳嗽一声，转移话题：“我带你去斋堂，走吧。”

她说完便迈步向前走，盛瑜跟上她的步伐。

两人走了一小段路，季清晚看了眼前头不远的房屋，伸手指了指，朝他开口道：“那儿就是斋堂。”

盛瑜抬头扫了眼有点儿眼熟的房屋，挑了挑眉：“那儿？”

季清晚闻言，疑惑地看着他：“怎么了？”

盛瑜面色平静地“哦”了一声：“我刚刚经过那儿。”然后，他慢又悠悠地补充了一句，“还路过了两次。”

季清晚愣了愣，脑中自动浮现出了那画面，不厚道地笑出了声。但很快她就感受到身旁人的视线，忙压了压嘴角，抱歉道：“不好意思，没忍住。”

“笑吧。”盛瑜目光淡淡地看着前头的斋堂，“谁知道是这儿。”

这声吐槽让季清晚更想笑，她抿唇控制着笑意，咳了一声：“进去看看你每次擦肩而过的斋堂吧。”

盛瑜听着这声调侃，眉梢一挑。

寺院里各处的房屋建筑其实差别不大，如果不是经常来，季清晚可能也分不清楚。只是这男人毫不自知的迷路经历，真的有点儿让人想笑。

斋堂内灯火通明，两人一前一后踏入，里头的小僧瞧见这两人的相貌，愣了愣，而后才开口问他们需要什么。

季清晚没什么胃口，侧头示意让身旁的男人点。

盛瑜见她不点，淡淡地问：“你肚子不饿？”

季清晚摇摇头：“不饿。”

盛瑜闻言也没在意，抬头看向对面的小僧，问了句：“这儿是不是只有素斋？”

小僧点头，向他介绍了一遍具体有什么斋食。

“行。”盛瑜听完，扫了眼面前的菜单，快速敲定，“那我选这个最素的。”

在一旁的季清晚眨了下眼：“最素的？”

一般别人来都选素食仿肉，即使不能吃肉，也算是心理暗示，这人倒好，直接选最素的。

“没吃过。”盛瑜眼皮半垂着，说了句，“既然来这儿了，试试看。”

季清晚闻言，倒是有点儿好奇这人来干吗的，游玩的话，半天就可以逛完了，用不着住宿。

难道就为了吃素？

晚餐定下了，烹饪还需要时间。

盛瑜付完账后，在一旁的木制长桌随便找了个空位坐下。

季清晚没点单，但又不能干站着，可觉得坐他旁边又有点儿奇怪。她还在思考该怎么坐的时候，衣兜内的手机忽然响了起来。

季清晚皱了皱眉，伸手摸出手机，扫了眼屏幕上闪着的未保存的陌生号码，下意识想按断，思绪却一闪，及时收回了手指。

她自觉地拿着手机往斋堂外头走，指腹触着屏幕，接通。

“喂？”

“小祖宗。”

熟悉却又带着无奈的女声从手机里传来。

季清晚听着这称呼，笑了一声："王姐，您这称呼可折煞我了。"

经纪人王薇艳冷哼一声："您可不就是我的小祖宗吗？整天给我搞事情。"

季清晚闻言眨了眨眼："王姐，我没有整天吧……"

"你还觉得光荣是不是？！"王薇艳气不打一处来，但也知道她最近行程忙，忍了忍，道，"下午的节目是怎么回事？"

季清晚揉了揉太阳穴，随口答："就这么回事，只是觉得没必要回答，但不回答也不好，只能推给别人了。"

"你胆子真是大，就这么对着镜头给我耍性子。"王薇艳斥责了一句，忽然想起什么，问她，"听你助理说你没回公寓，去哪儿了？"

"有点儿私事，家里长辈的事，我不好不回。"季清晚言简意赅地解释。

王薇艳听着这理由皱了皱眉，当初签下季清晚的时候，她没细说自己的家庭情况，这回是头一次听见她提家里的事。

王薇艳想了想："这几天我给你放假，你给我老老实实地待在家里，别再给我出乱子了。"

季清晚可巴不得休息，自然应了："当然，我一定老实。"

王薇艳得到保证，又交代了她几句，两人结束通话。

屏幕返回主界面，季清晚看到微信上刚刚夏夏给她通风报信说王姐会给她打电话。

季清晚忍俊不禁地打字回复："刚挂断电话。"

夏夏发过来三个感叹号。

季清晚："放心，没骂你，也没骂我。"

夏夏松了口气："啊，苍天，晚总保佑，吓坏我了！"

她发了一连串的感谢，然后立马又问："不过晚总，您到底在哪儿？"

季清晚也不瞒她，打了三个字："御音寺。"

夏夏一愣："为什么在寺庙？"

季清晚开玩笑："祈求佛祖保佑我大红大紫啊！"

单纯的夏夏看着这句离谱的话，居然还真的信了：“啊！那您也帮我和我男神求个姻缘吧！”

季清晚挑眉：“你男神是哪位？”

夏夏的男神“更新换代”极快，前段日子跟着季清晚拍戏的时候，一直在她耳边念着同剧组的男主角多帅、多迷人，现在可能又换了。

夏夏果然不负众望：“盛瑜！！！我男神就是盛瑜！晚总，你一定要帮我求姻缘！我超爱他！”

季清晚看着这个陌生的名字，眨了眨眼，也懒得问他是谁，随便打了“再说”两个字。

信息发完，她没再多聊，拿着手机转身往斋堂里走。

脚步刚迈过门槛，季清晚微微抬头，一眼就看见独坐在木桌前的男人。

他侧身对着大门，墨色的风衣后摆垂在身后，坐姿随意。

他半垂着眼皮，手肘撑在桌上，以手支颐，看着桌前的素斋，没有动筷，似是在等什么人，依旧是那副懒散悠闲的模样。

听到门边有细微的脚步声响起，盛瑜抬了抬眼皮，侧头看去，对上季清晚的视线，懒洋洋地问：“打完电话了？”

季清晚一愣，不由自主地点点头。

盛瑜淡淡应了一声，道：“那过来吃饭吧。”

季清晚怀疑自己听错了：“什么？”

他抬起下巴朝面前的碗筷扬了扬，漫不经心地道：“一个人吃太无聊。”

季清晚还是有些没反应过来：“一起吃？”

“不然？”盛瑜不紧不慢地扬眉，“如果你愿意看我吃，我也不介意。”

季清晚：“……”

她介意。

他点的素斋是最简单的豆腐青菜粥，米粒已经被煮得软糯，配上青绿的菜叶和豆腐丁，清淡、易消化。

季清晚坐在他对面，观察到这人吃相斯文，细嚼慢咽，面对她也不觉得有什么尴尬的。

这一对比，反倒显得她有点儿拘谨了。

两人按着食不言的规矩喝完粥后，自觉地向住宿偏殿走，依然是季清晚当向导领路。

“为什么有这么多条路？”盛瑜蹙了下眉，明显对寺庙里曲曲折折的小道有些不满。

季清晚为了方便，带他走了捷径，听到这话，觉得有些好笑：“大路是游客走的，小道狭窄但更快、更方便一点儿。”

“游客？”盛瑜语气稍疑，“这儿能看什么？”

季清晚眨眼反问：“你不是来游玩的吗？”

“一半一半吧。”盛瑜随口答了句。

这还能一半一半？

季清晚虽疑惑，但也不好多问，自然地给他讲了一遍御音寺的观游点：“你可以去主殿参拜求签，也可以去求姻缘，据说很灵。”

盛瑜注意到她的词，抬眸好奇：“据说？你没试过？”

季清晚摇头：“没有。”

她都不知道来这儿多少次了，倒也不用特意去求。

盛瑜闻言挑了挑眉，眸子微垂，看了她一眼，也不说什么话。

还挺决绝的。

回到客房的时候，季清晚走到自己房门前，侧头对着隔壁的男人礼貌性地说了句“晚安”。

他点点头也不大在意地回了一声相同的话之后，单手打开自己的房门进屋。

季清晚双手合上门，转身摸着黑按到了墙上的开关，“啪嗒”一声，灯亮了起来。

突然的光亮，让她下意识眯上了眼睛，等了几秒，适应后才睁开眼。

低头看了眼时间，季清晚拉开行李箱，拿上衣物，到卫生间简单地洗漱后，便拖着疲惫的身子直接倒在床上。

身子得到舒展，她不禁想起之前起早贪黑赶行程的苦日子，闭上眼喟叹了一声。

生活不易，赚钱不易啊！

感叹完，季清晚就抓紧时间睡觉，可侧身躺了一会儿，听着山间传来的蝉鸣声，她居然没有了睡意。

她翻了个身子，尝试将脑子放空，催眠自己，谁知安静了几秒后，一道响亮的拍掌声忽然从隔壁房间传来。

“啪——”

“啪——”

响了两声后，就再也没了动静。

季清晚躺在床上，疑惑地侧头往墙壁方向看。

偏殿住宿的房屋以木制装修为主，隔音效果虽不是很好，但还是有点儿效果的，除非某些人发出的声音分贝过大。

她眨了眨眼，心里正猜测隔壁少爷在干什么，一旁的手机忽然振动一声。

屏幕亮起的冷光在昏暗的房内有些刺眼，季清晚伸手摸到手机，眯着看了眼屏幕上弹出的名字。

她有些狐疑地接起：“喂，怎么了？”

“晚总！”

夏夏慌慌张张的声音传来：“您上微博热搜了！”

季清晚闻言一愣，坐起身蹙眉问道：“因为什么？”

夏夏道出一个人名：“苏泽。”

第二章

美玉

季清晚的名气还算不错，当年是以模特身份出道的。她走了几次时装秀，被镜头捕捉到了她的美貌，还有她那双独特的眼睛，之后被约拍了几组杂志后，照片在网上疯传，因此大火。

下午录制的那档节目，当天录制完后就快速剪辑成片，在晚上八点准时放送。

之前节目预告就明确了嘉宾阵容，粉丝们老早就等着收看了。

这次季清晚是为电影宣传出席节目，但男一号和女一号的关注度比她高，毕竟那两人是很有声望的，她这个女二号也只是起着帮衬的作用，而且电影最后她还死了。

她的粉丝自然很关注她，仔仔细细地看着节目，等到了主持人问问题那段，突然觉得有点儿不对。

不仅是她的粉丝，其他观众看了她和苏泽的互动之后，直接给他们俩冠上了“情侣感”的组合。

这组情侣的事情倒还好说，反正是观众们的臆想，又不是真在一起了。

王薇艳这边收到公关信息，翻了翻微博没怎么在意，反倒觉得这是件好事，误打误撞地给季清晚添了热度。

然而“情侣感组合”的话题刚过一小时，微博上某个娱乐博主突然爆出了一条消息，季清晚直接就被推上了话题榜。

御音寺内，手机内响着夏夏解释的声音：“现在网上全是你和苏泽的新闻。”

季清晚捏了捏眉间：“被爆出来的标题是什么？”

夏夏咽了咽口水，按着平板电脑上的文字念：“当红小生苏泽与女神季清晚台前秀恩爱，幕后亲密互动，地下恋情疑似曝光。”

季清晚注意到里头的用词，不怒反笑：“什么叫‘幕后亲密互动’？我和苏泽亲密过吗？！”

夏夏摸了摸鼻子：“我忘说了，这条微博里还放出了几张照片。”

季清晚闻言眉梢轻挑，缩小通话界面，点开微博娱乐榜，一眼就看到了那条话题。

“季清晚 苏泽”。

那后头还标着火红的“热”。

她扫了眼，找到那个娱乐博主发的文章，看着上头的“亲密”照片，突然就笑了。

夏夏透过手机听到她的笑声，背后一凉：“晚总，您笑什么？”

季清晚点回到自己的微博，刚要回答，王薇艳的电话就打了进来。季清晚接了王薇艳的电话，与夏夏的通话便先断了。

“话题看到了吗？”王薇艳开门见山地问。

“看了。”季清晚点头。

王薇艳皱眉：“照片是怎么回事？”

“下午苏泽过来给我道谢，谢谢我台上对他的照顾，可能那个时候被拍到了，但当时夏夏也在旁边，可以去查监控。”

那话题榜的新闻里放的照片，正是下午苏泽和她在化妆间门口的画面，像素有点儿低，像是偷拍的，直接截去了一旁的夏夏。

但即使像素低，里头苏泽和她的脸却清楚得不得了，而照片里的她偏偏还半垂着眼，文字表述说这是看见情人娇羞的表情。

季清晚如果不是当事人，可能就信了这话，但她知道自己当时完全是撑不住困意，想睡觉才垂下了眼。

王薇艳听着她的解释，眯了眯眼："在化妆间门口被拍的？"

这就有点儿问题了。

化妆间内外基本上都是工作人员，大家心知肚明，所以偷拍这种事没人去干，也没人敢做。

除非有人自导自演，借着季清晚的名气故意炒作，攀热度。

"这事你等我消息，然后明天发微博直接讲清楚，剩下的事情我来解决。"王薇艳迅速帮她做了决定。

"好。"季清晚笑着应了一声，知道王薇艳已经猜到了大概。

以王薇艳的能力，解决这事不在话下，而且这事也掀不起多大的浪来。

所以，挂断电话后，季清晚没怎么在意地拿着手机，慢悠悠地刷起了微博。

手指点开那条恋情曝光的正文，她看着下面的评论区里有自己的粉丝，也有苏泽的粉丝。

自己的粉丝倒都挺正常的，只说如果是真的，那就祝福，但有些人不相信，觉得这事有点儿莫名其妙，而且也真的没看出来她喜欢苏泽。

反观苏泽这边的粉丝，清一色地觉得季清晚配不上她们家"崽崽"，骂她"老牛吃嫩草"。

双方开始不断互掐。

"老牛吃嫩草？！你们家苏泽又是哪根葱啊？"

"季清晚怎么配得上阿泽？就一个模特，长得也不怎么样。"

"我笑了！楼上的，我们晚总出道的时候，可是被评为第一美模的好不好？而且那个时候苏泽都不知道在哪个小角落呢？"

"季清晚也不是很红啊，会不会是想攀我们家阿泽的热度？"

"说实话，我还真没看出来晚总喜欢苏泽，节目里我也只看到她漂亮的脸。还有那个主持人提的问题，太傻了吧。"

…………

网上热议不断，季清晚翻了几页后，觉得苏泽那边的公关现在应该挺开心的，该有的热度都有了。

利益最大化啊！

她感叹了一声，夏夏那边突然又给她打来了电话，刚接通，电话里头立马响起一阵尖叫："晚总！"

季清晚被她叫得耳朵疼，无奈地把手机拉远了一点儿："又有热门话题了？"

"不是，不是！"夏夏激动道，"我刚刚收到一个通告，您猜是什么？"

不同于刚才的慌乱，她现在的语气完全带着惊喜、激动。

季清晚懒得猜："是什么？"

"我们收到了《青色》的拍摄邀约！"夏夏难耐喜悦地大喊。

季清晚愣了愣："《青色》？"

夏夏疯狂点头："就是那个一线杂志《青色》！"

"怎么找上我了？"

能上《青色》杂志封面的都不是一般人，季清晚本人也很喜欢这本杂志，知道之前几期封面人物都是一线的顶级艺人，这回居然找上了她？

她有点儿吃惊。

夏夏："我也不知道，但是王姐说是因祸得福。"

闻言，季清晚大致明白了，《青色》那边应该是瞧见了今晚的话题榜，而自己可能恰好符合他们的标准。

说到这里，夏夏想起了热门话题的事，还有些愤愤不平："今天晚上明明就是别人拿您当枪使，借机炒作，我们至少也得收点儿利息的！"

季清晚好笑道："我的小助理倒不傻啊！"

"我也跟了您几年了，这些伎俩我还是能看懂的。"夏夏轻哼着。

季清晚打了个哈欠，点点头："是，你很聪明。"

"还有，我看了那些评论，什么老牛吃嫩草啊？！居然还有人说您攀热度，我气得直接用小号骂她了，明明是苏泽高攀不上您好不好？”

“还有那几张照片，这些人是眼瞎吗？情人娇羞？看不出来您是太困了？还在这儿骂您配不上苏泽，我呸！啊啊啊啊啊！越说越气！”

她絮絮叨叨的声音在耳边响着，伴着屋外的树叶声，有点儿催眠。

季清晚侧躺在床铺上，偶尔应几声，但觉得眼皮越来越重，睡意渐渐袭来。

夏夏念叨到一半，察觉到对方已经没了声音，她迟疑地轻唤了一声：“晚总？”

没人回应。

夏夏猜到对面的人可能是睡着了。

这段时间她跟在季清晚身边，知道她很辛苦，现在好不容易可以休息，应该想睡个好觉。

夏夏默默挂断电话，祝她晚安。

第二天早上八点多的时候，季清晚才悠悠醒来。

难得睡了个好觉，她有点儿不想起床，而且昨晚好像还梦见了什么好事，但记忆有点儿模糊了。

她躺在床上，看着天花板发了一会儿呆，然后慢吞吞地坐起身，摸到身侧的手机，屏幕亮起，她一眼就看见了夏夏大早上给她发的信息。

夏夏：“晚总，《青色》给我们发了合同，待会儿您醒来的时候看看，如果觉得没问题，明天回来签约啊！”

季清晚脑子还没完全清醒，扫到这句话里的《青色》，这才想起昨晚的好事是什么。

这可是天大的好事。

早起就怀着好心情，季清晚低头回复了个“好”，然后随手锁屏，起身往卫生间走。

洗漱完毕，季清晚换好衣服，打开门走出房间。她下意识往隔壁看了一眼，见那扇门还紧紧关着，想了想，按着少爷的脾气，他应该要中午才能醒。

于是，她收回视线，随手带上自己房间的门，迈步往季老太太常住的屋子走去。

这次来御音寺，季清晚完全是看老太太的面子，至于其他人，她一点儿都不想见，反正见了也是相互硌硬。

浪费时间。

何必呢！

季家老太太喜静，御音寺的住持给她选的住处在主院。

季清晚的住处离主院不远，绕过几个长廊后，她迈步跨入，正好瞧见了坐在院子里晒太阳的季老太太。

老太太背对着门口，自然看不见她，倒是身旁伺候的人瞧见了，正打算提醒。

季清晚立即嘘声示意，慢步走去，可还没走几步，老太太忽然侧头看向她，笑着说了句："来都来了，还想要什么花样？"

季清晚被戳穿，轻笑了一声，走到老太太身旁，好奇地问："您怎么发现我的？"

"我虽然人老了，还是会察言观色的，而且你一进来，我就嗅着你这丫头的味儿了。"季老太太笑着指了指她的鼻子。

"我能有什么味儿？奶奶逗我呢！"季清晚笑着坐在一旁的石凳上，接过用人递来的茶杯，浅饮了一口。

季老太太看着她消瘦的脸庞，皱了下眉："你都不吃饭的吗？怎么瘦了这么多？"

"有吃的，您别担心。"季清晚笑着宽慰她。

季老太太明显不信，轻轻斥责道："当初叫你别出去，你偏偏要出去。"

季清晚闻言，不在意地笑了一声："我不可能一辈子都在您这儿，总要出去的。"

季老太太不知想到了什么，眉头紧皱："你爸……"

刚说两个字，她似是觉得不妥，话锋一转，问她早饭吃了没有。

听她回答还没，季老太太立马吩咐人去斋堂那儿准备。

季清晚解决完早饭，又和老太太说了会儿话后，单手提着隔壁少爷的早饭回了偏殿客房。

她脚步刚踏入院子的时候，就听见了男人的声音，像是在打电话。

"我还能去哪儿？不是你说让我去体验体验生活的？"

"玩笑话？我当真了难道还怪我？"

"再说吧，如果你能来最好，给我带些驱蚊的东西。"

可能是对方提到了什么，男人蹙眉，声音明显有些烦躁和不耐烦："这儿母蚊子太多。"

季清晚："……"

男人换了风衣，身着简单的白衬衫，坐在屋前的台阶上，双腿交叠，一手随意地搭在膝上，另一只手拿着手机，半垂着眼，慢条斯理地说："只有母蚊子才咬人血，你能不能有点儿常识？别到处丢人。"

话说完，男人似是察觉到什么，抬头朝前看去，见是季清晚后，他也没在意，继续说了句："你爱来不来，也没人指望你。"

这话可能激怒了电话那头的人，季清晚就看着男人直接掐断了电话，然后抬头看向她，淡淡地问了句："起这么早？"

季清晚闻言扫了眼时间，十点。

可真的早。

然而这位少爷明显觉得这才是正常的作息时间，而且看着他的样子可能是刚起床没多久，眼睫半垂，表情有些淡。

季清晚走上前，把手里的早餐递给他："早点儿吃吧，等会儿就凉了。"

盛瑜目光微抬，看到的是她白皙纤细的指尖微钩着纸袋。

他没看懂："嗯？"

"早餐。"季清晚解释道。

昨天他帮她拉了一路的行李箱，又请她吃了晚餐，她帮人家带个早餐表达感谢也是合情合理的。

盛瑜闻言，伸手接过纸袋，打开看了一眼，是青菜粥。

“早点儿吃。”季清晚收回手，嘱咐他一句。

“行。”他不紧不慢地点点头，“谢了。”

季清晚看着他正慢悠悠地准备起身，视线扫了一眼他的脖子，那衬衫衣领解开了两颗扣子，露出修长的脖颈，隐约可见锁骨线条。

但那白皙的脖颈皮肤上添了几个明显的红点。

看着像是被蚊虫叮咬了。

再想想他刚才打电话时说的话，季清晚突然就明白了，原来昨晚听到的莫名其妙的巴掌声……

是他在打蚊子。

她看着他那有些红肿的叮包，想了想，出声道：“等一下。”

刚起身的盛瑜听到她的话，重新坐回了台阶上，双手交叠搭在膝上，垂着的手指钩着纸袋，淡淡点头：“嗯，我等着，不过别太久，有什么一次性拿上来吧。”

“……”

季清晚看了眼他的姿势，然后默默转身回自己的房间，蹲下身子打开行李箱，在衣服堆里翻出药包找到防蚊膏，起身往外走。

盛瑜确实没有等多久，他手指在膝上敲了十下后，就看见女人从隔壁出来了。

季清晚看着他还保持等待的坐姿，一副乖巧的模样，不禁好奇地眨了眨眼睛，这少爷居然没有不耐烦地直接回房间。

她走到男人面前，伸手把东西递给他：“这是防蚊膏。”

盛瑜垂眼看着她手心躺着的小药盒，有些意外地挑了下眉：“防蚊的？”

“平常涂在手腕上和脚腕上就可以。”季清晚解释了一遍用法，想起他已经被叮的地方，接着说，“如果被咬了，这个也可以止痒。”

经她一提，盛瑜想起了自己的脖子，他扫了眼药盒，视线上移，落在她白皙精致的脸庞上，指尖敲了敲：“你呢？”

季清晚愣了愣：“什么？”

“给我了，你呢？”盛瑜的下巴朝她的手心扬了扬。

季清晚眨巴了一下眼睛：“我不需要，没有蚊子咬我。”

“……”

盛瑜眉头皱了皱，轻啧一声，语调带着调侃：“还真的是母蚊子。”

只叮他。

季清晚听出了他的歪理，嘴角弯了弯。

两人分开准备各回房间，季清晚侧身，好心地又说了句：“如果你想逛逛寺庙，等会儿可以来找我。”

“行。”盛瑜毫不客气地点点头，语气散漫，“我来找你。”

季清晚点点头，没怎么在意地转身回了房间，拿出手机看着夏夏给她传来的《青色》的合同。

季清晚大致看完后，觉得没什么问题，便问夏夏：“王姐看过了吗？”

“她看过了，他们那边也什么问题。”夏夏解释说。

季清晚点头应了一声：“好，我明天到公司签约。”

听到她的回答后，夏夏难掩兴奋地笑着说：“晚总，我有预感，这次的《青色》可能会让您大红大紫！”

季清晚笑了一声：“拍都还没拍，你就有预感了？”

“有！”夏夏肯定道，“这是女人的第一直觉。”

季清晚听着她胡扯，抬眉没说话。

夏夏说完，又想起什么小声唤了句：“晚总。”

“嗯。”季清晚应着，“还有事？”

“就是那个……”夏夏扭捏了一下，“您能不能帮我求个姻缘啊？”

季清晚好笑道：“求谁的？你男神盛瑜？”

“不不不，我求我自己的！昨天那是开玩笑的，男神的姻缘还是别被我糟蹋了，他值得更好的！”

季清晚听到这儿，倒是有些好奇了：“这位盛瑜是哪位？”

演员还是模特？

这两样都是她接触的圈子，但好像没听说有这号人物。

夏夏闻言，有些难以置信："晚总，您不知道盛瑜？"

季清晚眨眨眼："我应该知道吗？"

夏夏一噎，想了想她家艺人的性子，好像不知道才正常。

她咳嗽了一声："那我现在给您介绍一下……"

手机内响起介绍声，还带着夏夏的激动和崇拜之情。

季清晚听着她的话，大致了解了情况。

有一年，音乐台突然上传了一首单曲《御风》。

这首歌在发布后短短一个小时内，转载量和播放量就以惊人之速猛涨，一夜之间流量迅速过百万。

网友们在感叹歌曲好听的同时，发现这首歌的歌词首页上，演唱者、作词人、作曲人，都只显示着一个人名——

盛瑜。

第二天，微博就出现了许多和他相关的热门话题。

当天中午十二点，一位微博用户发布了一条认证微博。

盛瑜："是我。"

几秒后，微博因为这个认证名和他的首条微博，掀起了一阵猛烈的旋风，微博网页瞬时瘫痪，无法访问。

十分钟后，盛瑜发布了自己的首张专辑《Birth》（新生）。

当看到他专辑的宣传海报后，网友们都惊呆了。

海报上，纯白背景中，男人身着黑衣蜷缩着身体，侧目直视着镜头。

那漆黑的眸子，疏离中带着傲视；深邃而凌厉的侧颜，表情寡淡无情。

禁欲且散漫的气质，让所有人的心都颤了颤。

一瞬间，这个横空出世的男人，带着他的歌，火了。

盛瑜的时代，就此开启。

"所以，他是一位歌手？"季清晚听完，发出总结式的疑问。

夏夏摇摇头："不不不，我们美玉不只是一名歌手，他还是最强作词人、作曲人，还有他的颜值，妥妥的就是男一号的料。"

说完，她自己也有点儿惊讶："哇，美玉可以全能出道啊！"

季清晚听到她话里的称呼，疑惑地问："美玉？"

"啊，这是我们粉丝给盛瑜取的名字，因为他名字里的'瑜'是美玉的意思。"夏夏小声窃喜道。

季清晚笑了一声："就和我的'晚总'一样？"

"是的啊！晚总，您那么帅！"夏夏还是偏袒自己的艺人。

"晚总"这个称呼源于之前季清晚拍摄过的一组男装西服扮相，当时杂志一出刊，网友们直接给她冠上了"晚总"的称呼，还有人直呼愿意嫁给她。

夏夏眨眼："所以，晚总能不能帮我求个姻缘？"

季清晚点头："可以，我明天带给你。"

夏夏闻言立即叫了一声："我爱您，晚总！"

"别爱了，我还挂在话题榜上呢！"季清晚翻出微博，看见上面的评论还是一大片。

"啊，晚总，您要发声了吗？"

"嗯，差不多。"

刚刚王薇艳给她发了信息，表示她那边公关已经解决好了，很霸气地让她随便发微博。

季清晚倒没什么想法，就想着简洁明了一点儿，反正原本这就是假八卦。

她指尖在键盘上移动，编辑着文字，最后点击发送。

发完微博后，季清晚还没来得及多想，房门忽然被人敲响。

她顿了顿，想到可能是隔壁的那位少爷，收起手机，起身去开门。

房门被拉开，男人斜靠着门边站在外头，屋外的阳光洒在他身后，有些逆光，包裹着他白衬衫下的修长身材，让人看不清他的如画眉眼。

季清晚看到这一幕，想起刚才夏夏说的词。

美玉。

精致迷人。

她回过神抬头问："是要出去逛逛吗？"

“嗯。”盛瑜点头，似想起什么，又随意添了句，“忙的话，不勉强。”

季清晚没回他，只是转身回了房间，拿起一顶帽子，迈步走出房间，然后随手关上了门，侧头看了他一眼：“走吧。”

看着她利落的动作，盛瑜挑了下眉，伸手朝前，尾音微勾：“您先吧。”

季清晚觉得有点儿好笑，转身领着他朝前走，经过他时还闻到了淡淡的药膏味道，她眉梢微扬。

御音寺的佛堂众多，每日这个时间的人流量也是最大的。

季清晚带着男人走的小道，避开了游客，现在她的微博话题热度没有降下来，还是避免不必要的麻烦比较好。

两人安静地走了一会儿，季清晚看着前头的佛殿，正要介绍，一侧头就看到同样戴着鸭舌帽的男人。

这人什么时候戴的帽子？

“看什么？”盛瑜眼睑微垂看她。

季清晚眨了下眼，转头解释了一句：“前面是主殿。”

“哦。”盛瑜表情平淡，听着没什么兴致。

季清晚仍然尽职地问：“要进去吗？”

盛瑜拒绝道：“下一个是什么？”

季清晚：“姻缘殿。”

“姻缘？”他语调稍抬，颇有兴趣，点点头，“去看看。”

姻缘殿内的面积不大，但院内有棵榕树，游客可以在树枝上系上求姻缘的红绸条祈福，也可以去摇签解卦。

两人悠然走到姻缘殿的时候，已快接近中午，没多少人，游客基本上都回去了。

盛瑜踱步走到院内的榕树旁，抬头看了一眼。

据说这棵树已有千年之久，那腰身要五六人手拉手才能环抱住，有几片树叶飘落下来，树枝上挂满了红绸条，上面写着许愿人的祈求，有些字迹已经褪色。

季清晚想着正好来这儿了，就顺便帮夏夏求个姻缘，于是留下男人在原地，迈步往殿内摇签处走。

盛瑜看了一圈四周的景色，正准备跟着她往殿内走，衣兜内的手机忽然响了起来。

他拿出手机看了眼屏幕，脚步微停，移动到屋檐下，随手接起：“喂。”

对方一接通后直接开口喊了声：“祖宗！”

盛瑜闻言轻笑一声：“别乱叫，谁是你祖宗！”

“别，您就是我祖宗。”唐志文哀求道，“您别玩了，赶紧回来吧！”

“出事了？”盛瑜语气散漫。

“您没有出事，但我怕啊！您看看这几天话题榜多热闹！”

“嗯？什么话题榜？”

唐志文叹气：“您能不能稍微关注一下圈内的新闻？不然等自己哪天上了话题榜也不知道。”

盛瑜没理他的话，单手翻出微博，一眼就看到了话题榜，注意到“季清晚回应”五个字，他随手点开。

微博页面转动等了几秒，弹送出了季清晚的最新微博。

她转发了那条和苏泽疑似恋情曝光的文章，然后添了几个字。

——季清晚：“不是情人，也不是含情娇羞，很抱歉，只是困。”

外加一个笑脸符号。

季清晚的回应简洁明了。

否定了苏泽和她的恋爱关系，也暗指记者偷拍，写文章能力不行，偷换概念，把她的困意写成了含情娇羞。

而季清晚的微博一发出，一直等着后续的网友们瞬时奋起评论。

“我就说一点儿都没看出来我们晚总喜欢苏泽的样子，哈，打脸了吧！”

“很抱歉，只是困呢！”

“很抱歉，只是你高攀不上呢，哈哈哈哈哈——”

“搞什么，我们阿泽还不稀罕和她在一起呢！”

“路人表示季清晚长得真的有点儿漂亮。”

“季清晚这边都回应了，苏泽那边呢？”

…………

微博上热议不断，两人的恋情直接被季清晚否定后，网友们照着她发布的话进行模仿，给她添了更多的热度。

盛瑜看着那一串微博，指尖下滑，屏幕移动到第二条微博，是季清晚电影角色的宣传海报。

照片内的女人化着娇艳的妆容，眼尾沿着眼线勾着，浅褐色的眸子半眯着，睫毛卷长掩盖住娇气，嫣红的唇瓣似翘非翘，表情寡淡，却尽显妩媚。

盛瑜看到这熟悉的面容，眉梢微挑，轻笑了一声。

电话那头的唐志文听到他的笑声，疑惑地问：“笑什么？”见他没回，唐志文猜测了一句，“你在看季清晚的微博？”

“嗯。”

“这有什么好笑的？”唐志文想了想，“你应该不认识季清晚吧？”

“不巧。”盛瑜勾着唇道了句，“我刚认识。”

唐志文一愣：“你怎么认识的？”

盛瑜眉眼微抬，不紧不慢地开口：“关你什么事？”

唐志文：“……”

他错了。

懒得和他多扯，盛瑜直接说了句“下午回来”，也没等对方的回复，直接挂断了电话。

他收起手机，迈步向前，不疾不徐地往殿内走。

正殿内，季清晚已经替夏夏抽好签，递给僧人解签。

她站在一旁等了一会儿，就瞧见了外头那身影高挑，迈着缓慢步伐走来的少爷，他时不时转头看几眼四周，依旧是那副散漫随意的模样。

这个男人的身份，她是真的猜不透。看到他的第一眼，她确实觉得对方是个游手好闲的少爷，这两天接触下来，她觉得这人虽然性子随意，但该有的礼数规矩都有。

她还在想着，前头的男人忽然侧头往她这边看来。

两人的视线不经意地撞上。

季清晚猝不及防地撞进他帽檐下的那双眼眸内，那双深邃、淡然又慵懒的眼眸。

停了几秒，季清晚先行移开视线，皱了下眉，低头看着面前的签筒。

“施主。”

前边声音响起，季清晚抬头看去，颔首接过递给她的签条。

“求姻缘？”

身后淡淡的询问声传来，季清晚一愣，侧头看向身后不知道什么时候走了过来的男人，应了一声：“帮我朋友求的，你也可以求求看。”

盛瑜闻言扫了眼签筒，有些好奇：“有成功的吗？”

季清晚眨眼：“成功什么？”

“姻缘啊！”盛瑜笑了一声，拖腔带调地道了句，“这儿不是求姻缘的吗，那求了的人都找到了自己的姻缘？”

季清晚侧头看了眼解签僧，问：“小师父回答看看？”

解签僧闻言一脸自然，应该是之前被人这么问过，坦然点头示意：“该有的都会有，只看早晚。”

盛瑜抬了抬眉，随意地点点头：“还挺有道理。”

季清晚听惯了这些话，倒觉得没什么，但看着男人一脸的无所谓，应该也是不在意这话。

盛瑜侧头看着她，淡淡地问：“求完了吧？”

“嗯。”季清晚点头，可答完她又想着夏夏的性子，抿了抿唇，“等一下，我还有点儿事。”

她侧头对着解签僧说了句：“如果想求两人的姻缘，能帮忙算一卦吗？”

“自然可以，双方的姓名告知给我就好。”

季清晚点头先报了夏夏的名字：“夏天的夏。”

盛瑜听到这儿，没怎么在意地低头看了眼小师父手写的字迹。

季清晚见他写完，开口接着说了一个人名：“盛世的盛，美玉之意的王字瑜，盛瑜。”

身侧的男人身子一顿，回过头，挑了下眉，有些意外地看向她，语调稍疑，尾音轻咬：“盛瑜？”

季清晚瞧见他的反应，眨着眼问：“你认识吗？”

盛瑜闻言低笑一声，笑声有些沉，带着懒意和磁性。

他颇有兴味地看着她，唇角勾着笑，不答反问：“你帮他求姻缘？”

听他的语气，确信他应该认识这个盛瑜，季清晚突然觉得有点儿尴尬，毕竟这算是强硬给他配对。

她咳嗽了一声：“我朋友是他的粉丝，我帮她实现一下梦想。”

盛瑜眼睑半垂，嘴角还携着几分笑：“那这盛瑜应该挺忙的，一个个都算他的姻缘。”

当他是相亲对象？

配对成功就能带走吗？

解签僧听着两人的对话，有些迟疑：“施主还算吗？”

季清晚摇摇头：“不算了，谢谢。”

本来就是她多此一举。

“嗯？”盛瑜表情平静，缓缓问她，“不算了？”

“想了想不是很好，而且……”季清晚沉默了三秒，侧头看他，幽幽开口，“怕你告诉盛瑜。”

“晚了。”男人眉眼稍抬，扫了她一眼，“这事我记住了。”

季清晚：“……”

那你怎么不记路？

也不知道男人是威胁她还是开玩笑的，反正季清晚最后也没替夏夏算她和她男神的姻缘。

她和男人从姻缘殿走出来后，算着这时斋堂内进食的人应该走得差不多了。

“你肚子饿吗？要不要去吃饭？”季清晚抬了抬帽檐，露出眼睛转头问。

盛瑜点点头："饿，要吃。"

季清晚闻言，总觉得这话回答得有点儿不对，但她没多想，便带着他往斋堂走。

也许是因为走过一回，盛瑜驾轻就熟地走到她身旁，走了一会儿，快接近目的地时，几道喧闹声传来。

他眼眸微抬，忽然瞧见前方朝着他们走来的人群，眯了眯眼。

小道一般很少有人走过，但也有经常参殿的游客知道有小路，图方便会往这边走。

季清晚也察觉到了人群，正打算压低帽子低头，可下一秒她感到自己头顶忽然落下了一双手，替她下压帽檐，遮住了她的面容。

她刚要抬起的手一顿，稳步向前走。

喧闹声渐渐接近，游客们经过这对同戴着帽子的男女时，没怎么在意，只以为两人是情侣关系，照旧交谈着离去。

游客们的脚步渐远，季清晚的头顶传来一道淡淡的男声："已经走了。"

季清晚眼睑一颤，虽有疑惑，但还是抬头朝他道了声："谢谢。"

盛瑜点点头，算是回应，然后单手重新整理了一下自己的帽子。

季清晚看着他的动作，内心更疑惑了。

这人怎么都不问自己为什么要戴帽子躲避人群，还主动帮她遮住了脸？

这男人到底是做什么的？

难道也是圈内人？

季清晚想着，怀着这个疑问和他走进了斋堂，解决完午饭，又回到了住宿的偏殿。

两人自然地打完招呼后，转身进了各自的房间。

季清晚带上门，迈步弯腰躺到床上，放松地叹了口气。

安静地躺了一会儿，她拿起手机看了眼时间，心思微动，话题榜上，她的回应热度仍在，苏泽那边却还没有回应。

季清晚皱了皱眉，退出微博后，按了锁屏键，起身准备收拾行李。

她带来的东西不多，就一个行李箱，但这两天休息，她把东西基本上都拿了出来，有点儿乱。

季清晚弯下腰，整理桌上一件件散乱的衣物，一道敲门声突然打断了她。

停了一秒，屋外的人唤了一句："大小姐。"

季清晚闻言一顿，把手里的东西放在旁边，去开了门。

房门被人从里头打开，站在外头的管家颔首问好："大小姐好。"

季清晚点点头："怎么了？"

"这是老夫人给您的。"

管家把手里的木盒递给她，季清晚垂眸看了眼，熟练地接过："谢谢，我等下就下山，替我和奶奶说一声，我改天再回来看她。"

她原本就打算这几天回去，正好明天要回公司签约，明天早上走的话会有点儿赶，今天下午走刚刚好。

管家点头微笑："好，需要我派人送您吗？"

季清晚摆手："不用，我打车回去就好。"

季家的车太显眼，如果到时被记者拍到，会有很多麻烦事。

送走管家后，季清晚回房间继续收拾行李，等收拾完，时间已经接近三点了。

她戴上帽子，提着行李箱走出房间，随手关上门。

正准备转身走的时候，脚步一顿，想了想，她还是放下行李箱慢步往隔壁房间走。

季清晚站在门前，抬手敲了敲，等了半晌，里头没有动静。

她抬手又敲了几次："你好？"

没人回应。

难道出去了？

季清晚歪了下脑袋，也没多想，直接转身拉起行李箱往外走。

既然人不在，她也省去了道别。

下午的游客比早上要少得多，季清晚一路走过，没瞧见多少人。

她拉着行李箱走出院门，然后站在了原地。

季清晚低头看了眼那段台阶，眨了眨眼。

她忘了还有这道坎儿。

季清晚叹了口气，老老实实地提起行李箱，正准备下台阶，一道声音忽然打断了她。

"季施主？"

季清晚闻言转身看去，瞧见是熟悉的小僧，她点头微笑："小师父。"

小僧颔首，问道："施主也要下山？"

"是，这两天麻烦你了。"季清晚回答完，想起他说的是"也"，眨了眨眼，"有人也要下山？"

小僧还未回答，季清晚突然看到一人慢悠悠地从小师父身后走来，她愣了愣。

男人身姿挺拔，黑色的鸭舌帽半遮住了他的眉眼，注意到女人的存在，他抬起眼睑，扫了她一眼。

季清晚看见他有些讶异，男人却似乎不觉意外，表情平静。

小僧看见他走来，颔首问："施主还有什么需要问的吗？"

"哦，有一个。"盛瑜抬眼环视了一圈寺庙。

"我想问——"他扬起那副熟悉的慵懒腔调，云淡风轻地开口，"这儿还招不招人？"

男人的问题有些惊人。

季清晚当场愣住。

他……要当僧人？

所以这次是过来踩点的？

季清晚觉得自己有点儿跟不上他的思绪。

一旁的小僧也没反应过来，有些迟疑地问："施主是？"

"不是我。"盛瑜眉眼微抬，猜到他们误会了，随口道了句，"帮朋友问问。"

季清晚回过神看着他，表情还有些匪夷所思。

你这朋友的志向还……真的挺特别的。

“如果是诚心遁入空门，佛祖自然会接纳。”小僧双手合十解释道。

盛瑜闻言，点头道了声谢。

小僧见他没有其他想问的问题了，便低头颔首朝两人致意：“两位施主慢走，有缘再见。”

话音落下，小僧转身往寺院里走，季清晚一愣。

原地只剩下两人，季清晚仰头看着面前的男人，有些迟疑。

盛瑜扫了眼她脚边的行李箱，轻声道：“走吧。”

“什么？”季清晚顿了顿，没听懂。

盛瑜歪了下脑袋：“不是要下山？”

季清晚闻言有些迟缓地点了下头，随即意识到不对，刚才他不在房间里，现在又突然冒出来问她这话……

她皱了下眉：“你怎么……”

“不是跟踪。”盛瑜似是知道她的想法，半眯着眼，语气微淡，“刚刚出门不小心听到了。”

盛瑜确实是无意间听到的，下午他正准备出门，可门刚开出一条缝的时候就被隔壁忽然响起的对话声打断了。

当时他贸然出去也不是很恰当，无奈之下只能靠在门边站着。

而外头两人的对话，他就算不想听见也难。

季清晚闻言眨了下眼，刚刚？

管家过来的时候？

她看着他悠闲的样子：“你也打算下午走？”

“我不打算走的话，”盛瑜垂下眼反问，“会在这儿等你出来？”

季清晚微愣。

等她？

看着她的表情，盛瑜抬起下巴朝面前的台阶扬了扬，语气散漫：“不需要帮忙的话也行，我自己先走。”

季清晚没想到他会这么好心，连忙开口唤住他：“等等。”

男人侧头看向她，表情寡淡。

季清晚微抿了抿唇，抬头看着他状似平静地道："我需要帮忙。"

话音落下，对面传来男人的一声笑。

那笑声很低哑，稍沉，短促，但她还是听到了。

明显是他意料之中的结果。

季清晚闭了闭眼。

羞耻。

第三章

邀约

下山比上山要轻松多了。

季清晚慢步走在男人身旁，见他步伐依旧不紧不慢，只是偶尔换手拉动行李杆。

季清晚扫了几眼身后移动的累赘行李箱，突然有些后悔自己带上了这个，闭了闭眼，开口问他：“现在是下坡路，我应该可以自己拉，你给我吧。”

“自己来？”盛瑜朝前看了一眼，淡淡道，“这话说得可真是时候。”

季清晚闻言不明所以，而后转头顺着他的视线看下去。

前方坡度已经渐渐平缓，没几步就到山脚了。

“……”

季清晚难得失策，尝试挽回形象：“不是，我刚刚没注意到，没有想骗你。”

盛瑜也没说她什么，但也没把行李箱递给她，等最后走到山脚平地的时候，他才把箱子推给她。

“谢谢，麻烦了。”季清晚接过行李箱，颔首道谢。

盛瑜懒懒地应了一声：“你怎么走？”

季清晚简单地挥了挥手机：“我刚刚叫车了。”

“行。”盛瑜点点头，没多想，转身往身后的停车位走去。

季清晚站在原地目送他走远，见着那高挑的身影走到一辆路虎车旁后，挑了挑眉。

还真的是有钱人家的少爷。

她感叹着，收回视线，没怎么在意地低头刷新 App（应用）界面。

盛瑜打开车门坐进驾驶座内，刚巧唐志文给他打来电话。

他随手戴上蓝牙耳机接起，对方聒噪的声音立马响起：“小祖宗，您下山了没？”

盛瑜听见他没改的称呼：“你是要一直这样叫？”

“您什么时候回来，我什么时候改称呼。所以您下山没？”

“下了。”盛瑜发动车子，淡淡地道了句。

唐志文惊讶：“下了？！您今天怎么这么准时？”

盛瑜嗤了一声：“我不下山干吗？”

“别、别，我可真怕你不下来了，我跟你说……”

唐志文说话唠叨，絮絮叨叨的声音响着，盛瑜根本没仔细听，单手转动方向盘，车辆驶出车位。

他眼眸抬起，视线落在后视镜里映照的景象。

山脚平地，女人孤身一人站在路边，微微低着头，单手拉着行李箱，身着略显宽大的米色披肩衬衫，衬得她的身子娇小消瘦，看着有些凄凉落寞。

“哦，对了，昨天《青色》杂志联系我，想邀请你拍摄主封面，问你有没有时间。”唐志文突然想起这事，开口问他的意见。

“你要不要接这个通告？我看你这个月没什么事，而且这本杂志的影响力很大，但这次他们打算拍男女双人，好像有邀另外一位女明星和你合作，这合同里不知道有没有写，我看看。”

盛瑜闻言皱了下眉：“男女合作？”

唐志文应了一句：“哦，我找到了，上面写着暂定——”他看着合同上的人名意外地“哟”了一声，问他，“你猜是谁？”

盛瑜懒得理他，唐志文也没指望盛瑜回答，自己先回了句："是季清晚，就话题榜上的那个季清晚。"

话音落下，盛瑜难得愣了几秒，而后他挑了下眉，勾着倦懒的尾音开口："季……清晚？"

"对，是她。"唐志文记起他的话，"欸，刚好你不是说认识嘛，那要不要接这个通告？"

盛瑜抬眸看向后视镜，看着里头还没等到车的女人，突然笑了一声，然后漫不经心地道了句："再说。"

唐志文"啊"了一声，没懂他的意思，可还未开口就被他掐断了电话。

季清晚现在有点儿烦躁，App 里她发的叫车单一直没人接，她不断刷新着界面。

最后实在是没办法了，她无奈抬头，瞥见远处的那辆路虎驶出了停车位。

季清晚扫了几眼，正打算重新低头看手机，却看到那辆车子转着方向，缓缓朝她这边驶来。

车影移动，最终停在她的面前。

季清晚拿着手机，看着面前正对着自己的车窗玻璃愣了愣。

下一秒，那扇紧闭的车窗伴着细微的声音缓缓降下。

季清晚抬起眼眸，看向驾驶座上的男人。

他偏头看来，单手轻敲着方向盘，淡淡地问了句："要去哪儿？"

季清晚抿了抿唇，说了个大概位置："清昭区。"

"上来吧。"盛瑜没什么表情地道了句，"我顺路。"

季清晚有些挣扎，她的身份不好让路人知道，但她又觉得这个男人不会做出什么事……

她低头扫了眼依旧无人接单的屏幕，最后无奈地开口道："麻烦把后备厢打开。"

盛瑜单手按动按钮，看着她道："人先上。"

季清晚闻言，自觉地松开拉着行李杆的手，男人很快下车替她放好行李。

安顿好后，她走到车边，下意识地打开了后座门。

盛瑜坐进驾驶座内，扫了眼她的动作，眉梢微扬，却没说什么。

车辆启动，匀速行驶。

季清晚拿出手机给夏夏发信息，知会她自己等会儿回公寓。

发完信息，她看着手机屏幕，想着等会儿下车的时候要好好谢谢这个男人，上山和下山的时候他确实帮了她很多。

可如果发红包的话，可能这位少爷看不上。

她皱了下眉，不知道该怎么办。

然而她还没有苦恼多久，目的地就到了。

路虎靠边后减速慢行，最终停在人少的路边。

季清晚侧头看着外头熟悉的街景，压了压自己的帽子，正准备戴起口罩。

透过后视镜将她的动作一览无余的盛瑜，看着她全副武装的样子，带着散漫的笑声开口道："女明星都这样出门的？"

一层又一层包着，想不引人注目都难。

季清晚听到这话，动作一顿，瞬时抬头看他，眉梢微愣："你认识我？"

盛瑜单手撑在方向盘上，随意点头："话题榜上的季清晚，早上刚看到。"

"你……"季清晚还有些没反应过来。

"放心，我没那么嘴碎。"盛瑜解释着自己的人品。

季清晚回过神来，摇摇头："我没有怀疑你，我还要谢谢你帮我，你……"话音顿了顿，她斟酌了一下继续道，"我能感谢的方式不多，如果你不介意，我给你发红包，也可以给你签名。"

"签名？"头一次做好事还收到回报的盛瑜笑了一声。

季清晚默默点头，也不去在意他这笑是什么意思。

见她如此，盛瑜也不客气地点头，勾着笑道："行，但红包就算了。"

他随手从自己外套内掏出一张手帕，连带着笔也递给她："签这儿，签完后下车。"

季清晚看着他手里那块纯白的价值不菲的手帕，挑了挑眉，默默接过，垫着自己的包，提笔开始签名。

盛瑜扫了她一眼，随手戴起自己手边的鸭舌帽，下车替她拿行李。

刚好，他推着箱子走到车边的时候，她也打开车门下来了。

季清晚弯腰打算接过行李箱，可脑袋上的帽子朝前一滑，她下意识地抬手。

身前的盛瑜却眼疾手快地先帮她扶住了，单手捏着帽檐，重新扣在了她的脑袋上。

季清晚身体顿了顿，等他收回手后，淡淡地道了句："谢谢，我把手帕放在驾驶座位边的置物架上了。"

盛瑜懒懒地应了一声，季清晚见此也不再多说，和他做了个简单的道别后，转身拉着箱子离开。

看了眼她的背影，盛瑜自己也没多逗留，迈步绕到驾驶座。

他弯腰坐进去，单手拉过安全带，正要扣入锁盘时，视线忽然瞥见旁边平铺着的手帕，一顿。

咔嗒一声，安全带扣好。

盛瑜拿起那块原本纯白的丝绸手帕，现在上头已经被签上了一串花式签名。

看着居然还挺和谐，一点儿都不突兀。

嘟——嘟——

车载铃声响起，算着时间的唐志文打来电话："祖宗，您到哪儿了？"

"清昭区。"

"啊？你怎么跑那儿去了？"

盛瑜半合着眼睑，不答反问："刚刚你说的是哪家杂志？"

"《青色》，你应该听过的。"唐志文想到这儿，催着他，"我觉得这个可以接，你给我好好想想，而且和你合作的季清晚你还认识，不是挺好的？”

盛瑜点了点头：“行。”

“这本杂志……”还想再接再厉劝说的唐志文，忽然察觉到不对，“嗯？你刚刚说什么？”

盛瑜单手拿着手帕，慢声道：“我接。”

到家后，季清晚摘下帽子和口罩，随手把行李箱扔在了一边。

她迈步走进客厅，揉了揉自己的脖子，给夏夏回复自己已经到家。

信息发完，一向富有职责感的夏夏直接打来了电话：“晚总，您到家了？”

“嗯，刚到。”季清晚懒散地应了一声，身子随即一软，坐进沙发里。

“在家就好。”夏夏想起什么，问她，“您下午怎么不让我去接您，您这样打车让我很慌张的啊！”

“你慌什么？”季清晚半垂着眼，觉得好笑。

夏夏摇摇头：“晚总，您是不知道现在的粉丝眼神有多绝，您还在风口浪尖，如果被认出来怎么办？今天回来没什么事吧？司机有没有发现什么？”

季清晚闻言，下意识顿了顿，想起了刚刚的签名，她单手敲着沙发，开口：“被认出来了。”

夏夏愣了几秒：“什么？！”

季清晚简短地解释：“被司机认出来了，给了签名。”

夏夏皱眉：“他怎么认出来的？您戴口罩了吗？”

季清晚睁眼说瞎话：“戴了。”

夏夏知道她戴了口罩后的样子，那巴掌大的脸基本上没露出来多少，不禁有些蒙：“这都能认出来？这位司机不会是您的忠实粉丝吧？”

忠实粉丝？

季清晚想起那位散漫少爷的长相和性格，挑了挑唇：“他不是。”

夏夏歪了歪脑袋，想问您怎么知道的，但想了想，反正认都认出来了，没出什么事就好。

季清晚觉得有点儿渴，起身，边往厨房方向走，边问正事：“明天几点签合同？”

“十点。我大概几点到公寓接您？”

季清晚打开冰箱，随手拿出一瓶水：“九点吧。”

夏夏连忙点头：“好的，晚总，那您休息吧，明天见。”

季清晚应了一声，挂断电话后，看了眼时间，五点了。

她拧开瓶盖仰头喝了一口，嘴里含着冰水，没有咽下，看着客厅窗外的落日余晖，突然想到了昨天见到那位少爷时的场面。

寺院前零星散落的夕阳，铺洒在落叶地上，当时没注意，那确实是个绝美的落日风景，但她的情况有些窘迫。

她想想那时的尴尬，还有这两天和那位少爷奇怪的相处，觉得有点儿新奇又好笑。

感叹完，她咽下口中渐渐变温的水，随手拧紧瓶盖，将瓶装水放在一旁。

季清晚拿起手机，往玄关方向走，单手拉起行李箱移动到卧室。

最近应该没有需要外出的通告，箱子里一些必要的东西需要整理出来——虽然里头的衣服占比最重。

整理完，再算上她洗漱的时间，已经是两个小时后了。

季清晚敷上面膜，单手揉着自己的肩膀，拿起手机爬上床，她定好揭面膜和起床的时间后，正准备闭眼休息，突然记起自己还被挂在微博话题榜这事。

她打开微博，看着话题榜上关于自己的头条已经降下来，应该基本上没有她什么事了。

但苏泽那边有点儿问题——他一直没有回应。

网友们的风向也明显开始转变，一个个跑去他的评论底下追问。

评论褒贬不一，也不知道苏泽那边准备怎么收场。

季清晚看了几眼后，没什么往下看的兴趣。

她将手机一翻，闭上眼，老老实实地敷面膜。

昨天她没时间做皮肤保养，直接洗完澡就睡了，有失一名女星的管理自觉性。

毕竟她也算是靠脸吃饭的，皮肤保养很有必要，而且娱乐圈多的是漂亮女人，可能不知道从哪儿就跑出来一个后辈抢了你的位置。

季清晚觉得单靠外貌做个“花瓶”，在娱乐圈存活不了多久，所以她学了点儿台步，偶尔会去走秀，更何况她原本就有演技傍身。

叮叮叮——

一旁的闹钟响起，打断了她乱飞的思绪，她睁开眼关掉闹钟，起身揭开面膜往洗漱间走。

半小时后，季清晚涂抹着精华回到房间，还没走到床边就听到手机微信的叮咚声，一振一振的。

她疑惑地打开手机，屏幕刚解锁，就弹出了她刚刚没退出的微博界面。

那话题榜的置顶上赫然闪着四个大字——

“苏泽回应”。

季清晚看着这个标题扬了扬眉，还真的是说曹操曹操到。

她点开苏泽的微博主页，先看到了他无关紧要的置顶微博，还有他的最新发博时间。

三分钟前，那时她还在洗脸。

指尖划动，界面显示出最新发布的那一条微博。

苏泽 sz：“我一直很感谢季清晚前辈的照顾，我们也只是单纯的前后辈关系，仅此而已，当时也有其他人在，爆料并不属实，很抱歉给季前辈造成了困扰，也希望大家能理性对待，谢谢。”

季清晚扫了几眼，打开下方的评论区，基本上全是他粉丝的恭维、相信的论调，有的还说季清晚太骄傲、配不上他之类的。

评论太多，她翻了几页后，觉得有些好笑。

苏泽人设建立得倒挺好，活脱脱就是一个尊敬前辈、有礼貌的好后辈。

和她之前发的简短回应相比，反倒显得她这个前辈有些小气和高傲了。

还真的是个好后辈呢！

季清晚扯了下唇，半垂着眼看完后，忽然想起刚刚的微信声，正打算退出微博的时候，屏幕瞬时弹出了来电界面，她看着上头的外国号码，扬了扬眉接起。

“哟，是季大明星啊，都上话题榜了！”

电话一接通，对方的声音先传来。

季清晚闻言轻笑一声：“任少的时差怕是有点儿长，这都是昨天的事了，今天没有我。”

任尤州啧了一声：“季清晚，我好不容易被放出来，一打开就看到你的绯闻男友发的微博，马上就来安慰你了，你这话太绝情了点儿吧！”

“安慰？”季清晚挑眉，“不应该是你需要安慰？”

任尤州眯眼：“季清晚，你想打架是吧？”

季清晚对他的威胁毫不在意，拿下手机看了眼时间：“你那儿最多早上八点，你居然起得来？”

任尤州“哼”了一声：“老爷子起来晨练，我陪同不行啊？”

季清晚完全不信，直接轻嗤一声：“能不能说点儿让人信服的话？”

任尤州：“……”

任、季两家是世交，季清晚三岁就认识了任尤州，这人从小到大的理想就是当个游手好闲、有钱花、有地儿玩的小少爷。

然而天不遂人愿，任家老爷爷在他上大学后直接断了他的银行卡，把他赶去了瑞士，声称这是对他的“历练”。

出国那天，季清晚是笑着送他走的，但这个人就算出国也和没出一样，这期间跑回来不止一次，每日又必在朋友圈里发一道牢骚，就这半个月没闹腾什么，可能是被人压制住了。

两人相互骂了几句，任尤州用着对下属下命令的口气说：“小爷我本周日归国，记得过来给我接风洗尘。”

季清晚闻言挑眉：“如果任少不介意回国第一天就上话题榜，我自然会在机场等你。”

任尤州安静了三秒：“算了，别见了。”

季清晚被逗笑了：“行了，到时给我发信息，挂了吧，我要睡美容觉了。”

任尤州准备再扯几句话，季清晚却懒得理他，果断掐断了电话。

屏幕界面重新回到微博上，她扫了眼苏泽的微博，发现他这条回应的评论数和热度明显不高。

这有点儿不寻常。

季清晚看了几眼，指尖滑动返回话题榜，不承想页面直接变成了空白，中央显示着“无法访问”四个大字。

“嗯？”

季清晚一瞬间以为是自己没有信号和网络，她看了眼右上角的网络标志——一切正常。

她又刷新了几次页面，依旧是无法访问。

这微博是……崩了？

季清晚歪了下脑袋。苏泽的事不至于有这么大的热度，明显有别的新闻冒出来，虽然不知道是出了什么事，但好像有点儿刺激。

叮咚——

熟悉的提示声响起，季清晚记起了刚才没来得及看的信息，打开微信一看，都是夏夏给她发的。

她翻了翻，前几条都在说苏泽的事，最新一条却有点儿莫名其妙。

夏夏：“晚总，我今天的心情犹如过山车。”

季清晚没明白：“什么？”

夏夏：“您看微博了吗？”

季清晚解释：“微博崩了，我看不了。”

夏夏叹气：“果然，这条新闻谁都接受不了……”

发完，她又发了个表情包，上面写着“我要忍住不哭”。

季清晚觉得好笑：“到底怎么了？”她猜测了一句，“我没发生什么事，苏泽让你难过了？”

夏夏：“呸！他算什么！”

夏夏："是我男神！我们美玉出事啦！"

季清晚眨了眨眼，一时还没记起她男神是谁，夏夏直接就给她甩来了一个链接。

她觉得奇怪，下意识地点开那一串地址，系统自动跳转到了微博界面上。

之前无法访问的网页重新刷新后，弹送出了一个眼熟的娱乐记者的账号。

视线往下，她一眼就看到那条微博话题榜的标记。

——饭圈娱乐吧："'盛瑜甜心护送'爆！多日未有行程的男神盛瑜，今日驾车护送心上人，下车时甜蜜为对方提行李，整理帽子！暴击！！！而心上人全副武装，疑似圈内人士！！"

季清晚视线微顿，一股异常的熟悉感袭上心头。

护送，提行李，整理帽子……

她皱了皱眉，指尖下滑，底下的九宫图显现。

不用点开，季清晚就能清晰地看到照片内熟悉的道路和车辆，更熟悉的是拉着行李箱的自己，还有对面男人那戴着鸭舌帽的精致侧颜。

她脑子空了几秒。

她的手指触到屏幕，不小心下滑刷新了微博。

下一秒，手机叮咚一声，新的内容被弹送出来。

季清晚指尖一顿。

刷新后的头条微博，显示着那个显眼的微博名，还附带一句语气很熟悉的文字。

——盛瑜："抱歉，不是，只是司机。"

后面跟着一个笑脸符号。

"晚总，我觉得我男神可能被盗号了。"

"那个笑脸符号是什么鬼？"

"为什么他会发这条奇奇怪怪的微博？"

保姆车行驶着，夏夏在季清晚身旁不停地提问，依旧是难以置信的表情。

季清晚坐在后座上，半垂着眼，表情也有些淡。

她倒也想问问，这盛瑜为什么不直接说明身份？

明明知道她是季清晚，他居然也没明说。

她现在只要想到那天早上在姻缘殿帮他求签的事，就觉得头疼。

难怪当时他的表情看着有点儿意外，也有点儿奇怪。

当着本人的面替他求姻缘，能不意外吗？

季清晚后悔地闭上了眼。

这求姻缘的事也就算了，重点是，之后自己还作为明星给人家签了名……

啊，丢脸至极！

希望她和盛瑜不会再有什么见面的机会了，不然太尴尬了。

“晚总，我现在看着那几张什么甜心护送的照片，心就好疼……”夏夏哭丧着脸，诉说着。

季清晚听到这标题，头也疼。

甜心护送？从哪儿看出来的甜心？

那少爷的表情完全就是随便。

她扯了扯唇：“盛瑜不是回应了只是司机吗？”

夏夏瞪眼：“他就是开车的人，谁还看不出来他是司机，这完全就是欲盖弥彰！”

季清晚：“……”

妹妹，他真的只是司机，别想太多。

“真的，晚总，您是不知道我们美玉从来没有传过绯闻，平常也没怎么和女明星接触，为什么这条新闻会突然冒出来啊？！”夏夏皱了下眉，“还有他发的那条微博，完全不是他的风格啊！”

话音落下，她忽然想到了什么，扭头看向一旁的季清晚。

季清晚对上她的视线，顿了顿：“怎么了？”

夏夏盯着她，眯了眯眼：“晚总，我怎么觉得盛瑜发的微博和您之前回应的那条有点儿像？”

季清晚眨了眨眼："哪儿像？"

夏夏微笑："那个'抱歉，不是'和微笑符号。"

季清晚舔了舔唇，歪了下脑袋："可能……他模仿我？"

她的回复模式被网友们拿来争相模仿，这也不是不可能。

夏夏看了她几秒，默默点头："有点儿道理。"

季清晚眉梢微动，开口催着她关心工作的事。

夏夏老老实实地点头"哦"了一声。

季清晚侧头看了眼车窗外倒退的街道，轻声叹了口气。

她平白无故被盛瑜带上了话题榜，虽然照片里她的正脸被帽子和口罩挡得严严实实，但网友们的显微镜眼神永远不会让人失望。

她现在就希望这热度快点儿下来，别让网友再有机会深扒了。

不过好在昨天盛瑜的回应很迅速，就是这回复的方式太让人惊讶。

她低头打开微博，看着那条微博下已经爆炸的评论。

"是我眼瞎了吗？美玉居然发微博了？！"

"啊啊啊啊啊啊，我的美玉！！"

"美玉！我就知道什么都没有！"

"这是什么鬼符号？！美玉，如果你被盗号了就眨眨眼！"

"我知道你是司机啊，但我想知道那个女人是谁啊！"

"我昨天盯着照片上的女人看了一整晚，就看到了几根发丝，最后得出结论，这个人可能真的是圈内人。"

"而且身材貌似挺好的，我觉得是个美女。"

"说实话，这也没什么亲密举动啊，怎么就坐实恋情了？不会有人故意搞美玉吧？"

"就是啊，最近这微博一天天就知道曝光恋情，我都觉得有点儿假，前两天不是还有季清晚和苏泽的绯闻吗？"

"苏泽回应恋情的微博都被我们美玉压到了十楼了，笑哭，笑哭。"

"别说，我怎么感觉美玉的这个笑脸符号和季清晚最新发的那条微博是同款？"

"楼上！我以为只有我注意到了！还有，你们没发现盛瑜的前半句‘抱歉，不是’也有点儿像吗？”

“我特意去翻了翻季清晚的微博，还真有点儿像！”

“细思极恐！”

…………

“细思极恐”这四个字，不仅是网友这么觉得，也让发现这事的唐志文觉得心口发凉。

“照片里的女人是谁？”唐志文拿着文件跑到盛瑜家里，开门见山地问他。

刚起床的盛瑜坐在沙发上，脸上没什么情绪，闻言微眯了下眼：“谁？”

唐志文深吸了一口气：“你甜心护送的那个女人是谁？”

盛瑜皱了下眉，明显对他的用词不满，随口解释道：“寺庙同行的路人。”

“路人？”唐志文瞪眼，“路人还戴着帽子和口罩，生怕人认出来？”

盛瑜闻言觉得好笑，抬了抬眼：“路人就不能戴了？”

唐志文一噎，一时间不知道怎么反驳。

“行，就当她是路人，那你怎么还送人回家了？”唐志文皱眉，“我昨天就奇怪你怎么跑清昭区那边去了，西城离你这儿那么远。”

盛瑜闻言眉梢微挑，这话倒是让他想到了别的。

顿了几秒，他发出一声轻笑，小声自嘲道：“还真的是送佛送到西了。”

唐志文没听懂：“你说什么？”

盛瑜没什么兴致，随口道：“我说我没事干，助人为乐。”

唐志文听着他瞎扯，忍了忍：“行，助人为乐。那你说说你这发的微博又是什么情况？”

“就这情况。”盛瑜没什么好说的。

唐志文看着他这副散漫的样子，真想敲醒他：“什么叫‘就这情况’？你这一字字的和季清晚发的微博没什么差别，特别是那个鬼笑脸……你是想干吗？”

盛瑜半垂着眼，不紧不慢地开口：“没想干吗，只是觉得她的回应不错。”

唐志文皱眉问：“所以你就模仿了她？”

“不然？”盛瑜轻嗤了一声，“难道我暗恋她？”

“……”我还真的有这个想法。

盛瑜看着唐志文的表情就知道他和网友一样想错了，扫了眼他手里的文件：“你过来就为了问我这个？”

“哦，对！”唐志文被他提醒，连忙把文件打开拿给他，“这是《青色》发来的合同，我看过了，没什么问题。你再看看，没问题的话就签个字。”

盛瑜接过却没动，随意地“嗯”了一声：“我看完签。”

唐志文哪能不知道他的性子，催着说：“您快点儿看，季清晚那边也是今天签，您总不能慢人家太久吧。”

盛瑜挑了挑眉：“季清晚也今天签？”

唐志文点了点头，抬腕看了眼时间：“说好是两方一起十点签名的。”

“现在几点？”

“九点半。”

盛瑜“哦”了一声：“那等会儿。”

唐志文：“……”

等就等，你闭什么眼？

季清晚到公司楼下的时候，刚好九点半。

夏夏按了电梯准备往三楼走，就在两扇门快要合上的时候，外头传来一道女声：“等等。”

夏夏连忙按键开门，门框停了一秒，重新向两侧打开。

外头等候的人影随着电梯门打开而展露真颜，季清晚站在电梯内，注意到动静，抬眸看去，一眼就看到了对方那张浓妆艳抹的脸。

一旁的夏夏看清人后，愣了愣。

贝诗蕊也没想到电梯里的人会是季清晚，她带着助理进门的步子顿了一秒，然后一脸高傲地看着季清晚："哟，这不是季大明星吗？"

季清晚被她那偏高的音调刺到了耳朵，皱了皱眉，扫了一眼她卡在门中间的半条腿："你进不进？"

贝诗蕊轻哼一声，昂首挺胸地迈步进入，她身后的小助理走到夏夏身旁，按动楼层。

"季大明星，这几天挺热闹的啊，都这么大岁数了还能和小鲜肉传绯闻！"贝诗蕊吹了吹自己刚做好的指甲，冷嘲热讽道。

季清晚半垂着眼皮，不作声。

贝诗蕊和季清晚两人算是同期签入公司的艺人，两人的类型也有点儿相似，都是娇媚型，但季清晚的长相更媚一些，娇少一些，而且她的神态里总是有几分似有若无的冷淡。

相似的类型总会有对比，所以贝诗蕊对季清晚的针锋相对也从来没少过。

贝诗蕊没听到回复，继续道："听说苏泽挺喜欢你的，我也好奇你是用什么手段拿到的之前的女二号，你教教我吧？"

话音落下，季清晚安静三秒后，掀起眼皮看了她一眼："你这么关心我的新闻干什么？而且我怎么拿到的女二号，你不知道？"

当时两人作为新人一起试镜，季清晚演完后，导演当场就敲定了她，贝诗蕊怎么可能不记得。

叮——

电梯发出到达楼层的提示，紧闭的门框向两侧打开。

季清晚挑着眼尾，漫不经心地说道："至于这什么手段的问题……"话音拉长，季清晚扫了眼贝诗蕊引以为傲的身材，嘴角扬起讽刺，"你应该比我清楚得多吧。"

贝诗蕊表情微崩："你什么意思？"

季清晚没解释，轻笑一声迈步向前，领着夏夏走出电梯。

电梯门在身后关闭，夏夏一直压着气，等走远后才开始爆发："晚总，这贝诗蕊有病吧？！她什么样难道自己没有点儿数的吗？”

“她能这么明目张胆，肯定自己有点儿数在。”季清晚随口道了句。

夏夏撇了撇嘴，小声嘟囔：“谁不知道她背后有人啊！前几天我还听说她得到了一个网剧的女一号，就凭她自己怎么可能拿得到！”

这种事在娱乐圈不算稀奇，只是大家都不说破而已。

季清晚扯了扯唇，不作评价。

撺完贝诗蕊，季清晚完全不在意对方的心情，带着还处于气愤状态的夏夏往会议室走。

门被推开，里头的王薇艳看着两人走来，算了下时间：“过来坐吧。”

季清晚点头拉开椅子坐下。

“这是合同，你看一下。”王薇艳打开文件夹放在她面前。

季清晚接过，道了声谢，然后大致翻看了一下，发现和之前看到的没什么出入，便拿起一旁的钢笔熟练地在乙方处签名。

最后收笔，她合上文件，推给王薇艳：“王姐，签好了。”

夏夏在一旁看着，没忍住又说了句：“晚总，你要火了。”

季清晚挑了挑眉：“多火？”

夏夏夸张道：“火爆的那种！”

王薇艳被夏夏的表情逗笑：“对，这次夏夏可能说准了。”

季清晚眨了眨眼：“为什么这么说？”

王薇艳给了她一个微笑：“你明天见到你的男搭档就知道了。”

说完，她还添了一句：“绝对会给你惊喜。”

季清晚闻言一头雾水，却没多问，老老实实地等到了第二天。

季清晚来到拍摄现场，走进摄影棚，可还未走几步，一眼就看到了对面人群里，那位垂着眼，神情寡淡却依旧带着几分慵懒的男人。

季清晚脚步顿住，脑海里突然想起了昨天夏夏说的话。

“……”

啧，火不起来了。

她要凉了。

拍摄时间是早上八点。

盛瑜被唐志文催着叫起来，到摄影棚的时候，他扫了眼在场的人，都是些工作人员。

唐志文知道他早上被叫醒心情不好，开口安抚他："时间还早，你先在这儿等会儿。"

"嗯。"盛瑜兴致缺缺，眉头微皱，发出低沉的嗓音。

一旁的工作人员示意唐志文可以先坐在后面的沙发等一会儿，摄影师稍后会来。

唐志文闻言道了声谢，正准备让身旁的少爷去沙发那边，忽然余光瞥见后头隔间内走出来一人。

"嘿，你们来得还挺早的。"

伍洋拿着镜头走出来，瞧见屋内的两人，先朝唐志文颔首算打了招呼，然后开口笑了一声。

盛瑜闻声侧头向他看去，看清对方后，眉眼微抬："摄影师是你？"

摄影师伍洋，经手过无数一流大片的掌镜，拍摄技术不敢说最棒，但出来的成片肯定惊艳。

《青色》这次能请他来，说明的确很看重这次的拍摄。

"是我怎么了？不满意啊？"伍洋看着他的表情，失声笑道。

盛瑜扫了眼人："伍摄影师，不敢不满意。"

"别，你可别吹捧我！这话要是被你的粉丝听到，我今天可能都走不出这儿了。"伍洋摇头苦笑。

盛瑜可以想象到那画面，升起了兴致，反问："什么时候回来的？"

伍洋随口解释："昨天刚从巴黎赶回来的，倒是你，"话音顿住，他有些好奇地小声问道，"你怎么同意这次的拍摄了？"

昨晚他看到文件上的人名时确实是诧异的，有些不确定这位盛瑜是不是他知道的那个盛瑜。

毕竟圈子里的人都知道这人的杂志拍摄可是出了名的难请。

不承想这次《青色》居然请到了，而且还让他拍摄男女双人封面。

"想来就来了。"盛瑜明显对这问题没什么兴趣，随口回了句。

伍洋对他的回答不意外，轻笑着："果然是大神的标准回答。"

盛瑜半垂下眼睑，慢悠悠地问："这次结束后，你有什么行程？"

"行程？好像没什么安排了。"伍洋想到什么，眨了下眼，"你有新的行程？"

之前盛瑜的音乐专辑 MV 和宣传海报都是伍洋操刀的，效果如何，自然不用说。

"有，到时联系。"盛瑜给了肯定的回答，但没打算多说。

伍洋笑了一声："行，我等着。"

说完，他看了眼时间，想起还有一位主角没到，侧头看了盛瑜一眼，有些不放心地确认了一遍："这次是男女合作，对方是季清晚，你知道的吧？"

盛瑜眉梢微挑："我不知道还会过来？"

伍洋闻言刚想点头，可顿了一秒后，突然觉得这话有点儿歧义。

这人到底是知道男女合作，觉得无所谓，还是知道对方是季清晚才过来的？

这第二个选项，伍洋觉得不符合盛瑜的性格，果断否定了，可脑子里忽然闪过昨晚的话题榜……

"这次是男女合作，你昨天那绯闻……"

伍洋的声音不大，可四周一直关注这边的工作人员立即抓到了信息点，一个个瞬时竖起耳朵。

盛瑜抬眸看他，表情平静："道听途说的事，你也信？"

伍洋咽了咽口水："我没那意思，但是觉得还是要注意一下。"

"注意什么？"盛瑜轻嗤一声，"只是助人为乐送人回家，被拍了照而已。"

但是不巧带上了季清晚，让她上了两次绯闻话题榜。

倒是有缘。

伍洋轻咳一声，觉得这话题不对，正想转移话题告诉他今天拍摄的流程，却被外头的人群声打断了。

身侧的唐志文看见入口的人影，愣了愣，偏头示意："季清晚来了。"

盛瑜闻言，没挪步，只抬了抬眼皮，看向门边的方向。

人群中，那道纤细的身影最先映入眼帘。

显然，对比之前的那次见面，她今日更显明星气质。

来人步伐平缓，简单明了的风衣收腰设计，显出了她纤细的腰身，身形高挑修长。

她半遮眼，微微偏头，正在听身旁的人说话，流畅的线条勾勒出她精致的侧脸轮廓。

她身旁的人似是对她说了什么，她随即转过头来，抬眸淡淡地看向他这边。

下一秒，盛瑜清楚地看到了她那双浅褐眸子里的诧异和难以置信。

表情也有些呆愣。

看来公司并没有和她说明合作对象。

还挺傻，被人卖了都不知道。

他低头勾唇，带起了一抹揶揄。

季清晚愣了好几秒，才回过神来。

同时她也注意到，对面那男人看到她时完全是一脸淡然，一点儿惊讶也没有。

显然，他知道合作对象是她。

意识到这一点，季清晚眉头微不可察地拧了一下。

看了眼一旁的夏夏，见她完全已经傻了，季清晚便不打算指望她。

季清晚稳住思绪，移动步子往前迈入人群中，朝三人微微颔首："早上好。"

伍洋先回礼，自我介绍："你好，我叫伍洋，是这次的摄影师。"

季清晚点头："你好，我是季清晚。"

"我知道，当时看了照片，就想着见见传说中的女神。"伍洋看着她的眼睛，夸赞道，"没想到你本人更惊艳。"

话音落下，他还不忘拉上一旁的人，拍了两下他的肩："作为这次的搭档，你说是不是？"

盛瑜抬眸看向她，季清晚忽然对上他的视线，神经一紧，停了几秒后，就听见他轻缓地答了句——

“确实。”

简单的两个词，带起他低沉的嗓音，拨动心弦。

在场的人都愣了愣。

伍洋先回过神，看了眼盛瑜，刚刚他只是想拉近一下两人的关系，他以为盛瑜不会说什么，没想到他居然还捧场了。

季清晚神情淡定，看着盛瑜微微一笑：“谢谢夸奖，但是在盛瑜老师的面前，我可不敢当。”

盛瑜闻言挑了下眉，饶有兴味地问：“认识我？”

季清晚对上他的目光，顿了顿，浅笑道：“当然，盛瑜老师谁不认识？”

话音落下，对面的男人忽然发出一声笑。

那笑很低，稍沉，细细碎碎的，带着点儿别的意味。

盛瑜勾唇，带着未消的笑意回礼道：“季女神，名声不小，我也有所耳闻。”

乱扯什么谎！

季清晚内心送了他“胡说八道”四个字，扯了扯唇角，面上保持微笑没说话。

伍洋和唐志文在一旁来回看着两人，听着他俩的对话，都皱了皱眉——明明是很正常的恭维，但总觉得话里有话。

而且这两个人的气氛不对，不像是第一次见。

“你们……认识？”伍洋没忍住，开口问。

季清晚一顿，微微抬头看向对面的少爷。

这话她不好回答。

盛瑜扫了眼一旁的唐志文，淡淡地问：“你是经纪人，你说我认不认识？”

莫名被问话的唐志文：“……”

经纪人又不是贴身跟随，他知道什么！

但是他也懂了盛瑜的意思，不管之前认不认识，但这是两个人的第一次合作，今天算是认识了。

唐志文很识相地解释了一遍，然后向季清晚介绍自己：“你好，我是盛瑜的经纪人唐志文。”

季清晚颔首：“你好。”

她单手拍了下身旁夏夏的肩：“这是我的助理。”

夏夏神情还有点儿恍惚，局促地作了自我介绍。

等他们把人认得差不多了，伍洋才开始给盛瑜和季清晚讲解这次拍摄的主题和流程。

《青色》的主编在确认季清晚和盛瑜搭档的情况下，根据这两位的人物形象定下了标题——

玫瑰荆棘。

盛瑜的寡淡散漫与季清晚的媚色撩人矛盾冲突，形成一种特色鲜明的画面。

令人期待。

伍洋大致把自己的拍摄方向说完后，便让盛瑜和季清晚都先去化妆间化妆、做造型。

负责两人的造型师分别领着他们往男女隔间走去。

“晚总，我觉得我死而无憾了。”

夏夏托着自己的脸，看着镜子里正在做造型的季清晚，痴痴地感叹着。

化妆师正在给季清晚上妆，她微闭着眼，闻言笑了一声：“终于回神了？”

刚刚季清晚都被吓到了，不过在那样的情况下见到自己的男神，夏夏能保持理智算不错了。

夏夏疯狂点头：“我刚刚都快疯了，使出浑身解数才克制住自己。”

说着，她又想起男神那张惊为天人的脸，不住地捂脸：“天哪，美玉太帅了！我此生无憾了！”

她犯花痴的样子让一旁的工作人员也笑出了声。

夏夏顿时觉得羞耻：“不好意思，打扰你们了。”

“没事，我们也是第一次见到盛瑜，有些特别喜欢他的人也和你一样。”工作人员解释了一句。

夏夏闻言，摇头感叹：“果然喜欢美玉的人都是可爱的。”

“等会儿出去要安静点儿，别忘了，你是我的助理。”季清晚知道她的花痴属性，但还是得提醒一句。

夏夏敬礼道：“晚总放心，你才是我的本命！”

这拍马屁的话，让人发笑。

“好了，可以睁开眼了。”

化妆师示意妆已经化好，季清晚闻言抬眸。

一直关注这边的夏夏看着镜子里的季清晚睁眼后的样子，倒吸了一口气。

季清晚眨了眨眼：“怎么了？不好看？”

化妆师离她最近，突然对上她上好妆的眼睛，愣了一下。

面前人的眼型漂亮，睫尾眼线勾画上挑着，浅褐色的瞳色折光有些淡，瞳仁明显带着暗银，搭配大地色眼影，衬出丝丝娇媚，可在媚中又透露出几缕疏离寡淡，有若即若离的味道。

夏夏回过神，猛地咳了一声，没回答，咽了咽口水让季清晚先去换装。

十分钟后，屋外的工作人员敲响了化妆间的门，询问季清晚是否准备好了。

盛瑜已经换装完毕，他半垂着眼，懒散地斜靠在门口，听着门内没有回声，抬手再次敲门。

等了几秒后，里头传来一句：“好了，可以开门了。”

盛瑜闻言直起身，单手搭在门把手上，手腕一压。

紧闭的门被打开，映入眼帘的是那张艳丽夺目的面颊，她眼眸微垂，安静乖巧。

似是察觉到门外人影的异常，季清晚抬起头，一眼撞入对方那双漆黑的眸子里。

看清她精致的妆容后，面前的男人眉梢微挑，明显透着意外。他疑惑地歪了下脑袋，轻轻“嘶”了一声。

“我女朋友明明只是进去一趟，怎么出来就变了个人？”

第四章

绯闻

开始拍摄。

篷布内的灯板有序地搭在四周，亮白的光线映照着棚内的两个人。

伍洋拿起相机，看着两人出声解释：“你们只要做一些简单的动作就好，我先试拍看看。”

简单的动作……

季清晚抬眼看向身旁的男人，突然有点儿犯难。

她还真的不知道该怎么和这位搭简单的动作。

盛瑜对上她的视线，慢悠悠地开口：“别害羞，来吧。”

季清晚：“……”

刚刚伍洋给出两人是情侣的身份设定，这位少爷倒是挺欣然接受，完全不觉得尴尬，就像刚刚还毫不客气地称呼她为“女朋友”。

虽然就那一句，但还是让她有点儿蒙。

盛少爷看着她的表情，没再多说什么，左手手肘弯曲，示意她伸手挽住。

见状，季清晚自然地轻轻挽住他的手臂，抬眸面对镜头，进入状态。

咔嚓——咔嚓——

快门声响起，伍洋拍了几张后拿起相机查看，身后的电脑屏幕已经自动上传了照片。

工作人员立马盯着成片看，画面上的男女一高一低，距离隔得不近不远。

季清晚身着黑色的丝绸连衣裙，慵懒的卷发松散在身后，单手挽着身旁的男人，而盛瑜穿着简单的白色西装，右手握着一束鲜花，懒懒散散地垂在身侧。

两人直视镜头，表情出奇地一致，平静中带着寡淡。

男女黑白服装鲜明的对比搭配，配上他们平淡的表情，意外地和谐，还挺般配的。

伍洋也没想到两人配合度这么高，歪头称赞了几句："很好，但我希望你们能更亲密一点儿，最好是跟情侣一样的状态。"

季清晚闻言，凭着职业习惯，下意识地移步接近身旁的人。

盛瑜感受到属于她的气息贴近，眉梢微动。

他侧头看向她，微微垂眸，不紧不慢地问："要做什么？"

说话间，两个人之间的距离已经渐渐消失，他的气息扑面而来。

季清晚身子猛地顿住，视线对上他的，停了几秒后自然地撇开，扫到他手中的花束，提醒他："递给我花。"

盛瑜听话地抬手递到她面前，季清晚立即闻到了花的味道。

可惜并不香，还有些刺鼻和令人作呕。

她眉头微不可察地皱了一下，屏息等待着快门声。

"盛瑜，你左手搂住季清晚的腰。"

季清晚控制着呼吸，神情自然，等着盛瑜的动作，可下一秒，面前的花束忽然被他拿开，她感受到自己的右手被男人牵住，移到他身前，面对镜头，与她十指相扣。

季清晚愣了愣，反应过来后立即压着眼底的诧异，微微抬头看他，嘴角勾出一个温柔的笑。

盛瑜侧身背手拿着花束，垂下眼睑，与她那双浅眸对视，扫到其中的惊讶，神情却依旧慵懒。

"非常好。"

伍洋不在意盛瑜换姿势，反正成片的效果很好就行。

快门声落下后，伍洋示意他们换个姿势。

“等一下。”盛瑜散漫地问了句，“这花还要用？”

季清晚闻言侧头看他，不确定他突然提问的原因。

伍洋愣了一下：“不用也可以。”

“哦。”盛瑜随便应了一声，伸手朝一旁的工作人员递了递，“拿走吧。”

花束被拿下去了，正好一旁的化妆师上来给他们整理妆容。

盛瑜面对季清晚站着，眼睛微垂，淡淡地说道：“下次不舒服直说，别忍着。”

化妆师们一愣。

季清晚闻言，立刻猜到了他刚刚把花拿下去的原因，不禁抬眸看他：“我刚才的表情很明显？”

盛瑜随口说：“没有。”

季清晚好奇道：“那你怎么……”

“呼吸都没有。”盛瑜抬起眼皮，语气无波无澜，“我还以为你不是人。”

正在整理发型的助理手一抖，视线落在她的鼻尖上。

季清晚觉得好笑，歪了一下脑袋：“谢谢关心，我是人。”

上次以为她是哑巴，这次又觉得她不是人。

这两人的对话很有深意，化妆师不敢多留，收了尾便迅速退下。

伍洋那边还在电脑上看后期成片，压根没注意到化妆师已经给他们整理好了妆容。

于是，两人安静地站在棚里，等着他重新开拍。

季清晚微微移动步子，低头拉了拉裙摆，盛瑜侧头替她整理，她刚想说谢谢，男人先开口，声线微低：“话题榜撤了。”

季清晚保持低头，下意识眨了眨眼：“这么快？”

“这是什么意思？”盛瑜勾起散漫的笑，“还想继续在上面待着？”

季清晚连忙摇头：“完全不想。”

再在上面待着，她怕粉丝们迟早扒出她的身份。

盛瑜听见这话却觉得不对，眼尾微挑："这是嫌弃我？"

季清晚一噎，微微抬头看向他，倒是想起他此时的身份，唇角勾起，揶揄道："您可是盛瑜大神，我不敢嫌弃。"

盛瑜低头，半晌一笑，语气慵懒："还挺记仇。"

季清晚扯了扯嘴角，不置可否。

谁叫他先瞒着她，之前还看她笑话。

此仇不报非君子。

"这次拍摄，你不知道是我。"语气肯定。

盛瑜整理好后，松开她的衣摆，自然地收回手。

季清晚道了声谢后点头，应了一声："经纪人没告诉我，如果知道的话……"

"知道的话，"盛瑜接话，语调微抬，"不打算接？"

季清晚抬眸瞥了他一眼，淡笑道："接啊，为什么不接？"

盛瑜的名气这么大，再带上《青色》的口碑，她可赚到了。

双赢还有钱赚的事，她为什么要拒绝？

盛瑜抬了抬眼，似是有些意外："不怕上话题榜了？"

季清晚眨了下眼："怕是怕，但我们好像也没什么关系。"

盛瑜闻言表情平淡，态度悠然："错了。"

季清晚愣了一下，没听懂："哪里错了？"

"关系啊，"盛瑜抬眸看向前方走来的人影，语气带着漫不经心，"可能有呢！"

他话音落下，季清晚皱着眉正要开口，却被确认好照片回来的伍洋出声打断。

"好，我们继续拍摄。"他示意，"盛瑜，你再牵一次季清晚的手。"

季清晚还没回过神，下一秒就感到自己垂着的手被盛瑜轻轻牵起。

盛瑜侧头看去，对上她那双疑惑的眼睛，突然笑了一声，声音压得低沉："工作吧，女朋友。"

"……"

双人照的部分在两人的配合下拍摄完一组后，伍洋便让季清晚先下场休息，留下盛瑜在棚内继续拍摄单人照。

夏夏赶忙走上来，扶着季清晚到后方休息区，让她坐下后，递水伺候。

季清晚喝了一点儿水，润了润有些干涩的喉咙。

夏夏看了眼后面还在拍摄的男神，转过头看向季清晚，眨着眼小声问了句："晚总，我们美玉的怀抱好不好躺？"

季清晚猛地被呛了口水，缓了一会儿，慢悠悠地抬头看着她："你想干什么？"

夏夏的视线在季清晚身上扫视了一圈，悄咪咪地凑近她，咬了咬唇："晚总，您给我抱一下好不好？或者给我牵一下手！"

刚刚她在后面一直看着两人拍摄，看到盛瑜主动牵晚总的手的时候，她内心疯狂"尖叫"着，到最后季清晚躺靠在盛瑜怀里的时候，她差点儿就疯了！

"什么？"季清晚闻言觉得有些好笑。

夏夏乞求着："我也不奢望能牵到和抱到美玉，但是您都做到了，所以我想借您让我间接感受一下，好不好嘛？"

季清晚知道她的心思，勾唇轻笑了一声，伸手向她示意："感受一下吧。"

夏夏得到准许，一把牵住了面前纤细的手，然后闭眼小声地说着什么。

季清晚被她握着的感受不是很好，总觉得有些奇奇怪怪的。

等了十几秒后，她一把抽回自己的手，出声打断："好了，结束。"

夏夏手心一空，失望地收回了手。

季清晚被她的表情逗笑："按你的意思，那如果我亲了你的美玉，你也会亲我？"

夏夏闻言，眼眸微瞪："不行！没有这个如果，我拒绝！"

季清晚见她这么激动，抬眸看了眼那个散漫的男人，不知想到什么，扯起唇角，道了句："迟早的事。"

在这圈子里，跨界发展的人多了去了，也许有一天两人演了对手戏也说不定。

夏夏听着她这霸道总裁范儿的话，面色震惊："晚总，您该不会……"

后半部分她没说出口，而是难以置信地伸手捂住了嘴。

季清晚见她明显想多了，也不打算解释，勾了勾唇，抬起眼皮看向她，悠悠地开口："过来替我揉揉肩。"

看看！看看我们晚总！

这姿态，这气势！

夏夏直接折服，狗腿似的上前服侍。

季清晚享受着夏夏的捏肩，休息了一会儿，忽然想起盛瑜刚刚提醒她的话，便让夏夏拿来她的手机。

屏幕解锁，她熟练地点开微博话题榜。

一排排的文字标题，个别还带着"新"或"荐"的标签。

季清晚扫视了一圈，确实是没再看到盛瑜的字眼。

心里吊着的石头，落下了一点儿。

夏夏见她一直盯着手机，有些好奇："晚总，您在看什么？"

"你们家美玉的话题榜没了？"季清晚一边问，一边点开盛瑜的微博。

夏夏点头："对，早上我起床的时候就看到没了，应该是让人撤下来的。"说完，她抬头扫了一圈，然后低头小声继续说，"还有，我刚刚听见工作人员说，早上盛瑜和摄影师聊天的时候说，他只是助人为乐，送人回家而已。"

季清晚闻言眉梢微挑。

确实是助人为乐。

"然后我还偷听到……"夏夏顿了顿，没说话。

季清晚侧头看她："偷听到什么？"

夏夏看着她，咽了咽口水："我偷听到他们说我的美玉肯定和你有那种不可告人的难以形容的关系。"

季清晚："？"

只要有女人的地方，就会有八卦。

特别是如果你讨论的对象还同时出现了，那这话题可能更有爆点。

摄影棚内的女人们现在完全就是这样的状态。

上午盛瑜过来的时候，可能除了伍洋，其他工作人员都是蒙的——因为太出人意料。

盛瑜的名气不用多说，但他出道后从来没有任何花边新闻爆出过，昨晚那个"甜心护送"的话题榜更是让人震惊，当时微博的服务器都卡了，可见信息量有多大。

这条绯闻的爆出固然惊人，但更令人浮想联翩的是盛瑜发的那条澄清微博——那不正常的语气和表情。

特别是网友发现盛瑜的文字和前两天也上了话题榜的季清晚发布的微博有点儿类似后，风向开始有所转变，各色各样的观点开始冒出来。

不管怎样，季清晚都已经被她们盯上了。

话题还在热议，所有人都还没猜出所以然来，但她们一大早起来下意识打开手机准备看八卦的时候，突然发现话题榜被撤下来了。

本来还有些遗憾的，可当看到今日话题榜的本尊慢悠悠地出现在她们面前的一瞬间，她们还是有些恍惚。

下一刻，季清晚也出现了。

她们突然很想感谢上天——安心了！今天可以很幸福地、光明正大地八卦了！

来啊！造作啊！

真相就在我们的面前！

十几双如狼似虎的眼睛，有意无意地盯着季清晚和盛瑜，自然也没让刚刚拍摄时他们俩偷偷摸摸的谈话逃过去。

"欸、欸，看到没，盛瑜在和季清晚讲话！"

“妈呀，盛瑜笑了！”

“盛瑜在帮季清晚整理衣服呢，天哪，好甜哟！”

感叹完，化妆助理往身边扭头一看，惊讶道：“你哪儿来的望远镜？”

“之前拍摄的道具啊，但是我不敢看，远观算了。”

化妆助理啧声：“远观足够了啊，两个人超配好不好！”

另外一个助理小心地猜测一句：“他们两个人应该认识吧，昨晚盛瑜的微博不就是在模仿季清晚？”

“肯定认识！”化妆助理语气笃定，又偏头小声道，“我刚刚上前给他们补妆的时候就听到他们在说话，盛瑜还关心季清晚，怕她不舒服呢！”

话音落下，周围人立马捂着嘴，两眼犯花痴，压低声音尖叫起来。

“啊啊啊啊，好甜！”

“不行了，我真的觉得季清晚肯定和盛瑜有悄咪咪的关系！”

…………

“就这些？”

季清晚听着夏夏传递过来的话，眨了眨眼。

夏夏点头：“是的，就这些。”

季清晚松了口气，随口道了句：“只是说说而已，不用特别在意。”

她还以为她们发现了绯闻照片里的人是她呢！

她白担心了。

夏夏注意到自家艺人的反应，立刻眯起了眼：“晚总，你是不是有什么事瞒着我？”

季清晚听到这话，眉梢微抬，笑了一声，然后歪着脑袋问：“您觉得我有什么事瞒着你？”

夏夏侧睨着她，想着她刚刚的反应，再结合这几天的事，脑子突然抓到什么，正要开口说话，后头摄影助理的声音忽然响起：“季小姐，轮到您拍了。”

夏夏立马止住嘴边的话，对着摄影助理点头：“好的，谢谢。”

季清晚站起身，看着夏夏的表情，抬手敲了敲她的脑袋，嘴角翘起弧度："我先去拍，你在这儿等着。"

吩咐完，季清晚单手提起裙摆，往摄影棚走去。

单人部分是季清晚的强项，毕竟她是模特出身，当过不少大品牌的代言人，对比刚才和盛瑜双人照拍摄时明显自然一些。

她快速地抓到了伍洋想要的感觉，快门声接连响起。

"很好，很好，就这样保持住。"伍洋拿起相机，蹲下身子最后收尾，"好了，清晚可以换下一套衣服了。"

季清晚收回状态，点头下场，夏夏赶紧跟着她往化妆间走。

化妆师已经在里头等着，见她进来，连忙将手里的衣服递给她："这是下一套衣服。"

夏夏应了声，然后伸手接过，熟练地带着自家艺人去隔壁的更衣室换衣。

私密的空间没有其他人，季清晚看了眼夏夏有些凝重的表情，疑惑地问："怎么了？"

见她发问了，夏夏拿起手机，指着屏幕上的照片问："晚总，这是您吧？"

季清晚目光投向那照片里全副武装的自己，挑了下眉："怎么说？"

其实对于夏夏能猜出来照片里的人是自己这事，季清晚并不意外，夏夏的判断能力不差，又天天在自己身边，再加上网上的推测，就算现在没发现，之后迟早也会知道。

夏夏眼神犀利，一点一点地指出证据："这是我给您买的帽子，这是您那天拿回去的行李箱，还有这件衣服也是您前几天刚买的，如果说帽子是撞了款式，但是哪有全部都能和您的撞到的，当您是电线杆吗，一直撞？"

季清晚听到最后，笑出声："这是什么比喻？"

夏夏见她没否认，一脸震惊："晚总，真是您？！"

季清晚眼尾微扬，淡淡地应了一声，顺便提醒她："小声点儿。"

说完，她拿过夏夏手里的衣服，转身打开门进去换衣服。

夏夏看着紧闭的门，脑袋还有些蒙，她有种吃瓜吃到了自己身上的感觉。

咔嗒！

门打开，季清晚拿着换下的衣服走出来。

夏夏回过神，连忙接过衣服，想开口问，但也知道地点有些不对，最后老老实实地闭上嘴，跟着她走出更衣室。

隔间的化妆师听见脚步声，转身看来，都愣了一下。

如果说季清晚穿上第一套显得清新脱俗，那穿上这套真的有柔媚风情的感觉。

艳红的民族风长裙衬得她肤色白皙，布料熨帖，凸显着她姣好的身材，细腰长腿，再配上她还未卸去的眼妆和波浪卷的长发，不仅丝毫没有违和感，倒还添上了几分异域姿色，妩媚动人。

“不需要改妆吗？”季清晚出声唤醒她们。

化妆师回过神后忙点头，让她坐在镜子前，重新给她上妆。

妆容的变化不大，季清晚闭眼等了一会儿就听见化妆师说好了。

她睁开眼，随意看了几眼镜子里的自己，单手戴起雨滴形的耳环配饰。准备好后，她站起身，夏夏替她拉着长裙后摆走出化妆间，往摄影棚走。

伍洋没在现场，服装师先安排季清晚坐在棚内中央的木椅上，然后拿出准备好的红色头纱半披在她头上。

“这是什么？”

前头忽然响起那道熟悉的声音。

季清晚循声看去，男人身姿挺拔，宽肩窄腰，显眼的深蓝色西装搭配着黑色的衬衣。

他不疾不徐地走来，垂眼看向披着头纱的人。

男人语气带着疑惑，漫不经心地问：“要掀盖头？”

季清晚：“……”

可能觉得自己猜对了，盛少爷轻皱了一下眉，明显有些不解，“啧”

了一声："进展这么快，就要当夫妻了？"

季清晚闻言没忍住，表情无语："做梦呢！"

周围传来几句笑声。

盛瑜也似是没想到她会这样说，愣了愣。

回过神后，看着她这反应，他垂头，鼻腔里发出一声低笑。

不远处，伍洋回来示意两人开始准备拍摄。

画报最后一组拍摄完毕，盛瑜留在原地拍摄个人照。

季清晚先拍完后，弯腰和工作人员说大家辛苦了，然后迈步回化妆间卸妆、换衣服。

等她全部整理好换回自己的服装后，盛瑜那边也已经结束，换好了衣服。

听到夏夏的小道消息后，季清晚想了想，还是要表达对合作伙伴的礼貌，去和他打声招呼比较好。

想到此处，她起身领着夏夏去隔壁化妆间，房门大开着，她看见里头沙发上的人步子顿了顿。

屋内的灯光打在他的白衬衫上，让他整个人都像在发光。

黑色短发微卷，有些松散。

他敛眸，睫毛低垂，长而密的睫羽在眼睑处落了一层灰青色，光影扫过他高挺的鼻梁、薄凉的唇瓣，最后勾勒出完美的下颌轮廓。

男人以手支颐，另一只手正翻看旁边摆放着的杂志，模样悠闲。

举手投足间透着慵懒，宛如画报。

察觉到声响，他偏头看来，神色有些散漫。

看清是她后，他眉梢一挑，淡淡地问："有事？"

季清晚回过神后摇了摇头："没事，只是和你道个别。"

"哦，进来吧。"男人语气依旧不紧不慢。

季清晚迈步走进去，见只有他一个人，有些疑惑："你的经纪人呢？"

盛瑜随手合起杂志："他有事出去了，让我在这儿等着。"

季清晚闻言扬了扬眉，这少爷居然还真乖乖等着。

后头的夏夏躲在季清晚身后，按捺住自己内心的激动。

季清晚扫了她一眼，想起刚刚她的央求，无奈地揉了揉眉心："盛瑜，能麻烦你给我助理签个名吗？她是你的粉丝。"

盛瑜注意到她身后的小助理，点了点头："行，拿来吧。"

夏夏闻言面色一喜，连忙拿着卡片和笔走出来，咽了咽口水："您签这儿就好。"

盛瑜接过，将卡片放在沙发扶手上，淡淡地问："叫什么名字？"

夏夏有些紧张地开口："我叫夏夏，夏天的夏。"

盛瑜拿着笔的手一顿，听着这有点儿耳熟的解释，抬起头，语气微抬："夏天的夏？"

夏夏莫名愣了愣，点头："是的。"

盛瑜得到肯定的答复，突然轻笑了一声。

一旁的季清晚对盛瑜这反应也有点儿莫名，有什么好笑的，夏天的夏……

季清晚意识忽然一闪，猛地想起自己在姻缘殿替他求姻缘时说了夏夏的名字。

糟了！

季清晚瞬时抬头看向两人，视线突然与男人那双深邃的眼眸相撞——

里头透着意味深长的懒散。

她头皮有些发麻。

盛瑜签完名后，夏夏紧张地接过，看着上头锋利帅气的字体，差点儿尖叫，为避免自己失态，她连忙对季清晚招呼了一句，就自己出去偷着乐了。

她一走，屋内就只剩下两个人了。

气氛有些安静。

季清晚默默抬眸，与对面的男人对视，咳了一声后正准备解释，他却先开了口。

"要不要再给你根红绳？"盛瑜眼尾轻抬，指尖敲着沙发，开口问她。

季清晚愣了一下，有些莫名："给我红绳干什么？"

"红绳姻缘啊……"他勾着尾音，语调缓慢，字词轻咬，"看看我和她相不相配，好了结一下你这月老的心愿。"

"……"

误会有点儿大。

季清晚好心替别人求姻缘，居然还被当场撞见了，运气真的有点儿差。

而且她都忘了夏夏这事了，没想到现在又被提起，这少爷还挺记仇的。

季清晚舔了舔唇，斟酌了一下，说："夏夏是你的粉丝是真的，其他的都是……误会，巧合。"

"巧合啊……"盛少爷轻散地笑着，评价了一句，"还真巧。"

季清晚点点头："只是巧合，你别太在意。"

盛瑜慢悠悠地开口："晚了。"

季清晚眼睑微抬，看着他。

"我记得挺清楚。"盛瑜指尖轻轻敲在杂志封面上，半拖着腔说，"我也挺在意的。"

季清晚："……"

你怎么不记一辈子呢！

盛瑜看着她的表情，挑了下眉："这仇视的眼神是怎么回事？"

季清晚微笑着摇头："没有，盛老师您看错了。"

连敬语都用上了。

盛瑜唇角微勾，笑了一声，带着揶揄。

季清晚不管他的笑，依旧礼貌着说："我先回去了，您继续等吧。"

盛瑜也没打算对她怎么着，闻言淡淡地点头："嗯，走吧。"

巴不得走的季清晚得到回话，毫不犹豫地转身离开。

盛瑜单手撑着下颚，看着她干脆利落的动作，扬了扬眉。

刚巧她的身影转回隔壁化妆间的时候，唐志文赶回来了。

盛瑜正好也放下了手里的杂志，唐志文回来时见他散漫地坐在沙发上，便催着他起身往外走。

盛瑜沉默着走出房间。

一旁的唐志文在和他说话，讲了半天，也没听到他有反应，结果抬头就看到他低垂着眼，一副爱搭不理的样子。

“你有没有在听我讲话？”

盛瑜眼皮微抬，看了他一眼：“嗯，你说。”

唐志文：“……”

唐志文不想说了，转过头看见隔壁走来的季清晚，忙打了声招呼：“季小姐。”

盛瑜闻言，抬眸看去。

季清晚没想到唐志文回来得这么快，她以为盛瑜还要再等一会儿。

想着，她慢步走近他们，颔首致意：“你好。”

唐志文知道季清晚的助理还在外面等着她，也没多寒暄，侧身给她让路。

季清晚道了声谢，迈步向前。

唐志文看着她高挑纤细的背影，没忍住小声对身旁的人问了句：“你们俩确定认识？”

盛瑜抬眼看他，眼神示意他想问什么。

唐志文指了指他，老实说：“她怎么都没和你打招呼？”

盛瑜语调半抬不抬：“她和你打招呼了？”

“打了啊！”唐志文回答，“但没和你打，连看都没看你。”

盛瑜闻言扫了他一眼，懒懒散散地“哦”了一声：“我和你不一样。”

“……”

唐志文没忍住撑了他：“就你这性子，人家肯定也懒得理你。”

盛瑜垂着眼睑：“我这性子怎么了？”

“你什么样自己没点儿数？”唐志文说他，“性子差又不听人话。”

认识盛瑜的人，都知道他的性子是出了名的散漫。

盛瑜听着他的吐槽，轻嗤了一声：“你意见还挺多！”

“反正你又不会听。”唐志文啧声道，“你老实告诉我，你这回答应拍摄是不是和这位有关？”

“这位”自然指的是季清晚。

盛瑜目光淡淡地落在前方，漫不经心地反问：“是和不是有什么关系？”

这回答分明就是不想回答。

唐志文摸不准盛瑜的态度，但知道他这人对不喜欢的女人态度很决绝。

“虽然你的话题撤下了话题榜，但是这次你们又一起拍了画报，杂志出刊的时候肯定很热闹。你最近注意点儿，别再被人抓到类似护送的事了。”唐志文低声提醒他，语气有点儿深意。

就算盛瑜没说，但唐志文好歹也是个经纪人，怎么可能猜不出那个绯闻的女主角是谁。

只是他猜不到两人的关系。

盛瑜听着他的语气，嗤笑：“你还真的信那破新闻？”

唐志文瞪眼：“我信不信有什么用！别人信才是问题！”

盛瑜懒得听他叨叨，直接问他这次《青色》出刊的日期。

“下周五，怎么了？”

“那明天让伍洋来一趟。”

唐志文闻言一愣：“你休息完了？”

这几个月盛瑜一边休息一边准备新专辑，网上除了前天的绯闻都没有他的任何消息。

盛瑜瞥了他一眼：“我都接了这次的杂志拍摄，你觉得算在休息？”

唐志文：“……”

你难道不是为爱转身吗？

唐志文误会了。

季清晚觉得自己的脸还真没那么大。

两个人就见过一次面的，怎么可能让盛瑜为了她接这个通告。

但明显不仅是唐志文，夏夏也误会了。

季清晚在车上把自己和盛瑜在御音寺碰见，然后他好心送她回家的事简要地说了一遍。

夏夏听完，瞬间联想到了这次《青色》的事，两眼开始放星星：“晚总，美玉不会是因为您才接的吧？”

季清晚听着这完全不靠谱的话，摇摇头。

“真的有可能啊！美玉最近在休息，一般都不会接通告的，但是！”夏夏激动地喊话，“他这次居然接了这个，而且搭档还是您！”

季清晚靠在座椅靠背上，半垂着眼，拖着音懒洋洋地问：“那你说他为什么因为我才来了？”

夏夏托着下巴想了想：“因为您的美貌？”

季清晚闻言轻笑了一声，其他的原因她不确定，但因为美貌还真的不可能有。

倒不是季清晚不美，而是这位少爷不感兴趣，以他的身份，只怕是早已见惯了各种类型的美女。

如果是美貌的原因，早在第一次两人见面的时候，盛瑜就可以直说自己的身份，但他明显就没在意过她的长相，也懒得介绍自己。

“别多想了。”季清晚抬眸扫了眼夏夏的手机，“你们家美玉的休息时间应该也够久了，可能快回归了。”

被她一提醒，夏夏脑子顿时清醒，刚刚冒出来的浪漫火苗被这一席话瞬间扑灭了。

“晚总！您让我感受一下甜甜的爱情故事不行吗？”

季清晚半掩住嘴，打了个哈欠，含糊道：“那就当我没说过，你继续感受……”

夏夏小声道：“都被您打破了，我只感受到玻璃碴。”吐槽完，她撇了下嘴，“但是晚总，您怎么知道盛瑜要回归了？”

“嗯……”季清晚沉吟半晌，“我和他心灵感应？”

“……”

夏夏无语开口：“那您怎么不感应一下盛瑜可能真的为您而来？”

季清晚睁开眼，勾着嘴角轻声重复了一句：“为我而来？”

夏夏默默点头。

季清晚浅褐色的眸子微闪，眨了下眼，问她：“如果我说盛瑜想潜规则我，你信吗？”

夏夏表情一骇，下意识反驳：“怎么可能？！”

季清晚眼尾微挑，点点头：“所以我还是有点儿自知之明的。”

夏夏：“……嗯？”

为什么突然觉得晚总有点儿卑微？

季清晚完全不知道自己的小助理还在纠结这种奇葩问题。

她安稳地靠在车座椅上假寐了一会儿，司机停下车，示意已经到了小区门口。

夏夏将她送下车，季清晚戴着帽子，揉着脖子随意朝她挥了挥手就转身往里头走。

房门电子解锁声响起，季清晚进屋后随手关门，打开客厅的灯光。

她换上拖鞋往里头走，有些疲惫地半躺在了沙发上，揉了揉自己有些酸胀的小腿。

画报拍摄从早上到下午，她也差不多站了快一天，而且还穿着高跟鞋，身子的压力全在前脚掌，小腿的支撑点很累。

季清晚揉着小腿，想起一直在身旁很轻松站着的盛瑜，不禁感叹女人太难了。

她随便揉了几下后就放弃了，然后翻出包包里的手机准备点个外卖，没想到屏幕刚亮起，映入眼帘的就是来自同一个人的微信信息。

季清晚解锁打开，大致扫了几眼，给对方回了个电话。

嘟了几声，电话接通后，任尤州直接开口问：“季清晚？”

“不是我还能是谁？”季清晚好笑地问。

任尤州不在意道：“我还以为你被人绑架了，都失去联系了。”

季清晚哪能不知道他的意思：“我在拍摄，没看手机，哪像你这么闲？”

“我哪有很闲！”任尤州嗤了一声，“老子刚下飞机，就被人拉着来参加你爸的什么无聊宴会。”

“他怎么知道你今天回来了？”季清晚刚刚看过他的信息，知道他的处境。

“你们家和我有个项目要谈，可能是老头告诉他的，指不定想和我打打亲情牌。”

“哦。”季清晚半靠在沙发上，懒洋洋道，“那你和他慢慢打。”

任尤州听她似乎要挂电话，连忙唤她：“欸，我可不想继续在这儿耗着，你过来接我，我等会儿出来。”

季清晚丝毫不想见季家父子，直接拒绝：“不去。”

任尤州解释道：“没让你见人，你就当个司机！”

听见他那边的声音有点儿回响，季清晚皱了下眉：“你现在在哪儿？”

任尤州摸了摸鼻子：“厕所。”

季清晚下巴微抬：“嗯，那你继续蹲着吧。”

任尤州：“？”

能不能做个人？

傍晚时分，街上的行人交织如鱼，四周店铺招牌亮起，伴着路边的灯影，繁华喧嚣，五色光影交织在一起，迷人眼。

车道上，车辆行驶而过，经过热闹的街边，缓缓向前，转弯进入右侧，行驶了几千米后，车轮刹住停在了高级会所楼外。

主驾驶上的季清晚扫了眼对面会所的大门，拨打了任尤州的电话，等了一会儿，话筒内却一直是嘟嘟声。

这人可能被拉去应酬了。

她干脆挂断电话，看着对面的高层大楼，指尖在方向盘上敲了敲。

思索了一会儿，她侧身拿出抽屉里的墨镜戴上，打开车门下车。

会所大厅内，前台的服务员看着门外迈步走来的窈窕女人。

她步履轻盈，显眼的墨镜半遮面。

等女人走近后，服务员保持友好的微笑：“您好，请问小姐有什么需要的？”

季清晚走到前台，微微颔首：“你好，我找——”

“季少爷。”

身后侍应生的问好声忽然传来，打断了她的话。

季清晚顿了顿，微微侧头看去。

在这时间段、这地点能被称为“季少爷”的人，不用猜都知道是谁。

身后的男人身着笔挺的西装，神情带着纨绔子弟惯有的傲气，仔细看还能发现他的长相有几分神似季清晚。

季颢的眼神扫视了一圈大厅，余光瞥见站在前台的一道纤细背影，正想转头望去，身旁的女人却扯了扯他的衣袖，扬起那矫情的语调。

“季少，等会儿进去人会很多吗？”

这声音……

季清晚眉梢一挑，目光落在季颢身侧的女人上，熟悉的长相配上那矫揉造作的表情，还有那让人犯呕的声音，季清晚差点儿没认出她来。

被贝诗蕊一打岔，季颢侧头淡淡地回了句：“进去后你坐着休息就行，别的也用不着你。”

贝诗蕊嘴角的笑意微滞，但几秒后，她重新勾起笑：“当然，我会乖乖等着季少的。”

季颢对她的态度很满意，随便应了一下：“结束后来找我。”

贝诗蕊应了声好，挽着他的手臂，慢步往前，视线微微垂下，掩着眸内的情绪。

经过前台时，贝诗蕊扫到一道女人的身影，但仅是匆匆一瞥，她没怎么在意。

季清晚站在原地，看着两人并肩走进电梯，默默收回视线，眼睑微垂，嘴角勾起几缕嘲笑。

她知道贝诗蕊背后有人，但她没想到这人居然是季颢。

还真的是什么破烂事都有。

有点儿意思。

“小姐？”

前台的服务员见她没有回话，轻轻唤了声。

季清晚抬眼看向她，淡笑着问了句：“我想问季氏集团的宴会厅在哪儿？”

服务员闻言表情平静，微笑点头：“好的，您稍等。”

季清晚点了点头，单手搭在台上，手指钩着车钥匙晃了晃。

可还未等几秒，身旁忽然传来一阵脚步声。

季清晚循声偏头，对方迅速走来，站定在她面前颔首致意：“季小姐。”

前台的服务员看着这架势，愣了愣。

季清晚认出来人是任尤州的助理，点头应了一声：“你家少爷被拖住了？”

“是，少爷让我来接您。”

“行。”季清晚戴着墨镜，白皙的下巴扬了扬，“走吧。”

去看看热闹。

刚刚给任尤州打电话的时候，季清晚是真的不想来。

工作累了一天，还要过来看不顺眼的人，她吃饱了撑的？

但任尤州这娇气的公子哥和她磨了半天，说什么一定要她来接，不来的话他之后每天都吵她。

季清晚想了想，来这儿总比他天天烦人好，最后便答应了。

本来过来的时候心情是不怎样的，但是刚刚发现了一件趣事，她倒是有点儿兴致了。

宴会厅在三层，紧闭的门外站着保安和礼仪小姐。

助理领着季清晚走过，其中一个保安见她没有邀请函，打扮也很随意，便伸手拦下：“您好，请出示邀请函。”

季清晚推了推墨镜：“邀请函？我没有。”

“没有邀请函就无法进入。或者，您有什么能证明自己身份的？”

“身份？”季清晚勾起嘴角，“这个你就要去问问季善林了。”

保安愣住，没想到她会直呼总裁的名字。

季清晚趁着他发愣，摆手随意道了句：“放心，我不是坏人，只是进去找个人。”

说完，她领着助理准备迈步往里头，其余的保安见队长没动，都有些迟疑，不知道该不该拦。

保安队长也拿不定主意，但见这个女人的架势太自信、太理所当然，怕自己惹了不该惹的人，他想了想，低头打开对讲机。

再抬头时，保安队长发现前边女人的身影已经走进了宴会厅。

季清晚进来得悄无声息，根本没人注意到她。

看了眼中心的人群，她微微侧头问助理：“任尤州在哪儿？”

助理看到刚刚任尤州所在的地方已经换成了别的宾客，忙低头拿出手机发信息。

季清晚扫了眼他的动作，迈步往角落的方向走，可没走几步，目光投向之处竟瞧见了在沙发上休息的贝诗蕊。

整个环境中，明明就她一个人孤零零地坐着，却还是直挺着腰身，保持着脸上的微笑，撑起身上华丽的礼服和精致的妆容。

季清晚透过墨镜看着她的模样，突然笑了一声。

真是人生如戏啊！

而贝诗蕊这边似是察觉到她的视线，微微侧头，一眼就看见了对面戴着墨镜的女人，觉得有些奇怪。

那女人穿着风衣和便服，在一群身着礼服的宾客里有些突出，但更突出的还是她那副不合时宜的墨镜。

这打扮明显就不是来参加宴会的人。

贝诗蕊看了她几秒，意外地觉得这人给她的感觉有点儿熟悉。

只是对面的女人也没有多留，她身旁的男人朝她颔首低声说了什么，她点点头后就转身离去了。

刚巧，贝诗蕊在女人侧过身的一瞬间，看清了那副墨镜遮蔽下的面容。

仅仅是一个侧颜。

她端着酒杯的手指猛地一颤，玻璃内的红酒微微荡起。
贝诗蕊眼眸微张，表情震惊。
那是……季清晚？！

第五章

外援

“你家少爷是掉进厕所了？”

季清晚刚刚听到助理的回答，差点儿笑出声。

任尤州这人懒得出去应酬，干脆直接躲在了厕所。

而且，他居然还真的躲得下去。

助理不敢乱答话，只能默默领着季清晚往男厕所方向走。

会所厕所的装潢也是统一的偏奢靡风，铺着金色地砖，有些刺眼。

季清晚站在男女厕所中间的洗手台处，对助理道：“你进去把他叫出来。”

“好的，您稍等。”

助理点头，转身走进去。

季清晚站在外头，察觉到自己站的位置有点儿不大对，于是默默地往女厕所方向移动步子。

她刚移到厕所门口时，就听见隔壁传来聒噪的抱怨声：“为什么这么慢？！她人呢？”

最后一个音落下，任尤州的身影就出现了。

他身着一套华丽的蓝色西装，肤色很白，清俊的长相和他的性子完全不符，透着娇弱的书生气。

算来，季清晚有两个月没见他了。

任尤州迈步走出厕所，立马就看见了女厕所边的人，注意到她脸上的墨镜，扯了下嘴角：“戴什么墨镜，你瞎吗？”

季清晚：“……”

“你还想不想走？”季清晚摘下墨镜，淡淡地说道，“想走就把你的嘴闭上。”

任尤州还想说话，季清晚伸出手指指着他：“别过来。”

任尤州一顿，有些莫名其妙：“做什么？”

季清晚背手掩住口鼻，嫌弃道：“臭。”

任尤州暴脾气上来了：“哪里臭！”

他表情凶狠，大步向前，朝她抖动自己的西装领子：“我天天泡牛奶玫瑰浴，都快成香妃了。”

季清晚看着他的蓝色西装，脑子里不知道为什么想起了上午某位少爷也穿了同色的西服。

蓝色。

常人很难驾驭的颜色，但显然盛瑜不是常人。

她又想起了那天化妆师没忍住对他称赞的话——

“行走的荷尔蒙衣架”。

范本对比之下，季清晚上下扫视了一眼面前的人，单手推开他：“以后别穿这衣服了。”

任尤州愣了愣：“啊？讲什么没头没脑的话？”

季清晚拍了拍他的肩膀，轻缓地勾着尾音轻吐：“太丑了。”

任尤州：“……”

话音落下，季清晚也没管他，直接拿着车钥匙转身往外走。

而身后的人回过神后，咬了咬牙，黑着脸出声：“小城。”

身旁的助理颔首，任尤州下巴朝前面优哉游哉的女人扬了扬：“打得过吗？”

小城默默低头：“少爷，还是您上吧。”

任尤州冷嗤了一声：“我倒是想。”

但是打不过。

人家柔道八段。

季清晚走了几步，见身后人没有跟上，转身偏头问："不打算走？"

任尤州冷冷地应了一声："不走！"

话虽然这么说，但他已经迈步跟上了。

看着他傲娇的样子，季清晚轻笑了一声，站在原地等着他。

任尤州朝她走了几步，视线忽然落在了她的身后，微眯了眯眼。

季清晚注意到他的眼神变化，正要转头看去，身后人却先开了口。

"任总，你怎么在这儿？"

熟悉的声调，季清晚闻言笑意渐渐淡了下来。

任尤州慢步走上前，微微侧身漫不经心地挡住了她。他抬眸看着季颢，嘴角扬起惯有的笑："季少，你也来上厕所？"

季颢走近后总算看清了面前的女人，立刻皱起了眉："季清晚，你怎么在这儿？"

"季颢。"

被直呼其名，季颢听着这许久未听见的语气，愣了愣。

任尤州半睨着他，扯起嘴角，淡淡地问："你的教养呢？"

话音落下，季清晚身子一顿。

这话很熟悉。

她想起了前几天在御音寺与季善林的对峙。

那时她被质问教养在哪儿，现在轮到他的宝贝儿子被质问了。

她低头，唇边勾起讽刺的笑。

还债呢。

季颢还未答话，面前的女人忽然嗤笑一声。

季清晚抬起眼眸，露出那双折着冷光的浅褐淡眸，睫尾上挑勾起："他哪来的教养，到现在连长幼尊卑都学不会。"

怀北季家是名门望族。

按着族谱往上算的话，一个个都是书香子弟，儒雅书生。

可到现在这几代出了点儿岔子，完全和“儒雅”这两个字搭不上边，特别是季善林这个旁支。

季善林经商致富，有名有声望，那自然是不缺女人，在外面养的女人还生了个不懂理、傲慢放纵的私生子。

私生子只记得自己是半路出道的季家大少爷，却忘了压在他头顶的还有个真正的季大小姐。

季颢看着面前的女人，目光触及她那双浅褐色的眸子，内心升起忌惮，又问了一遍：“你怎么在这儿？”

季清晚敲了敲墨镜，挑眉问：“我为什么不能在这儿？”

季颢扫了眼她身旁的任尤州：“任少带来的？”

任尤州半拖着腔调，好笑道：“季颢，这是季家的地盘，季大小姐用得着我带来？”

任尤州的脾气大得很，撑人的本事也是一流的。

凭着季、任两家的交情，任尤州和季清晚同辈，按理来说，季颢可以叫任尤州一声州哥。

他对季颢的看不上，明显得不能更明显了，而且他的身份压在上头，季颢就算再怎么不爽，对他也要尊称一句“任少”。

说不过他，季颢侧头看了眼季清晚，压低声音警告她：“爸不知道你过来，等会儿如果他知道了……”

“能怎么样？”季清晚打断他，歪了下脑袋，“他难道还能打我？”

季颢有些语塞。季善林当然不可能打她，就算对她出去抛头露面再不满意，季善林也更要自己的脸面。

“我进来半天了，连你都知道的事，他不可能不知道，你当他和你一样傻？”季清晚毫不畏惧地反问他。

季颢立即皱眉，微微有些怒气：“季清晚，别得寸进尺！”

任尤州看着这小子的表情，突然觉得，这个人几年不见，胆子竟越来越肥了，居然敢当着他的面挑衅了。

可还没等他开口，季清晚先低头笑了一下，然后唤了一声：“季颢。”她抬起头，半睨着眼，嘴角的笑意一点点淡了下去，“得寸进尺这个词，别乱用。”

语气毫无波澜，却有些瘆人。

季颢看着她的神情，立即勾起了儿时的回忆，脚步下意识地后退了一步。

季清晚见他这反应，抬手戴起墨镜，淡淡地道了句：“与其在我这儿浪费口舌，你还不如去季善林那儿好好当他的乖儿子。”

说完，她迈步向前走，经过他时忽然想起了某人：“哦，对了。”话音一顿，季清晚侧头扫了眼他的身体，意味深长地道，“好好玩，别太累了。”

这话有些莫名其妙，季颢闻言皱了下眉，猜测着她的意思。

季清晚说完，转身就和身后的人一起离去，空留季颢站在原地。

远处大厅内正准备过来找人的贝诗蕊，再次看见了刚刚戴墨镜的女人。

随着距离的缩短，女人的身影经过，贝诗蕊脚步稍稍放慢，总算看清了那副墨镜下露出的眉眼和熟悉的侧颜。

如果说刚刚还存有怀疑，那她现在可以完全确定，这个女人就是季清晚。

但这次与刚才不同，女人的身旁此时多了一个高挑的男人。

身着西装，相貌、身材和气质都很出众的男人。

贝诗蕊目光落在男人的侧脸轮廓上，凭着感觉，一眼就能断定这个男人和季颢不同。

他更有权势和地位。

她眼眸微眯，幽幽地望着离去的男女。

两人并肩同行，关系似乎很亲密。

“刚才你和季颢说的话是什么意思？”

任尤州走远后，立马低头问她。

季清晚闻言“哦”了一声，简要地把刚刚看到贝诗蕊的事说了一下，顺带也介绍了这个女人过去做的桩桩事情。

任尤州听完，有些惊讶："季颢这小子，胆子这么大了？"

季清晚笑了笑："享受生活吧。"

任尤州想到那小子的样子，嗤笑道："还真是虎父无犬子。"

季清晚嘴角微勾："任少这么会说话，就多说点儿。"

听到她的夸奖，任尤州轻哼了一声，差点儿翘起尾巴："我最强。"

季清晚被逗笑，而任尤州对上她的墨镜，忽然想起了她的事，扬了扬下巴："你呢，这几天话题榜是什么情况？"

"话题榜？"季清晚眨了一下眼，"什么话题榜？"

苏泽那条不是早就掉下来了？

任尤州想了想，按着记忆里的一字字念出："盛瑜甜心护送，下车时甜蜜为对方提行李，整理帽子，暴击！"

最后两个字音调上扬，完全表达了感情。

"……"

季清晚表情无语："你有病？"

任尤州轻啧一声："季大明星艳福不错啊，走了一个苏泽又来一个盛瑜。"

季清晚懒得理他的调侃，倒是有些好奇："你怎么认出来照片里的人是我？"

任尤州摇摇头："别说你只是把整张脸遮住了，我就算只能看到一个手指头，都知道是你。"

季清晚眉梢微挑："任总这么熟悉我？"

任尤州轻哼了一声："我吹的你也信？老子只是觉得那人像你，特意派人查的。"

季清晚歪了下脑袋："没想到任总这么关心我啊？"

"话题榜闹得沸沸扬扬的，我连微博都打不开，还以为你被人绑架了。"任尤州眉眼微抬，带着些揶揄，"哪想到你这是在艳福中。"

季清晚莫名其妙："什么艳福？"

"盛瑜回应的那条微博啊，算什么意思，你们俩隔空唱情歌呢？”

季清晚笑了一声，抬了抬墨镜：“我说是他单方面模仿我，我什么都没干，你信吗？”

任尤州微笑：“我还真不信。”

季清晚点点头：“那我不解释了，你就这么想吧。”

任尤州被她的表情逗笑。他知道她的性子，也只是开玩笑。

两人斗着嘴，走过会所一楼大厅，季清晚正在揸身旁人，没怎么注意前台漫步经过的男人。

“人呢？”

盛瑜拿着手机，半垂着眼问里头的人。

对方回了句：“在三楼呢，你上来就可以看到。”

盛瑜懒洋洋地应了句，准备挂断电话。

“欸，等会儿。”电话那头喊了声，“我还是在门口等你算了。”

盛瑜微微抬眉：“做什么？”

还出来等他。

对方解释道：“三楼还有一个宴会，我怕你走错。”

盛瑜轻嗤一声：“我是三岁小孩儿吗？”

“可别，您老走路没个定位，不知道的还以为您是路痴呢！”

路痴？

盛瑜听着这词，倒是想起了自己上次绕路的经历。

“我怕您走错去到人家的宴会，等会儿被季家保安赶出来。”

“嗯？”盛瑜眉梢带疑，注意到话里的词，“季家？”

对方应了一声：“据说是季家人办的宴会，我没仔细听。怎么，您老有兴趣去看看？”

话音落下，盛瑜眼眸微动，目光扫过在前头经过的一对男女，忽然一顿。

两人不知道在说什么，女人勾唇笑着，墨镜都盖不住她的笑颜。

女人身旁的男人单手搭在了她的肩上，一副骄傲得意的模样。

女人没有躲避开。

盛瑜看了季清晚身旁的男人一眼，挑了挑眉，随即迈步向前走去。

任尤州让小城先下班回家，由季清晚开车送他回任家。

路上，一向聒噪的人难得安静，季清晚微微侧头看了眼，发现这位少爷居然拿着手机在看工作文件。

她有些意外："任总，这么认真？"

任尤州皱了下眉，严肃脸："我可怕我的钱飞了，如果没有钱，我还怎么做游手好闲的少爷？"

季清晚："……"

这人居然还在做梦。

任尤州点了点屏幕，想起一件事情："你最近有没有安排行程？"

"怎么？"季清晚看着路况，"任总要和我谈工作？"

任尤州点头："酒店需要找个明星做代言人，正好你在这儿，就问问你。"

季清晚闻言眼尾勾起，微扬："听您这话是还有别的选择？"

任尤州也学她的语气："难道只有你一个女明星？"

季清晚不怒反笑："那任总好好考虑，具体的工作邀约请联系我的经纪人。"

"行。"任尤州明白她的意思，低头继续看文件。

送完这位少爷，季清晚立刻就回家了。第二天，她就收到了王薇艳的工作安排电话。

首先一项就是拍摄 Dvil 酒店的代言人宣传照。

季清晚没有感到意外，倒是王薇艳有些意外。

Dvil 酒店是国内外知名的企业，代言人很少聘请国内的明星，就算是请，也不太能轮得到季清晚。

王薇艳思前想后，觉得季清晚也不像有靠山的人，最后只能想到一个原因——

她走了狗屎运。

“踩了狗屎”的季清晚隔天去签订完合同后，直接被任尤州这个“狗屎”叫去吃午饭。

她原本想推掉，但任尤州这人拿着他现在的身份是她赞助商的理由，强行扯关系。

“任尤州，我们俩如果被拍到，洗都洗不清。”

季清晚站在电梯内，冷冷地看着他。

任尤州按动楼层，无所谓道：“那正好能让老爷子如愿了，然后到时如果他把钱给我，我分你三成。”

任家爷爷从小就喜欢季清晚，以前还开玩笑说要给她和任尤州定下娃娃亲。

“不过你放心，这儿的私密性很强。”

任尤州单手插兜，想起那些听到的事，皱了下眉：“真不懂你怎么选了这个圈子，什么怪事都有。”

季清晚闻言半垂下眼，淡淡道：“哪儿事情不多？季家吗？”

任尤州意识到自己这话有点儿不对，顿了顿，瞥了她一眼，轻咳着转移话题：“我今天早上见到你的情哥哥了。”

季清晚侧头，一脸疑惑地看向他：“谁？”

问完，电梯门刚好打开，任尤州领着她往外走，随口说了句：“前几天你们不是还一起上了话题榜吗，这么快就忘了情哥哥盛瑜了？”

季清晚走出电梯，被他提醒这才想起，然后无所谓地、自然地点头接话：“哦，我情哥哥盛瑜怎么了？”

话音落下，余光瞥见前面走来一人，她没怎么在意，倒是一旁的任尤州顿了顿。

季清晚觉得奇怪，抬头看去，目光撞入了一双好看的眼眸，那瞳仁漆黑，透着淡淡的清冷疏离，眼型弧度流畅耐看，勾着眼尾处微微上挑，带起了熟悉的慵懒。

而那双眼眸的主人站在原地，微微垂眸，看向她，眉梢半挑。

季清晚的身子骤顿。

这一刻，她脑海里突然不断回荡起她刚刚的回话——

“我情哥哥盛瑜怎么了？”

“……”

毁灭吧！

盛瑜早上有行程安排。

新专辑的MV（音乐短片）拍摄已经定档，唐志文叫他来一趟公司具体确认一下。

盛瑜到华宣的时候，刚巧碰到了过来参观的任尤州。

怀北任氏集团旗下拥有的产业涉及面广，有酒店、旅游、房产等，但没有涉及传媒业。

所以这次回国的任尤州大胆尝试，直接投了一家独大的华宣娱乐公司。

总裁助理得到消息，今天任总会来参观公司，于是老早就等着这位年轻的总裁，但没想到接到人后，半路却碰上了自家少爷。

盛瑜跟在唐志文后面走到楼道上，远远就听到前方助理的介绍声，他微微抬头看去。

对面人群中央站着一人，男人身着一身正式的西装但衣扣半解，透着贵公子的倜傥潇洒，而那张不符合他书生气的白皙面容似曾相识。

盛瑜思绪顿了顿，想起了前几天在会所偶然看到的一幕。

他眼眸微扬，漫步向前走着。

正在介绍流程的助理瞧见自家少爷走来，愣了愣，然后侧身对身旁人介绍：“任总，这位是盛瑜。”又侧身对盛瑜介绍，“这位是任氏集团总裁任总。”

任尤州看着面前长相出挑、神情有些散漫的人，虽然新闻里见过几次，但还真的没想到会见到真人。

他听完助理的介绍，挑了挑眉，颔首表示：“任尤州。”

盛瑜点点头，淡淡地唤了一声：“任总。”

简短的礼貌问候完，两个男人很自然地一左一右相错而过。

跟着盛瑜离去的唐志文瞥了一眼身后的背影，小声感慨了一句：

“年纪轻轻就是总裁了，人才辈出啊！”

盛瑜半垂着眼，漫不经心地问：“当总裁好？”

“废话，有钱有势，女人不断，不好？”

盛瑜听到他话里的词，抬了抬眼。

唐志文见他明知故问，不禁道：“我也奇怪，你怎么就不要这总裁的位子？”

据他所知，如果面前这位爷开口要的话，整个华宣——大半个娱乐圈都是他的。

盛瑜闻言，扬起惯有的不淡不咸的语调，笑了一声：“因为我懒。”

唐志文：“……”还挺有自知之明的。

挺有自知之明的盛少爷慢悠悠地走去和伍洋确定专辑的工作。

前几天专辑的MV拍摄已经定好了，但是宣传照有点儿问题，伍洋那边在定方案构想，觉得宣传照缺少特点。

唐志文在旁边听着，低头注意到桌上的照片，都是人的眼睛。

“我还在筛选，你有想法也可以说说看。”伍洋侧头对盛瑜说了句。

盛瑜扫了一眼图片，脑海中忽然浮现出了他见过的一双带着疏离的浅褐色眸子。

他垂眼，没说话。

之后两人又确定了一遍方案。

盛瑜下班后马上抛弃了唐志文，一个人去吃饭了。

他走进电梯，楼层到达后“叮”声响起。

他提步向前，驾轻就熟地左转往餐厅方向走，才刚走几步，对面的电梯忽然打开。

盛瑜抬眸，看见一对男女从电梯里走了出来，心里闪过几个字。

俊男美女，倒是般配。

他表情平静，迈步向前。

餐厅内的背景音乐幽幽响起。

三人卡在半道上有些显眼。

任尤州站在原地，视线在身旁的男女身上移动着，颇有一番看戏的模样。

刚刚他确实没看到盛瑜，只是想起了早上的事，随口一问。

但在背地里说人家的时候，这当事人总会出现的定律可能会迟到，但从来不会缺席。

所以巧了，“情哥哥”就这么出现了。

季清晚不确定盛瑜有没有听到她说的话，也不知道自己应该说些什么。

两人对视着，盛瑜看了她几秒后，平静地移开视线，看向一旁的男人，淡淡道：“任总。”

任尤州回礼问候：“盛先生。”

季清晚回过神后，听见两人自然的对话，轻皱了一下眉。

她偏头看了眼任尤州，有些疑惑。

两人认识？

然而任尤州直接无视她，反倒笑了一声开口问：“盛先生一个人？”

盛瑜语调半抬不抬：“任总，看不出来？”

就他一个人站在这儿，还能有几个人。

“相遇也是缘分啊！”任尤州笑着胡扯，“盛先生要不要和我们一起拼个桌？”

话说完，任尤州完全不看季清晚的眼神，保持微笑。

不用猜都知道，她肯定在口吐芬芳。

盛瑜闻言，有些意外，抬了抬眼睑：“拼桌？”

任尤州点头：“对，不介意的话，可以和我们一起。”

盛瑜扫了眼他的笑容，偏头看向没说话的季清晚：“你怎么想？”

突然被他发问，季清晚对上他那双眼，淡定从容地说道：“一个人会自在点儿。”

潜台词——我介意，不拼桌。

很直接。

盛瑜眉梢微扬，慵懒地笑着“嗯”了一声：“听你的。”

三个字伴随着低低笑意，轻轻飘来。

令人遐想。

季清晚微愣，下一秒，许是盛瑜也意识到这话有歧义，接了句：“听你的建议。”

季清晚没说话，而一旁的任尤州听着两人的对话，嘴角的笑意添了点儿意味深长：“好，那我们也不勉强。”

盛瑜点点头，随意又礼貌回了两个字：“慢用。”

说完，他径自迈步向前走去。

任尤州也毫不在意，领着季清晚就往订好的包厢方向走。

“你刚刚在打什么算盘？”季清晚眯了眯眼，坐在位置上质问对面的人。

任尤州打小就不是个好心人，各种花花肠子，这人也绝不会无缘无故和人扯废话，除非有利可图。

所以她根本不信他刚才的什么拼桌的说辞。

任尤州给她倒了杯茶水：“放心啦，真的没想卖你。”

季清晚勾着眼，轻嗤一声：“没想卖还敢说？”

“刚刚那不是事出有因嘛。”任尤州指尖敲着茶杯。

季清晚收起下颌，气定神闲道：“那任少给我说说哪些因？”

任尤州对她没有什么好隐瞒的，随口就把早上在华宣碰见盛瑜的事说了一遍。

他端起茶杯浅饮一口：“据我所知，华宣的老总姓盛。”

季清晚眉梢微动，盛瑜姓盛。

她慢悠悠地反问：“所以？”

任尤州轻啧了一声：“你不知道我最近在投华宣？拉拢人心最重要啊！”

季清晚扯了扯嘴角：“盛瑜难道还能吹耳边风？”

“他当然不可能，但是……”

你能吹吹未来华宣总裁的耳边风啊。

只是，这话他不敢说。

任尤州笑眯眯地看着她："肯定有人吹就是了。"

季清晚很聪明，对上他的眼神，勾唇淡然出声："任尤州，你当盛瑜是傻子吗？"

刚才他的态度很明显，如果每个人都可以算计他，那盛瑜可能早死了。

"公子哥儿们都不傻。"任尤州摆手，"不过正好我给你测测他是不是傻子。"

季清晚懒得理他："你能不能管好你自己？"

任尤州觉得无所谓："反正你们以后应该也没什么机会见面。"

这话说得很笃定。

季清晚挑了下眉，漫不经心道："这么早就下定论？"

都是一个圈子的，不可能不见面。

但任尤州一听这话，皱了下眉，疑惑地问："你们俩珠联璧合了？"

季清晚："……"

有病！

两人又开口互撑了一会儿，季清晚水喝多了，对任尤州道了句"去上厕所"。

她起身打开包厢门，穿过走道，脚步拐了弯正要继续迈步向前走，一抬头，身子顿住了。

走廊尽头的拐角处，一对男女正相拥激吻着，画面有点儿香艳，声音也有点儿大。

季清晚一时间脑子有点儿短路，虽然这儿的私密性强，但也不能说是能让人在大庭广众之下这么……

她卡住了几秒，正想着是转身回去好，还是经过去厕所好，身后却忽然传来一声笑。

季清晚被吓了一跳，瞬时转身看去。

男人站在身后，身子斜靠在墙上，垂眸看着她，尾音勾着慵懒的笑意："还准备看多久？"

吻戏要看多久？

季清晚被他问得一噎，似是怕打扰什么，压低声音问："你什么时候过来的？"

盛瑜不紧不慢道："你看多久，我就来了多久。"

季清晚见他揪着这个不放，为自己辩解："我没有偷看。"

"没有吗？"盛瑜扫了眼她站的地方，"那你站在这儿干吗？"

"我去上……"季清晚扭头看向后头，见那对情侣已经移动位置，不偏不倚正好挡在了厕所门口。

"……"

行了，不用上了。

看着她的表情，盛瑜低头，轻笑一声："上什么？"

季清晚见他明知故问，没忍住回头低斥了一声："盛瑜！"

"怎么？"

被连名带姓地叫着，男人挑了挑眉，拖腔带调地问："不叫情哥哥了？"

季清晚的表情僵住了。

他听到了！

盛瑜似是猜到她在想什么，慢悠悠地点点头："嗯，我听到了。"

季清晚回过神，绝望地闭了闭眼，无力地说了句："误会。"

"嗯，我知道。"盛瑜点头，想起什么，又问，"是不是还有巧合？"

"……"

很好，继上次乌龙的"求姻缘"后，又添"情哥哥"事件。

季清晚觉得自己可能和这个男人犯冲，只要背后扯到这人就会被他当面抓包。

反正解释不清了，干脆就不解释了。

已经自暴自弃的季清晚侧头看了一眼，那对男女已经不在了，她默默出声："我要去上厕所。"

盛瑜摇摇头，不咸不淡地开口："上不了了。"

季清晚皱了下眉："为什么？"

“他们进去了。”

“……”

季清晚觉得自己的太阳穴在隐隐作痛：“我回去了。”

盛瑜眉眼轻抬：“急着见任尤州？”

“不是。”季清晚觉得这个有必要解释一下，“我们只是普通朋友。”

“男朋友呢？”

季清晚闻言，眼尾微挑：“我没有男朋友。”

“哦，那正好。”他语气随意，懒散地笑了一声，“我不用当小三哥哥。”

小三哥哥……

亏得这人居然能说出口。

“情哥哥”这几个字，她都觉得拗口。

然而面前这人完全不觉得尴尬，反倒还挺自然，神态悠闲。

季清晚看着他这样子，轻笑了一声：“盛老师，还有这想法？”

盛瑜一脸的淡定从容：“也不是不可以有。”

季清晚学他的表情，语气淡定：“盛老师多想了，我没有。”

“可惜了。”盛瑜轻叹一句，“我还挺想试试。”

季清晚眉梢微扬，勾唇问：“试什么？”

盛瑜学着她，语气轻飘飘地回了句：“情哥哥。”

“……”

季清晚被哽了一下，但还是保持微笑与他斗到底：“为什么是情哥哥？”

盛瑜歪了下脑袋，腔调轻而慢：“因为刺激。”

“……”

算了，她投降。

季清晚不知道为什么要和他争辩这个，她只想上厕所而已。

她侧头看了眼那头的厕所。

“很急？”盛瑜注意到她的动作。

季清晚瞥了他一眼："我要是急，也不会在这儿和你胡扯了。"

盛瑜低头，不知道在笑什么。

"要是急也行。"他下巴朝对面的标志扬了扬，语调随意，"不介意的话，我带你去男厕所。"

季清晚扯了扯嘴角，带着嫌弃地吐出三个字："我介意。"说完，她倒是有些奇怪，疑惑地问，"你怎么在这儿？"

盛瑜被她提醒，淡淡"哦"了一声："我找你。"

季清晚没料到："找我？"

盛瑜点了下头："想找你借一样东西。"

季清晚又一愣："借什么？"

这少爷应该不缺东西，而且她能借他什么？

盛瑜垂眼，对上她的那双眸子。

浅浅的褐色折着光，如玉石琥珀，清澈透亮中隐约夹着几分罕见的银色。

是令人感叹的漂亮眼睛。

眼型微上挑，看人时睫尾天生卷勾着，为这双清澈的眸子添上了七分媚与娇，还有三分不容忽视的疏离冷寂。

神秘，优雅。

贵族波斯猫。

几个词闪现在脑海里。

盛瑜半垂下眼睑，直起身子，单手插兜，漫不经心地道了句："眼睛。"

季清晚皱了下眉，没听懂："什么？"

"想要你的眼睛。"他抬起眼眸，轻声说。

不是借，是要。

意欲私藏。

Dvil 酒店的代言照在第二天拍摄。

季清晚前段时间一直在影片宣传期，行程排得满满的，王薇艳也知道她辛苦，原本想让她休息的。

但季清晚爱财啊，让王薇艳帮她接了几个薪酬高一些的画报拍摄。

“人家明星接工作都是看热度，哪有像你这样看薪酬的？”王薇艳吐槽的声音从电话里传来。

季清晚闻言笑了一声：“那我这是太爱钱还是太不上心？”

“都有。”王薇艳翻着文件问她，“但你是我带的人里最直接问我薪酬的。”

每次收到通告邀约，这位祖宗首先看的就是片酬。

如果不是和她相处久了，还以为这人有多缺钱呢。

季清晚半垂着眼，懒洋洋地说道：“钱当然是越多越好，谁会嫌钱多？”

王薇艳“啧”了一声：“那你也用不着这么赚钱吧？”

“指不定我哪天就不红了，要未雨绸缪，存钱傍身啊！”

而且季家那两父子还真说不准就不给她钱花了。

她的歪理总是很多，但又都是实话。

王薇艳说不过她，开玩笑道：“以后如果有电视导演的友情出演邀请，我看你也去不了了，那可是零片酬。”

季清晚闻言，想到了昨天的事，眼睑微垂，勾唇开口：“可能会去吧。”

王薇艳挑眉：“转性了？”

季清晚笑了一声，没答话。

化妆间的房门被人打开，夏夏进来说了声：“晚总，我们可以走了。”

电话里王薇艳听到，道了句“工作结束就早点儿回去休息”后，两人便挂断了电话。

季清晚收起手机，单手揉了揉眉间，问夏夏：“我下午还有行程安排吗？”

夏夏摇摇头：“没有，最近的行程就是后天《青色》出刊后的采访了。”

“嗯，那我们走吧。”

季清晚点点头，拿起手机起身。

夏夏提起她的包跟在她身旁：“晚总，我们去哪儿？回公寓吗？”

季清晚低头发了条信息，随口答了句：“不回公寓。”

夏夏疑惑：“啊？那去哪儿？”

季清晚收起手机，敲了敲屏幕，勾唇说：“去玩啊！”

夏夏：“？”

两人往酒店的地下车库走，夏夏正打算让司机把车开过来，面前忽然驶来一辆保姆车，然后精准地停在了她们面前。

夏夏有些莫名其妙，皱了下眉。

咔嗒。

机械声响起，就见副驾驶的车窗慢慢摇下，露出里头年轻男人的面容。

夏夏看清人后，脑子卡了几秒，眼神微讶。

这……这不是她们家美玉的经纪人吗？

“季小姐，先上车吧。”唐志文打了声招呼，示意道。

季清晚颔首，带着一脸蒙的夏夏打开车门，坐在后座上。

车子平稳行驶，等开出地下车库后，夏夏这才回过神来，扭头看向身旁的人，张了张嘴，有十万个问题想问，但又意识到现在不大适合，表情有些焦急。

季清晚看着她欲言又止的模样，宽慰道：“等下和你说。”

唐志文透过后视镜注意到两人，想了想开口说：“季小姐，等一会儿就到了，盛瑜就在拍摄现场。”

季清晚应了一声：“好，谢谢。”

夏夏闻言立即瞪眼，还真的要去找盛瑜！

说实话，唐志文也有些没回过神来。

刚刚他还陪着盛瑜在拍摄宣传照，这人突然下场来找他，让他去接季清晚。

唐志文还以为自己听错了："季清晚？女明星季清晚？"

盛瑜扫了他一眼："还有别人叫季清晚？"

"不是，你好端端地让我去接她干吗？"唐志文皱眉问道。

"能干吗？"盛瑜眼睑都懒得抬，"接来拍宣传照。"

"宣传照？"唐志文没明白。

盛瑜懒得和他解释，看了眼时间："去不去？你不去我去。"

话音落下，就见他迈步要走，唐志文立即止住他："你去什么去，我去！"

如果这次再被拍到，肯定又要闹翻了。

然而现在人接到了，唐志文总觉得哪儿不对，但还是低头给那位少爷发信息，表示他们已经在路上了。

少爷看到后就随意地回了一个"嗯"字。

连个符号都没有。

态度和往常一样散漫，也不像是焦急等待女朋友的样子。

唐志文看着信息，歪了下头，一时间摸不清这两位的关系了。

拍摄现场离 Dvil 酒店不远，十分钟的车程。

季清晚下车时还是有些警惕地戴上了帽子，夏夏跟在她身后，按着职业习惯，仔细看了眼四周。

唐志文也怕娱乐记者出现，迅速领着两人走进电梯往五层移动。

"叮。"

唐志文走出电梯，想了想还是开口道："季小姐，稍后可能会看到拍摄场地，希望您能保密。"

毕竟是新歌专辑，没有发布前还是要小心些为好。

季清晚懂这个道理："好，我理解。"

唐志文听到回答，没忍住八卦了一句："季小姐这次来是协助宣传照拍摄？"

季清晚没想到这位会不知道这事，顿了顿，点头："算是。"

唐志文得到答案，放心了，但下一秒又觉得不对。

这请外援拍摄是正常事，但在盛瑜这儿就不正常，因为这人可不像是会请外援帮忙的人。

他还在思索着，就到了拍摄现场。

季清晚走进摄影间，工作人员瞧见她全都一愣。

正坐在沙发上无聊地把玩着打火机的盛瑜，察觉到四周的异样，抬了抬眼眸，看见人群中的女人。

人群簇拥着，她是众人瞩目的焦点。

架势挺大。

他微挑了一下眉，表情有些揶揄。

季清晚移步走近，看见了坐在对面沙发上一副悠闲模样的少爷。

他双腿交叠，微微抬头看来，深邃的眸子淡淡与她对视，眉眼间透着属于他惯有的散漫和寡淡。

因为在拍摄，他的妆容造型还未卸，但妆色很淡。

毕竟单他的五官就足以夺走所有的镜头，过度化妆反倒会让人太在意他的长相。

所有的关注点在歌曲上才是真正的意义所在。

“季清晚？”身侧一道有些不确定的呼唤传来。

季清晚循声偏头看去，见到来人也有些意外。

伍洋拿着相机，随着她转头，等完全看清她的脸后，笑了一声：“原来他说的外援是你啊！”

他？

季清晚明白“他”指的是谁后，点点头：“是我。”

伍洋对着她的那双褐银眸子，感叹了一句：“我居然把你这双眼忘了，我连着几天翻了上百张照片，都没找到合适的。”

“你翻了上百张。”身后的男人轻缓起身，扫了眼身旁的人，“我也求了好久。”

伍洋诧异：“你去求的？”

盛瑜点了下头，皱了皱眉，有些不满道：“求了好久。”

季清晚：“……”

看着他面不改色地说这话，季清晚简直想给他颁奖。

昨天盛瑜直说了想请她来拍摄他的专辑宣传照，不用别的，只要她的眼睛出镜。

季清晚当时听到下意识想拒绝，但又想起之前他帮过自己的忙，斟酌了一下，还是答应了。

但条件是他不要把自己参与的事宣传出来。

盛瑜不在意这些，点点头答应了。

这过程总共就说了几句话，几分钟的事，现在却被他说得似乎有一个世纪之久。

季清晚瞥了他一眼，转头问："你们要怎么拍？"

她看了眼前边的摄影棚，在想她的眼睛能怎么拍。

伍洋出声解释了一遍："很简单，不需要化妆准备，你只要坐在相机前，我们只拍摄你的眼睛部分就好。"

季清晚点点头表示明白，也不耽误时间，开口道："那现在拍吧。"

伍洋哪里会拒绝，见她已经走到摄影棚内，连忙拿起相机。

她的部分很简单，伍洋拍摄了几张后，低头按着相机键检查。

显然，他还是对她的浅眸很惊艳，抬起头开着玩笑说："下次有机会，我也求你来我这儿拍一组照片。"

季清晚笑了笑正要回答，站在后头的人先替她开口："那可能不行了。"

那人拖着音，语气中却有一丝疏离感。

伍洋和她一愣，循声往后看。

男人半倚在墙边，单手把玩着打火机，微微抬起眼，表情有些淡："我不外借。"

伍洋闻言愣了愣，回过神来看了眼身旁的女人，转头好笑地反问："你不外借？"

男人点了下头："我的人，不外借。"

伍洋又愣了一下："这清晚怎么就是你的人了？"

男人的语气波澜不惊："我求来的人。"

伍洋被逗笑："嘿，你求来的就算是你的人了？"

盛瑜眉眼抬了抬，忽然给了一个字："算。"

伍洋："……"

这表情，这语气。

真欠揍。

拧不过这少爷的歪理，伍洋觉得有股气卡住胸腔内，不上不下。

季清晚看着伍洋这样子，突然觉得有点儿好笑。

看来不止她被这少爷拧得气闷。

"盛瑜，你这就有点儿霸道了！"伍洋侧头看向身旁的人，"清晚，你本人没点儿想法？"

还在看戏的季清晚突然被提到，眨了下眼："我？"

盛瑜眼皮微抬，两人的视线落在她的身上，她倒成了众矢之的。

伍洋点点头："当然是你，这位盛瑜可就求了你一个人。"

季清晚眨了眨眼，表情平静，学着某人的语气："既然是求来的，那一定是要好好珍惜的。"

盛瑜挑了下眉："求来的当然会珍惜。"

"那可惜了。"季清晚挑起眼尾，勾唇，"盛老师的求，在我这儿只能算借。"

借了，就要还。

不算他的人。

盛瑜垂眸，不怒反笑："季老师这么不给我面子？"

季清晚微笑着说："我哪敢啊！"

看这样子挺敢的。

伍洋夹在两人中间听着，怕这位少爷发脾气，开口道："人季清晚好心来帮你，可别欺负人家。"

"别。"盛瑜轻笑一声，语气中带着轻嗤，"人家哪能让我欺负到。"

季清晚闻言挑眉道："盛老师，您这话是说我欺负您呢！"

话音落下，就见对面的男人垂下眼睑，容貌隐匿在光线下，声线微低：“嗯，你欺负我了。”

季清晚：“……”

要不要脸？

第六章

动情

盛少爷明显是不要脸，完全不在意别人听到这话后活见鬼一样的表情。

而且他情绪转变也快，说完这话后依旧是惯有的悠闲模样。

季清晚拍摄下场后，盛瑜轮替上去拍摄自己的部分。

她坐在沙发上，单手撑着下巴，抬眸看摄影棚内迅速进入歌手状态的男人。

夏夏在她身旁捂着嘴，控制着不让自己尖叫，但还是按捺不住激动的心情，一直不断念叨着。

“这个男人也太帅了！”

“啊，那眼睛，那鼻子，那嘴唇！

“美玉不愧是美玉！”

夏夏激动地跺脚，扭头对着季清晚问：“晚总，我算不算第一个看到我们美玉新专辑造型的粉丝？”

季清晚轻轻点头：“是。”

“啊啊啊啊啊啊！！”夏夏压着喉咙喊着，张开双臂抱住了自家艺人，“晚总，您一定是我在追星道路上的明灯，我太爱您了！”

季清晚被她圈住，无奈笑道：“刚刚不是还说我没提前提醒你来见你的美玉吗？”

“不不不！”夏夏连忙摇头，“我现在又见到了美玉，而且还是第一个看到他新专辑造型的人，已经无憾了。”

感叹完，她松开手又觉得奇怪：“不过，这次拍摄真的是美玉求你来的？”

季清晚抬眸道：“他刚刚不是说了吗？”

“那……”夏夏当时是听到了，“可是美玉为什么找你啊？”

季清晚挑眉，淡笑：“这你就要去问你们美玉了。”

夏夏闻言，脑子转了转，没想出所以然来。

季清晚见她在思考，忽然想起什么，出声提醒她：“这次拍摄回去不需要和王姐说。”

这本来就是她的友情赞助，虽然也没什么事，但以她和盛瑜的热度，难免会让人多想。

夏夏明白她的意思，点点头：“好，我知道了。”

季清晚“嗯”了一声：“继续看你的美玉吧。”

刚巧，夏夏转头要继续追星的时候，她的星星就从棚内走了出来。

男人宽肩窄腰，修长的双腿，徐徐迈步朝这边走来。

后头的伍洋出声示意，轮到季清晚最后收尾拍摄。

季清晚应了一声，起身经过男人往摄影棚方向走。

夏夏站在原地，完全忘了自家晚总的离去，眼睛只注意到了盛瑜走来的身影。

唐志文到隔壁房间处理专辑的事了，盛瑜随意地走到休息区。

“美……美玉。”

紧张的声调响起，盛瑜听到这个称呼，微微抬眸，瞧见是季清晚的小助理。

夏夏憋足了勇气才开口打招呼，没想到一眼就和他对视上了。

盛瑜看了她一眼，点点头：“你好。”

夏夏瞬时红了脸：“祝……祝你这次专辑大卖！”

盛瑜挑了下眉：“谢谢，会的。”

啊，看看这个男人多么自信！

夏夏压着内心的狂啸，咽了咽口水，转过头看向对面正闭着眼的女人，小声念了句："晚总连闭眼都这么好看。"

"晚总？"身旁人听到她话里的词，带着疑惑问。

夏夏顿了顿，咳了一声解释道："晚总是粉丝对季姐的称呼。"

盛瑜侧头，一脸认真地问："为什么？"

"因为……请等一下。"夏夏连忙拿出手机，翻出相册里的照片递给他看，"因为这个。"

盛瑜垂眸，看着屏幕上身着黑色西装的女人，画报大部分的占面都给了她精致的五官。

那双浅褐色的眸子半睨着，往日的娇媚散去，带着狂。

红艳的唇，凌厉霸气的眼神。

配得上"晚总"这个称呼。

"她经常拍这种类型的？"盛瑜眉眼微抬，随意地问。

夏夏摇摇头："不是，晚总什么都会尝试一遍的。"

但也要看薪酬多少，财迷一个。

盛瑜收回视线，想起她刚刚对自己的称呼："怎么你们都不叫我盛总？"

夏夏一愣："啊？"

盛瑜轻皱了一下眉，有些疑惑和不满："我比不上你的晚总？"

美玉。

晚总。

哪儿哪儿都不对。

没想到他会拿季清晚作对比，夏夏有些忍俊不禁，正想开口，手机铃声忽然响起打断了她。

屏幕上闪着"王姐"的字眼，夏夏连忙朝他示意，转身出门接通电话。

小助理离去，盛瑜随意坐在沙发上，双腿交叠，单手搭在膝上，身子向后靠在背垫上，微微抬起眼皮，看着前头的摄影棚。

因着他神情散漫惯了，竟给人一种在看什么电视剧似的态度。

季清晚这边结束了拍摄，朝伍洋打了声招呼后，下场准备找夏夏一起回去。

没想到她走过来就看到休息区里只有盛少爷在，他已经卸完了妆，换回了自己的衣服。

季清晚目光扫了一圈，没看到夏夏，便偏头问了句："我的助理呢？"

"出去接电话了。"盛瑜抬起头解释了一句，然后单手拍了拍身旁的空位，"晚总，休息一会儿？"

"谢谢，不……"话音一顿，忽然意识到他刚刚对自己的称呼不对，季清晚有点儿怀疑自己听错了，"你叫我什么？"

"哦。"男人又懒懒地重复了一遍，"晚总。"

"……"

季清晚一噎："你怎么会叫这个？"

听他叫"季老师"就已经有点儿别扭了，现在再添这个称呼，不正常。

盛瑜抬手揉了揉后颈，可能嫌仰头看她有点儿累，轻"啵"了一声："你先坐下。"

季清晚脚步没动："你先说。"

盛瑜也无所谓，单手搭在膝上敲了敲："这是粉丝才能叫的？"

季清晚点头："算是，一般都是粉丝叫。"

盛瑜了解了，语气半抬不抬地道："那我也追追看。"

季清晚挑眉："追什么？"

"你。"男人身子前倾，抬了抬眼皮，眼睫微挑着，声线被他压低，"我追你。"

季清晚愣了愣，知道这人说话总是不正经，让人产生歧义，停了几秒后，她心下了然地纠正他："你追星？"

似是也察觉到了自己刚刚的话存在问题，盛瑜稍顿："不追，开玩笑的。"

“不追啊。”季清晚淡笑着，毫不示弱道，“我还打算礼尚往来，叫您美玉。”

“你叫吧。”盛瑜悠悠开口，貌似还挺期待般，“叫了就是我的人了。”

是他万千粉丝中的一位。

“盛老师。”季清晚轻唤了一声。

男人眉梢一挑：“嗯？”

季清晚表情平静道：“别做梦。”

他垂头，鼻腔里溢出一丝笑。

难得能搒到他，季清晚心情颇好。

外头的夏夏拿着手机走进来，瞧见她连忙喊了句：“晚总。”

季清晚转头看她：“嗯，去哪儿了？”

夏夏解释了一句：“刚刚王姐给我打电话，说成导晚上六点要办电影庆功宴，问你有没有时间。”

季清晚一愣：“电影票房过了多少？”

夏夏笑着比了数字：“十点五亿。”

《年年今朝》电影在月初上映，当初杀青宴上导演向大家许诺过，如果票房过了十亿，就一定再请剧组开一次庆功宴。

季清晚这几天没怎么关注票房，没想到还真的过了十亿。

这庆功宴，她确实是需要去的。

“现在几点了？”

“五点二十分。”

季清晚皱了下眉，时间有点儿急。

夏夏见她这样问，确定她会去，忙拿起手机翻着通讯录说：“我马上让司机把车开过来。”

刚刚是坐唐志文的车来的，季清晚自己的保姆车还在市区另外一头呢。

季清晚等着夏夏打电话，还在想着不行就坐出租车去。

思索间，她的余光注意到一直坐在沙发上的男人，心思一动。

她侧头看向男人，轻声问："盛老师，您下午有没有事？"

"我？"盛瑜语调稍抬，淡淡道，"倒也没什么事。"

季清晚抿了抿唇："我现在需要用车，电影庆功宴那边时间有点儿赶，可以借我一位司机和一辆保姆车吗？"

盛瑜沉吟一声："司机和车？"

"对，只需要这两样就好。"季清晚想了想，又补充一句，"时间应该不会很晚，我结束后马上送回来，如果不行……"

季清晚还未说完，就见男人忽然起身，从一旁的桌椅上拎起外套、帽子，随手钩起了车钥匙。

他侧头抬眸看她，下巴朝门外扬了扬："走吧，司机在这儿。"

季清晚站在电梯里，看着面前紧闭的电梯镜面内的人影，眨了一下眼，有点儿匪夷所思。

她的本意只是想借司机和车，最后反倒稀里糊涂地把这位少爷请来了。

电梯门"叮"地应声打开，身旁的人先走出去找停车位。

季清晚走在身后，刚才一直没说话的夏夏凑近，小声问她："晚总，盛瑜送我们去会不会有点儿不方便？"

剧组的人都在那边，如果有人看到是盛瑜送她们去的，可能会解释不清楚。

季清晚挑了下眉："你怎么突然聪明了？"

刚刚还犯花痴，现在倒是开始关心起正事了。

夏夏轻哼一声："我是个公事公办的人，不会被美色诱惑而忘了自己的本职。"

"现在才担心这个，那怎么刚才没拒绝你的美玉？"季清晚觉得好笑。

夏夏摸了摸鼻子："我忘了。"

季清晚轻声道："可现在没办法，我们只能坐他的车去了。"

夏夏有些紧张："那怎么办？"

季清晚抬眸朝前看去，淡淡地说道："放心，你的美玉应该不傻。"

夏夏注意到她的用词："应该？"

季清晚点点头，表情平静："我猜的。"

夏夏："……"

前边的少爷走到车旁解锁，季清晚看着他那辆昂贵的黑色路虎，顿了顿。

而后，她带着夏夏自然地走到后座打开车门，坐进后排。

盛瑜看着她的动作，稍稍抬了抬眉，却没说什么，单手拉开驾驶座的车门。

车子点火启动，他单手扶在方向盘上，指尖轻轻敲了敲："地址。"

夏夏闻言连忙说出庆功宴会所的地址。

盛瑜懒懒地应了一声，侧头看向车窗外，单手利落地转动方向盘，车轮移动，驶出停车位往车库出口开去。

写字楼外，秋日白昼时间渐渐缩短，微暗的昏黄余晖添入半空，有些昏暗阴霾。

亮起的路灯光线折着空中的蒙蒙细雨。

季清晚偏头看着车窗外飘打在玻璃面上的雨丝，愣了愣。

下雨了。

"啊！"夏夏看着外头的雨丝，转头有些担忧道，"晚总，我没带雨伞。"

早上出来时天气预报明明显示的是多云，没想到现在竟然下雨了。

"我有帽子，没有关系。"季清晚皱了下眉，"你呢？"

夏夏摇摇头："我没关系，你才是最重要的。"

后座两人相互关心的对话传到驾驶座前，引得男人发笑。

季清晚没注意前边的人，只是侧头看了眼窗外，想着这细雨什么时候会停。

路灯昏黄的光影随着车身移动，一盏盏倒退着。

她看着有些出神，回过神才发现车子慢慢减速停下。

季清晚抬头往前看去，注意到路口的红灯，她视线微移，落在驾驶座上。

男人身子靠在背椅上，单手搭着方向盘，指尖有节奏地敲着。

四周的光影勾勒着他的侧脸轮廓，他凝视着前边的路况，表情有些淡，安静时，他身上的疏离感添了八分，还透着几缕散漫随意。

盛瑜眼皮微抬，透过后视镜正好和她那双浅眸对上。

季清晚毫无防备，心跳倏地空了一拍。

“晚总！”

夏夏忽然激动唤了一声，打断两人的对视。

季清晚立即收回视线，眼睑下垂。

前方红灯倒数，下一秒跳转为绿灯。

车道上停滞的车辆开始移动。

盛瑜漫不经心地抬眸看向前方，启动车子。

后座上的季清晚侧头看向刚刚喊叫的人：“喊什么？怎么了？”

夏夏盯着手机屏幕看了几秒，然后抬头看她，咽了咽口水，说：“晚总您……又上话题榜了。”

季清晚皱了下眉：“又因为什么？”

“这次……”夏夏斟酌了一下，“应该是好事。”

“为什么？”

“因为不只您一个人上了，还有……”夏夏眼神往前一转，默默道出人名，“盛瑜。”

季清晚不由得一愣，抬头看向前边的人。

“嗯？”盛瑜听到后头的对话，语气平淡，“有我？”

“是的，刚刚《青色》杂志那边发了期刊预告，然后网友们看到就……”

夏夏把手机递给季清晚，示意她看屏幕上的内容。

季清晚接过手机，垂眸看去，目光投向之处正好就是那一串新闻标题。

“《青色》杂志封面……嘘，这个秘密，只给你们看哟！猜猜是我们的哪位男神女神，后天出刊见哟！”

文案下方配上了一个花絮视频。

她皱了下眉，指尖移动点开。

视频时间很短，就一分钟，开头出现的是两人拍摄画报时的局部特写，之后随着背景音乐的变化，拍摄角度也有所改变，却一直没有露出男女主的长相，吊着观众的胃口。

可在最后结尾时，画面突然缩小，直接定格在了她和盛瑜直视镜头的特写画面。

两人精致的容貌一览无遗。

这一幕顿时让人无法淡定了。

网友们纷纷转发微博，直接在评论区“轰炸”盛瑜和季清晚。

“我们美玉刚露出他的下巴的时候，我就认出来啦！”

“姐妹们，我已经把最后结尾的画面截屏了！评论下方拿图！”

“啊啊啊啊啊，晚总！好美！”

“惊！我最喜欢的男女明星居然同框啦！”

“什么，什么？我前几天还在想我们美玉和季清晚的‘字谜’，两个人居然合作啦？！”

“晚总！你的眼神太好看了吧！”

“美玉居然拍画报了？是不是要上班啦？！”

…………

季清晚打开话题榜，果然上头都是关于《青色》杂志的，光她和盛瑜的话题榜就占了四个位置。

《青色》这一波预告打得很不错，话题榜占了四个，后天就是发刊期，数据肯定会不负众望。

对她和盛瑜来说也是好事，双丰收。

只是她好奇另一件事。

季清晚看着手机屏幕，歪了下脑袋：“拍摄画报的时候，有人在拍视频吗？”

夏夏摇摇头：“当时有好几台机器摆在那儿，我没注意到。”

话音落下，盛瑜单手转了半圈方向盘，车轮一刹，停在会所前的车位上，随口说：“到了。”

季清晚被他这散漫的声音提醒，想起他也是当事人，伸手将手机递给他：“要看一下吗？”

盛瑜扫了眼，没接，只问：“好事还是坏事？”

季清晚想了想：“算好事。”

“哦。”他无所谓地开口，“那不用看了。”

“好。”季清晚点头，收回手机还给夏夏，“下车吧。”

夏夏应了一声，先打开车门下车，可关上门后，她忘了外头还在下细雨，现在回车里也不是，站着淋雨也不对。

她当机立断，留下自家艺人，迅速迈步往会所门口跑。

车内季清晚也准备下车，出于礼貌，先朝盛瑜道了声谢：“麻烦你了，我之后……”

盛瑜听到这儿，单手撑着方向盘，语气稍疑：“又要给我签名，还是给红包？”

上次她也是这样开场的。

季清晚嘴角轻扯：“不是，我只是道谢。”顿了一下，她又添了一句，“如果盛老师需要，我可以再给你签一个。”

“我要两份签名干吗？”盛瑜挑眉，轻嗤一声，“准备凑七龙珠吗？”

季清晚：“……”

不是你先说的？

“不需要的话，那我先走了。”

“嗯。”盛瑜淡淡点头，语调不疾不徐，“小姐记得给我打满分。”

“……”

这人还真当自己是司机了。

盛司机没等到“顾客”的回答，只听到她颇带情绪的关门声。

他侧头透过右后视镜，看着她戴着帽子快步穿过细雨的身影，等她安全地走到会所门前的遮雨台下，他才淡淡地收回视线。

盛瑜拿出手机看了眼时间，随手用车载蓝牙给唐志文打电话，刚接通，唐志文的声音就响起了："喂？你跑去哪儿了？怎么现在才打电话？"

"手机不小心按到了静音，没听到。"

盛瑜淡淡道，点火开车，侧头看了眼副驾驶座，顿了顿。

唐志文皱了下眉："你还开车出去了？现在回来没？"

盛瑜俯身拿起座椅下垫脚处的一样东西，挑了下眉："先挂了，有事。"

话音落下，没等唐志文说话，他直接掐断了电话，转而打开了微信。

会所大厅前，季清晚拍了拍自己肩上的雨水，正准备带着夏夏进门，衣兜内的手机忽然响了一声。

她摸出手机看了眼屏幕，有些意外地点了通话键："喂？"

"还在大厅？"

男人熟悉的声线透过电波传来，嗓音有些低沉。

"还在，怎么了？"

"正好。"他言简意赅道，"你出来一趟，我在门口。"

季清晚愣了愣，下意识偏头往门外看："有事吗？"

盛瑜语调仍旧半抬不抬："没事我叫你出来干吗？"

"……好，我出来。"

挂断电话，季清晚让夏夏等一下，正准备转身往外走，前头电影剧组的人群走来看见她，纷纷打了招呼。

季清晚身子停住，颔首应了几句，然后道："不好意思，我有事出去一下。"

说完，她转身往门外走，夏夏留在原地应对着几人。

大门向外打开，淅淅沥沥的雨声传来。

季清晚迈步走出，抬眼就望见石柱旁的高挑男人。

他微微低着头，黑色的鸭舌帽扣着，容颜和身子半隐匿在石柱旁。

似是察觉到什么，男人眼眸一抬，望向她。

季清晚向他走去，最后站定在他面前，微微抬头看他："有什么事吗？"

他没说话，只是把手里的东西递给她，她下意识伸手接住。

季清晚垂眼看清后，有些意外："雨伞？"

"我留着也没用。"盛瑜半垂着眼，淡淡地问，"等下司机接你回去？"

季清晚拿着雨伞，回过神点点头："嗯，你可以回去了。"

盛瑜闻言微微蹙眉，"呲"了一声："我这是呼之即来，挥之即去？"

季清晚被逗笑："没有这个意思，我……"

"清晚？"

一道语带不确定的声音忽然从身侧传来。

季清晚话音一顿，转头看去，见是正准备进会所的成导，他身后还带着一群人，他们纷纷往她这边看来。

季清晚还未答话，身旁的男人压着声道了句："走了。"

大厅前，一群人还在看着季清晚，忽然就瞥见一道身影从石柱后走出。

那人身姿高挑，微微低着头，额前鸭舌帽低垂着，遮挡了众人的视线，光影却恰好掠过他侧面冷峻的下颚轮廓。

所有人愣了几秒，再回过神时，男人已经径自走进了夜色朦胧的雨景里。

瞧不清了。

晚上六点。

毕竟是临时定下的时间，要求全部人来是不可能的，有些工作人员也是有行程安排的，可以理解，但男女角的主演们基本都出席了，一些配角也来了，就除了一位——苏泽。

大家注意到这事的时候，没忍住，纷纷往季清晚那边看。

所有人都知道之前爆出的化妆间绯闻，作为剧组内部人员，大家自然也知道事情的真假，而且娱乐圈的手段他们早就见多了。

但是对于苏泽单方面炒作这事也只是他们的猜测，不巧今天苏泽刚好没来，是因为心虚还是别的什么，这就不得而知了。

现在就绯闻女主角一个人坦然坐在这儿，而且刚刚外头还有那惊鸿一瞥的男人，大家也自动忽略了苏泽，大家都沉默地坐着，私下却捧着手机在和好友一起疯狂猜测。

包厢内的位置是随意坐的，季清晚和男女主演、导演们坐在一桌。

成导这边感谢完所有人员的支持和帮助后，示意大家可以开心地享用美食。

众人被他的用词逗笑，季清晚也跟着轻笑起来，身旁的人倒是盯上了她。

视线太近又太明显，季清晚侧头对上这次电影女主演的眼神，挑眉道："霍老师有什么想说的？"

霍雪单手摩挲着下巴："你不给我交代一下刚才那个帅哥？"

"交代什么？"季清晚觉得好笑。

霍雪小声问："男朋友？"

季清晚懒懒地回了一个词："朋友。"

霍雪皱眉不满："能不能换个词？"

刚才在大厅外的时候，大家都看到了那个男人，之后看季清晚的眼神瞬间变了。

就连成导都好奇地问了句："刚才那位是？"

季清晚当时就给了两个字——朋友。

这回答太敷衍，所有人都嗅出了八卦的味道。现在圈子里多的是地下恋情，只是不能说而已。

"这男朋友也是朋友啊！"霍雪拿着杯子撇嘴道。

"真的只是普通朋友。"季清晚举杯和她相碰，扬了扬眉提醒道，"霍老师请维护好你的'人设'，收起你的表情。"

霍雪摆手懒懒道："这儿都是熟人，用不着什么'人设'。"

"冰雪影后"，是网友们给霍雪冠上的人设，一是说她演技极佳，二是指她性子犹如冰山美人，话少。

当初季清晚进组的时候还真的信了这两点，但后来经过三个月的拍摄，她发现霍雪只符合第一点，演技极佳。

至于第二点完全就是瞎扯。

霍雪这人和话少丝毫不沾边。

“当初你的粉丝怎么会说你寡言少语？”季清晚单手撑着下巴，半垂着眼问。

“我拿奖那天来‘姨妈’，疼得不得了，记者还一直在采访，我懒得说话，就随便答了几个字。”霍雪摊手道，“然后哪里能想到我的粉丝一个个截图，还给我做成了表情包。”

季清晚被霍雪逗笑，她平常和霍雪聊天的时候，霍雪就经常发自己的表情包。

“哦，对了。”霍雪侧头朝她扬了扬下巴，“最近季老师话题榜上得有点儿勤快啊。”

今天话题榜就占了好几个词条，全是她和盛瑜的标题。

季清晚闻言学她摆手：“没办法，我太火了。”

霍雪被逗笑：“前几天约你，你不出来就是在进行《青色》的拍摄？”

“是啊，我很忙。”

“嘁，不过你可以啊，这次居然可以和盛瑜一起拍摄。”霍雪轻“啧”了一声。

季清晚歪了下脑袋：“怎么说？”

霍雪摩挲着下巴：“据我所知，这位大咖好像不怎么和女明星合作，一起拍画报就更没有了，而且……”

话音停住，她朝季清晚勾了勾手指。

季清晚挑眉凑过去：“什么？”

霍雪神秘叨叨地小声道：“有人说他腕儿挺大的，反正就是惹不起。”

季清晚佯装惊讶一瞬：“真的？”

霍雪直接拆穿她：“你的演技能不能再假点儿？”

季清晚好笑道：“这不是配合你嘛！”

霍雪“啧”了一声，然后感叹一句：“现在的人都这么闲的吗？不在家享受生活，跑到这儿来玩。”

也算是闲人一个的季清晚眨了眨眼：“可能生活不易？”

“不易个鬼！我才不易好不好？”

季清晚扫了她一眼，点点头：“你确实不易，痛经都被拍成了表情包。”

霍雪：“……”

我谢谢你。

酒过三巡，气氛依旧热闹。

季清晚和霍雪两个人没怎么喝酒，都是出于礼貌，点到为止，大多数时候还是以饮料代酒。

毕竟这儿的场合不合适，人多眼杂的，如果发生点儿什么就说不清了。

这也算是身为女明星的自觉。

但自觉还是撑不住膀胱容量有限，霍雪喝了太多橙汁，拉着身旁的人陪她去上厕所。

把人送进去后，季清晚站在门口等她，站了一会儿觉得位置有点儿不对，慢悠悠地移到了走廊的窗边角落。

墙边的玻璃窗微开，夜间的风带着细雨扑面吹来，泛起丝丝凉意。

秋雨绵绵，丝毫没有停下的预兆。

她忽然想起了刚刚盛瑜送来的雨伞，可能还真的会派上用场。

就是这伞……该怎么还？

季清晚站在原地思索着，一侧的包厢门忽然被打开，里头原本被房门压住的喧闹声瞬时放大响起。

她转身向后看去，正巧瞧见了走出包厢外的一人，不禁眉梢微挑。

女人穿着修身的连衣裙，波浪长卷发配上她精致的妆容，红唇烈焰，确实是个娇媚美女。

贝诗蕊抬眸对上她投来的目光，身子一顿。

季清晚看了她一眼，视线轻轻扫过她后头没来得及关上的包厢门。

屋内的画面映入眼帘，沙发上坐着各色男士，一个个衣冠楚楚的，身边的女伴倒不少。

季清晚微微垂眸，嘴角带起嘲讽。

门合起，喧闹声顿时被隔断。

“你怎么在这儿？”贝诗蕊看着她的衣着打扮，只是日常便服。

季清晚嗤笑一声：“我为什么不能在这儿？这会所是你家的？”

贝诗蕊哽住，见她打算走，开口唤了一句：“站住。”

季清晚脚步没停，可走了几步后，身后“嗒嗒”的高跟鞋声传来，明显带着敌意。

她察觉到什么，身子微侧，避开身后的手。

季清晚扫了眼她的手臂，皱了下眉：“有事？”

见自己抓空，贝诗蕊烦躁地收回手，低声问她：“你接到了《青色》的拍摄？”

季清晚被逗笑：“贝小姐，后天就发刊了，你好像关注得有点儿晚。”

贝诗蕊面色微沉，似是有些不满：“你凭什么能收到拍摄邀约？”

季清晚扬眉：“这问题，你就要去问《青色》了。”

看着她一脸的轻慢，贝诗蕊咬了咬牙，警告她：“季清晚，你别以为拿下这个封面就可以赢过我，你只是被挑剩下的那个。”

“嗯。”季清晚点点头，表情平静，语气随意，“我没想赢你。”

贝诗蕊冷哼一声：“你也赢不了我，你看看你拍电影拿的都是配角，而我手里多的是女主角。”

季清晚闻言眨了眨眼：“那祝你主角戏大火。”

贝诗蕊没料到她会是这个态度，皱了下眉。

“讲完了吗？”季清晚见她没再说话，扫了眼她的前胸，好心提醒她，“注意身体，还有……”

她瞥了眼后头的包厢，想了想算了，反正季颢人傻钱多嘛！

贝诗蕊听到她莫名其妙让自己注意安全，眉头皱得更深。

季清晚对她没话说，准备转身去厕所找人，结果发现霍雪一直在后头看戏。

“结束了？”霍雪的视线在两人身上转了转。

季清晚点点头：“你走不走？”

贝诗蕊见到这突然冒出来的人，愣了愣。

“走，走。”霍雪迈步跟上她，走时瞥了眼站在原地的贝诗蕊，眼神有些嫌弃。

贝诗蕊接收到她的视线，还没来得及生气，就听到前边两人结伴离去的对话。

“不是，这人什么玩意儿啊？”

“没用的东西啊！”

“我还等着看爆发戏呢，结果什么都没有，垃圾。”

贝诗蕊：“……”

被贝诗蕊闹的那一出浪费了一段时间，两人回到包厢的时候，饭局差不多也快结束了。

霍雪坐在座位上等着结束，拿着手机查贝诗蕊的微博，翻了几页她的日常照后，轻叹了一声：“我的人设为什么不能像她这么荡漾？”

季清晚眼尾微挑：“你敢吗？”

霍雪微笑：“不敢啊，我随便说说而已。”

话音落下，周围忽然热闹起来，饭局结束了。

一直坐在助理桌的夏夏立即过来找人，霍雪的小助理也一起走来。

“晚总。”

季清晚应了一声，和霍雪一块儿起身。

四人走时向导演和工作人员们道别，走出包厢后从电梯下行，往会所大厅外走。

“你们打车回去？”霍雪听到刚刚季清晚嘱咐夏夏叫车的话，打着哈欠问。

“我的车不在这儿，这么晚让司机来也有点儿麻烦。”

“那你们要不要坐我的车走？”

季清晚想了想，问她：“我住清昭那边，你顺路吗？”

霍雪摆手："外面还在下雨，你们两个女生也不好打车，如果被你朋友知道可能会担心的。"

她着重强调"朋友"，意思明了。

季清晚懒得解释，但没有拒绝她的好意，麻烦让她捎带一程。

几人站在会所前等着保姆车开来，季清晚微微仰头看着夜景里的雨丝。

霍雪转头看到这一幕，手痒地拿起手机偷偷抓拍了她的侧颜。

咔嚓一声，季清晚循声看去，霍雪拿着手机感叹："我看网友们都说你的眼睛最好看，但我觉得你的侧脸最好看，这张照片有一种朦胧美呢！"

说完，她转头问一句："介不介意我发微博？"

季清晚无所谓："发吧，记得弄好看点儿。"

霍雪朝她比了个"OK"的手势，然后点开微博编辑了一下就迅速发了出去。

正巧微博显示"发布完毕"后，保姆车就停在了门口。

几人避着雨上车坐好，霍雪朝司机报了季清晚的小区地址后，拿起手机，下滑刷新了一下微博界面，低头查看自己刚发的那条微博。

下一秒，她眼眸一顿，盯着某处默默出声喊了句："季清晚。"

身旁的人疑惑："嗯？"

霍雪抬头看向她，面无表情地陈述道："盛瑜给我点赞了。"

季清晚：？？？

"冰雪影后"霍雪很少发微博。

一般只要她发微博，都是电影档期或者行程宣传，只偶然发一些日常生活，可能是为了维持她寡言少语的人设，她的配图文案从来没超过一行。

可真正知道她性子的朋友们，都感叹自己每天一打开朋友圈，全是这"冰雪影后"在刷屏。

话痨一个。

然而粉丝们哪能知道这事，晚上看到自己的"冰雪影后"好不容易发了微博，立马屁颠儿屁颠儿地点开看。

可一看，他们却有些搞不懂。

霍雪的最新微博发布了一张照片，可照片上的人不是她本人，而是别的女人的侧脸。

照片中，女人站在迷离的灯光下，身侧是细雨纷飞，而她微微仰头看向半空，昏暗光影交错，在她的侧脸打下了阴影，轮廓线条宛如素描一笔而下。

女人的神情有些淡，微卷的长发松散半扎着，有几缕垂落在耳侧，添了四分倦懒，存有六分冷艳淡漠。

霍雪："美人倦。"

最后还点了提醒季清晚的微博功能。

原本还在疑惑这三个字的网友们，在点开照片后顿时觉得完全配得上景中人。

因为惊艳。

美人是真的美人，倦也是让人痴的倦。

评论区的粉丝开始一个个冒出来，季清晚的粉丝也纷纷夸赞霍雪的拍摄技术。

季清晚和霍雪因为出演《年年今朝》相识，两家粉丝都知道，也知道两人关系不错，所以粉丝之间相处得十分融洽。

一排排的人名和头像显示出来，而最新点赞人自动置顶。

粉丝们没怎么在意地瞥了一眼，忽然被那点赞人头像右下角的大红认证亮到眼，他们视线微移，落在那置顶的微博名上。

——"盛瑜"。

粉丝们："？"

盛瑜的点赞一瞬间便被发现，几秒后，霍雪这条微博底下跑来了各方人士，直接刷出了好几千条评论。

"我看到了什么？"

"是那个盛瑜吗？"

"这……高仿号吧？"

“楼上麻烦点开看看，是真人！！！”

“这点赞是什么情况？盛瑜和霍雪认识？”

“我辟谣，美玉没有关注影后，但是不知道为什么赞上了。”

“你们都只注意美玉点赞霍影后，就只有我觉得这赞是称赞影后拍得好、说得对？”

“接楼上，我觉得点赞可能还是因为照片里的人！”

“别猜了，《青色》不是刚说季清晚和美玉有合作画报吗？可能是为了宣传，所以点赞呢？”

“美玉表示他太难了，他可能只是手滑呢，哈哈哈。”

…………

“太难了”的主人公盛瑜完全没有理会网上被自己掀起来的狂风暴雨，他正在工作室的录音棚里确认专辑的收录。

砰砰。

房门被人敲响，下一秒也没等人回应，外头的人直接推门而入。

“盛瑜！”

唐志文喊了一声，见他就坐在调音台前，顿了一下。

盛瑜偏头看他，眉头微蹙，有些烦躁：“做什么？”

唐志文忘了这人毛病多多，咳了一声，看着他老老实实坐在那儿，丝毫没有分心的样子，眼神疑惑地问：“你刚刚在干吗？”

盛瑜扫了一眼面前的电脑：“看不出来？”

唐志文看着他一旁的手机，轻哼了一声：“那刚刚是鬼点的赞吗？”

盛少爷抬了抬眉，保持沉默。

唐志文见他这散漫的样子，头有点儿痛：“你和霍雪认识？”

“不认识。”

“那你可别和我说是因为季清晚？”

唐志文表情严肃，就见这少爷靠着椅背伸展了一下身子，然后揉揉头发，随口说：“正好看到了就顺手点了。”

唐志文扶额：“您老当那是朋友圈呢，想点赞就点赞？如果那些媒体问你这事，你难道也这样回？”

操心的“唐妈妈”又开始念叨，盛瑜没兴趣听，单手支颐问他上午拍的专辑宣传照的进展。

“伍洋说他那边后期处理要等一会儿，应该明天可以发过来。”唐志文把消息告诉他，又问了句早上一直好奇的事，“你怎么想起把季清晚请过来拍摄了？”

盛瑜抬眼淡淡地问：“有问题？”

唐志文张了张嘴，还没开口，就听见男人懒懒地补充道：“有问题也没用，拍都拍了。”

“……”

唐志文拧不过他，自觉放弃准备转身走的时候，又想起后天的采访：“《青色》的出刊采访可能会和音乐室这边的会议撞上，你怎么想？”

盛瑜皱了下眉：“采访？”

“对，《青色》那边我还没回，但季清晚那边好像是接了，就等我们这边回复。”唐志文顿了顿，看了他一眼，继续说，“如果你不去也行，我去推掉。”

盛瑜听着他的语气，漫不经心地问：“你这是要我去还是不去？”

唐志文摆手：“我可没想法，您是老板，您自己决定。”

看是为江山还是为美人呢！

盛瑜闻言，好看的眉眼半垂着，似是在思考。

唐志文看着他，微微眯眼，等着他的最终决定。

几秒后，盛瑜拖着腔调，言简意赅地敲定：“把会议推迟。”

唐志文：“……行。”

美人迷人眼啊！

季清晚没想到自己家的经纪人居然也会追八卦。

“点赞是怎么回事？”王薇艳坐在办公室沙发上，敲着桌上的文件，扬起下巴问话。

“嗯？”季清晚见她一开口就是问这个，有些愣住。

王薇艳疑惑地问：“你不知道？”

季清晚歪了下脑袋：“您说的‘知道’是指哪方面？”

“盛瑜给霍雪发了你照片的微博点赞那件事。”王薇艳毫无回避。

季清晚点了下头：“这事我知道。”

霍雪还和她念叨了好久。

王薇艳好奇地问道：“那这位盛瑜是什么意思？”

季清晚笑了一声，道：“王姐，这事我就不知道了。”

“网上那些人可猜测盛瑜因为是你才点的赞，你们俩……”

王薇艳话没说完，眼睛盯着她，意思很明了。

季清晚眼尾微挑，慢悠悠地开口：“那您可真是高看我了，我和盛瑜就见过几次，哪来的可能？”

她知道网上的评论，其中的猜测一半说是为了她，一半说是盛瑜为了宣传才点的赞，反正都扯上了她。

王薇艳闻言被逗笑：“我也只是随便猜的，我还是放心你的，但如果是，你最好提前和我说一声，我可不想哪天在话题榜里看到你恋情曝光的消息。”

公司不反对艺人谈恋爱，但身为经纪人至少要知道这事。

“我倒也想有话题曝光度，但我连段恋情都没有，怎么曝光？”季清晚觉得好笑。

“那就不谈，好好赚你最喜欢的钱。”

说到这儿，王薇艳也结束八卦，开始和她谈正事：“你最近热度可以，《年年今朝》也上映了，有几个导演都向我递了一些剧本，我在里头挑了几本适合的，你看看。”

季清晚伸手接过她推来的文件，大致翻了翻：“三个女主角的，一个女二号的？”

王薇艳点头：“是，看你怎么选。”

季清晚放下文件反问：“王姐有想法？”

王薇艳也不卖关子，直接道：“我选女二号的。”

季清晚眨了下眼：“怎么说？”

王薇艳把剧本推给她看，解释了一遍：“虽然你是女二号，但我看了，女二的人物形象很鲜明，戏份也不少，如果演好了，绝对不比女主差。”

季清晚垂眸扫了眼封面上的字。

是一个民国爱情类型的电视剧，名字也起得很简单，就两个字——《繁夜》。

她不怀疑王薇艳的能力，只是伸手拿起了剧本移到自己面前，点了点头：“就这本吧。”

王薇艳见她果断地下决定，愣了几秒，回神后笑了一声：“你也不怕我卖了你？”

季清晚歪了下脑袋，无所谓道：“卖了我，我至少也有点儿钱赚吧？”

王薇艳被她这财迷样儿逗笑了：“行，我到时一定留钱给你。”

季清晚笑了笑，拿起桌上的剧本懒洋洋地道了句：“我走了，还有采访。”

王薇艳点头，突然想起什么，调侃了一句：“好好和人家相处，如果能和盛瑜在一起，我绝不反对。”

季清晚脚步一顿，偏过头，抬起眼眸看她，尾音勾起几缕倦媚：“那我试试啊。”

话音落下，王薇艳愣了愣，看着女人离去的背影，脑海里突然冒出一个想法。

如果这女人真的有心思，那位不近女色的盛瑜可能真的会……

王薇艳想到那画面，挑了下眉。

不动情的人，一旦动了情，不知道季清晚能不能招架得住。

第七章

秘密

“玫瑰荆棘”是《青色》杂志最新一期的主题，封面画报人物为季清晚和盛瑜。

中午十二点整，《青色》杂志官微准时开放电子期刊预售和实体店服务购买通道。

一个小时后，电子刊销售量已经超过千位数。

微博话题榜的前三位也在几分钟内，迅速被替换成了“晚总美玉画报绝配”“《青色》画报”“玫瑰荆棘”。

在众多网友的点击下，微博系统甚至崩溃了三分钟。之后，所有人注意到《青色》杂志官方微博发布的最新一条内容：

“新闻速递！今日我们的主角季清晚、盛瑜超美画报，知道你们没有满足，我们即将解锁直播幕后采访！大家记得关注我们，今晚六点查收礼物哟！”

采访的时间是六点，季清晚五点到的拍摄现场，她带着夏夏向各位工作人员打了招呼后，负责人先领着她去了化妆间。

“晚总，这些是采访提纲。”

夏夏将收到的问题递给她，季清晚已经准备好造型，坐在沙发上，伸手接过纸张。

低头翻了翻居然有好几页，她不禁皱了下眉头：“怎么这么多？”

夏夏摸了摸鼻子：“他们说会在这里面随机问十个问题。”

季清晚挑眉：“那给我们这个采访提纲的意义在哪儿？”

夏夏眨眼瞎扯道：“让您试试看能不能海里捞鱼？”

季清晚轻轻一笑，随手把纸张放在身侧：“你刚刚出去这么久就拿了这个过来？”

“不是啊！”夏夏笑眯眯地看着她，“我还打听到了，等会儿他们可能会问您一些私人问题。”

季清晚不意外：“比如什么？”

夏夏摇摇头：“他们不肯告诉我。”

“那就只能随机应变了。”季清晚随意应了句，转头瞧见夏夏手机亮着的屏幕，有些无奈，“你怎么还在看这个？”

手机里是《青色》这期的电子刊，夏夏翻过一张张照片，嘴巴就没停过感叹。

特别是翻到那组季清晚身着红裙、披着头纱，盛瑜穿蓝调西装的画报时，夏夏直接爆了句粗口。

照片内的俊男靓女沉默地对视着。

而季清晚是更为主动的那方，她披着红色头纱，身子前倾，仰头靠近他的下唇，似是亲吻，却带着欲拒还迎。

而盛瑜半垂着眼透着漫不经心，表情寡淡，似是毫不在意面前的美色，一身一丝不苟的深蓝西装加持，透着十足的禁欲感。

两人精致的容貌相配，但更冲击视觉的是服装。

红与蓝相撞。红艳的风情美人，如玫瑰娇艳，眼神丝丝如魅，勾着冷漠无情的男人的心。

夏夏每看一次这组照片，都要感叹一次，明明当时她也是看着拍摄的，可总觉得自己可能跟了个假现场，她怎么就没看出来美玉和晚总这么配！

“晚总，这照片我可以看一辈子，真的太好看了！”

屏幕亮度自动熄灭，夏夏有些激动地说着，她挥动手腕，手机屏幕又亮起。

季清晚眼尖地扫到了她的手机屏保，眯了眯眼：“你的锁屏……”

被她发现，夏夏一把捂住手机，猛烈摇头：“没有，晚总，您看错了。”

这话，这动作，欲盖弥彰。

“哦。”季清晚平静地点点头，“我觉得我没看错。”

话音落下，她向夏夏伸出手，掌心向上，下巴微抬：“拿来我确认一下。”

夏夏看着面前那只白皙纤细的手，抬头望向她，想挣扎一会儿，最后还是默默把手机放上去。

她的锁屏壁纸是画报里的另一组照片，原本应该是季清晚挽着盛瑜，手捧鲜花，两人冷冷地看着镜头，但壁纸上女人的脸被换了。

夏夏把自己的脸替换了上去。

看着还挺像那么一回事。

季清晚敲着手机屏幕挑眉，有些好笑道：“你是有多喜欢盛瑜？”

夏夏以为她在生气，连忙解释：“晚总，你别误会，我不是故意截掉你的，我只是手痒，想试试看我和美玉在一起的样子，你别生气！”

“我有什么好生气的？”季清晚把手机还给她，“你是盛瑜的粉丝我理解，但你也是我的助理，大众的关注点也可能会放在你这儿，所以注意一下，下次还是……”

她扫了眼锁屏壁纸上的人，斟酌了一下，抬眸看着夏夏道：“不要自我欺骗。”

夏夏：“？”

这是人讲的话吗？

砰砰。

化妆间的门被人敲响，刚换完壁纸的夏夏走去开门。

外头的工作人员打了个招呼，示意道：“季小姐，可以开始了。”

季清晚颔首道了声好，起身跟着人往现场走。

采访区域外围着一群工作人员，有些女生还捂着脸紧紧盯着前方，像是有些害羞。

季清晚还有些奇怪，走近后才知道原因。

现场摆上了一组茶几和沙发，背景幕布是杂志的标志。

而沙发一边正坐着一个男人，他眉头微蹙，薄唇抿着，表情有些烦躁。

季清晚走过去，他注意到后抬起眼皮看来，眼神里头写着几个大字——“为什么这么慢？”

这少爷明显是不爽了。

季清晚果断选择不说话。

她走到一边的沙发坐下，化妆师上前替她整理好造型。

外圈的喧闹在季清晚来了后，渐渐有些放大。

季清晚看着对面的机器，开口问了句：“可以小声点儿吗？”

前边的负责人表示疑惑：“什么？”

季清晚下巴微抬，微笑道：“后面的小迷妹们，小声点儿，打扰到你们的美玉了。”

话音落下，喧闹的声响瞬时没了，现场寂静下来。

身旁的人眉梢微挑：“做什么？”

“看不出来？”季清晚侧头看他，“在让你的心情变好。”

盛瑜没明白：“嗯？”

“你刚刚的表情太凶了。”季清晚微笑着直说，“我怕盛老师忍不住打我。”

盛瑜：“……”

六点整，直播采访准时开始。

虽然形式是直播，但季清晚和盛瑜这边只是进行很正常的采访流程，直播弹幕是由主持人接收，然后在镜头外问话，现场的两人只要简单地回答就好。

一开场，季清晚和盛瑜简单地自我介绍后，直播间就已经进来了几十万人。

主持人扫了眼弹幕，提出了第一个问题。

“请问当初得知对方是拍摄搭档时，您是什么感受？”

季清晚先回答：“当然是惊喜的，盛瑜老师这么帅气，人气还这么高，能和他合作，我非常开心和激动的。”

这话说得极其自然，盛瑜在一旁闻言抬了抬眉，没说话。

然而镜头却没有放过他，弹幕立刻刷了一大堆。

“哈哈哈哈哈，求求你们看看美玉的表情。”

“美玉：哼，女人。”

“美玉！不要以为没采访到你，你就能做小动作！”

话筒递给了盛瑜，这位少爷却随意地开口：“和季清晚老师说的一样，开心和激动。”

回答敷衍得很，但主持人也不强求他多说什么，点点头继续问下一个问题：“杂志在今天正式发售，每组照片都很精彩，请问两位在所有画报里有最喜欢的吗？”

这次轮到盛瑜先回答，季清晚微微侧头看他。

盛少爷皱着眉，似是在思索，沉吟片刻后，他偏头问身旁人：“有没有掀盖头那张？”

“……”

季清晚坚强地保持微笑：“盛老师是说掀头纱那张吧？”

“哦。”盛瑜点点头，直视镜头随意道了句，“有喜欢的，掀头纱那张。”

弹幕一串又一串的问号和感叹号弹出。

“掀盖头？？？哪来的掀盖头？”

“掀盖头不会是我理解的那个结婚掀盖头吧？？？”

“美玉你说错了，是掀头纱！头纱！！”

“晚总：吓死我，一世英名差点儿没了。”

“哈哈哈哈哈，美玉，你是有多想结婚！”

“红头纱说成盖头，没谁了，哈哈哈！”

直播间的观看人数已经瞬时飙到了几百万，但采访时间不长，之后又问了几个简单的问题后，主持人先向季清晚问了一个单人问题。

“您这次和盛瑜老师算是首次合作，在拍摄过程中有让您觉得心动的地方吗？或者盛瑜老师算不算您的理想型？”

季清晚看向主持人，勾了勾唇：“这个问题有点儿难回答啊！”

主持人：“但还是需要您回答哟！”

私人问题在这儿等着呢！

季清晚单手搭在膝盖上，指尖似有若无地敲动着：“心动当然是有的。”

盛瑜眼睑半垂，接着又听见她扬起轻松的语气说：“如果我不心动，那不是早死了吗？”

不知怎的，他嘴角骤然浮现一抹笑意。

偷换概念，玩文字游戏。

主持人愣了愣，她也反驳不了季清晚这话：“那理想型呢？”

季清晚眼尾上扬半挑着，朝镜头眨眼：“这是秘密。”

“简直了！偷心盗贼，啊啊啊！！”

“等会儿！旁边的美玉居然笑了！哇！有生之年！”

“美玉，你这笑是什么意思？为什么发出那种宠溺微笑？！”

理想型这个问题不好回答，那她干脆不回答。

主持人没得到答案，失望了一会儿，拿着采访提纲老老实实地问完最后几个问题。在她以为要结束的时候，身旁的主编突然偷偷摸摸给她递来一张纸。

她接过看了眼，眼睛骤亮，转头对着现场的两人说：“所有问题已经问完，但还有一个额外的问题是向盛瑜老师提问的，您可以选择回答和不回答。”

季清晚直觉有诈，转过头看他。

而这少爷毫不在意地点头：“问问看。”

主持人轻咳一声，按着纸上的字念出：“前天晚上您突然给影后霍雪发的一条图片微博点了赞，请问是因为什么呢？”

话音落下，四周的人连带着弹幕皆是一惊。

“这么直接吗？”

“《青色》杂志这么厉害的吗？！”

“啊啊啊啊！怎么办？我不敢听美玉回答！”

“无辜晚总：为什么要带我？”

“对啊，季清晚也算是当事人吧？”

“天哪，看个直播也能吃到瓜！”

现场的焦点全放在棚内男人的身上，而他听到问题后，却只是挑了下眉，没说话。

没等到盛瑜的回答，众人瞬间失望了，季清晚却莫名觉得松了口气，主持人激动的心也凉了大半，扯着嘴角刚想说“您不回答也没关系”。

谁知，沙发上坐着的男人，忽然扬起淡淡的嗓音道了句：“点赞原因是——”

他抬了抬眼眸，那双漆黑眼尾上挑的眸子似有若无地扫过了身旁人，最后落在镜头上。

众人见镜头画面内，男人唇角勾起惯有的散漫的笑，拖着尾音：“因为我想啊。”

今晚的微博话题榜有点儿热闹，首条置顶标着“爆”的字样。

然而事情的主人公毫不知情，但可能即便知道了，他也不在意。

采访现场，盛瑜说出那句嚣张至极的话后，所有人愣了好几秒。

而机器后的唐志文抬头仰望着天花板，差点儿哭出来。

这人回答的，还不如他那天说的顺手点的呢！

什么我想，想个大西瓜！

他是想要人吧！

季清晚也愣了几秒才回过神，看着旁边的少爷一脸平静，似乎完全不觉得自己说错了什么。

再看眼前一群已经蒙了的人，他还真的毫不客气。

好像从认识到现在，盛少爷从来没有让人觉得无趣过。

季清晚意识到这一点，微微垂眸，无声地笑了。

对面的主持人回过神，连忙控制住局面：“盛瑜老师的意思是没有特别的原因？”

盛瑜半垂着眼睑，不温不热道：“我只回答一个问题。”

主持人嘴角抽了抽：“……好吧。”

最重要的问题问完，虽然没得到什么实质性的回答，但主持人还是打板收尾，结束直播。

工作人员走到两人身后示意要回收收音麦克风。

季清晚取下衣领上的麦，让她们拿下腰后的机器，转头注意到身旁的男人没有让女助理上手，自己直接把麦克风解下来递给人家。

季清晚等了一会儿，见助理还在解线，偏头问了句：“怎么了？”

“不好意思，季小姐，线缠住了解不开。”助理有些慌张。

这位助理抬头想叫人帮忙，可一起上来的同事早就拿着盛瑜的麦克风走了。

季清晚宽慰她：“没事，你慢慢解，别着急。”

助理手法不熟练，而季清晚又看不见帮不了忙，转头瞧见一旁早已经换下麦克风的人，她开口唤了句：“盛瑜。”

盛瑜侧头看来，注意到她和工作助理的姿势，挑了下眉，眼神示意什么事。

季清晚指着麦克风：“我后面的线缠住了，解不开，能帮我一下吗？”

盛瑜懒懒地应了一声，走到她身后，助理见他来了自动让位，站在一旁。

线圈绕着她纤细的腰身，从衣摆边缘向上延伸到她的衣领。

衣领的已经解开，但在后腰位置的线圈缠绕了几圈成了一个小结，还缠住了她的几缕头发。

盛瑜低头伸手捏着小结，手指轻轻扯了扯，转了几圈后，轻而易举地解开了几层，但最后有个难点，她的头发还缠在里面。

盛瑜皱起眉头，解释了一句：“头发被缠住了。”

季清晚抿了抿唇，问：“很多吗？”

盛瑜扫了眼："大概几根。"

"哦。"季清晚闻言无所谓道，"那你帮我拔了吧。"

盛瑜没料到："忍心？"

"不是说几根？"季清晚眨了下眼，"就算少了也看不出来。"

盛瑜见她还挺爽快，指尖捏着她的发丝，沉吟片刻："我不忍心。"

一旁的助理表情震惊，季清晚也愣了一下："你不忍心什么？"

盛瑜给了句："我看着疼。"

季清晚有些无语："盛瑜老师，要疼也是我疼，不是你疼。"

盛瑜没回话，只是低头仔细观察了一会儿，然后绕着发丝扯开线，重新扯了一圈。

"解开了！"助理看着他手心上神奇般已经松散开的电线，感叹了一句。

季清晚没感受到自己的头发被扯动，有些疑惑，正准备转身，肩膀忽然被人按住："等会儿。"

她身子顿住，以为他还没结束，听话地保持不动。

下一秒，她感到自己的腰间落下一双手臂，顿时身子一僵。

男人环着她的腰绕过来，扯着电线。修长的手指在她腰间，隔着薄薄的衣服布料，时不时触到她的腹部，带着凉意，痒痒的，让人有些不自在。

季清晚僵着身子，等待他的动作。

下边等了半天都没见操心少爷走出来的唐志文，迈着步子过来找人，却没想到一眼就看到了这一幕。

他脚步一顿，扬了扬眉，得，会议还要再推迟了。

棚内，盛瑜收回手，拿起麦克风淡淡地道了句："好了。"

他随手把机器递给一旁的助理，助理连忙接过，小眼神看着两人颔首致意，然后快步往外走。

季清晚尽量忽略腰间的触觉，微微垂眸，转身跟他道了声谢，然后抬手摸了摸自己的后脑勺："你没拔头发？"

盛瑜"嗯"了一声："拔了怕你碰瓷。"

季清晚被气笑了：“我如果碰瓷，你给钱吗？”

盛瑜摇头轻扬一声：“不给，我又不是冤大头。”

季清晚被他的语气逗笑：“哪能啊，盛瑜老师可是聪明绝顶！”

话音落下，盛瑜眯了眯眼，“啧”了一声：“这是咒我绝顶？”

季清晚勾着唇，侧头注意到下边一直等着的唐志文，提醒一句：“你的经纪人好像在等你。”

盛瑜闻言循声看去，唐志文见他终于看到这边了，连忙走上前，先向季清晚问了声好后，低声道了句：“工作室的会议还等着你参加呢！”

盛瑜闻言抬眸看他，语调稍疑：“那刚才为什么不来叫我？”

“我……”

不是看你和美人聊得开心嘛！

这话他不敢说，唐志文顿了顿，无奈道：“是，我的错，我现在来叫你行了吧？”

说完，他也不等这位少爷撵人，直接拉着盛瑜往外走，但走时还是和季清晚道了别。

季清晚站在原地送走两人后，下场去找不知道跑哪儿去了的夏夏准备下班回家。

保姆车行驶过车道，夜间车影闪过。

季清晚坐在后座，精神还算好，今天的行程就只有杂志采访而已。

一旁的夏夏在刷着微博，实时播报着网友们对今晚这场直播的评论。评论里大多数人还是以讨论盛瑜为主，特别是直播快结束的时候他的那句惊人之语——

“因为我想啊。”

之后粉丝们开始模仿他的语气，一度刷屏。

也有些人琢磨了一番他这话的意思，毕竟是忠实的吃瓜群众，但他们也没能推理出真相，最后只好跟风开始称赞盛瑜和季清晚的美貌，默默喜欢起了这对搭档。

“晚总，我觉得您最近还真的一点儿都不安稳。”

夏夏看完评论得出结论。

“嗯？”季清晚靠着座椅发出疑惑。

夏夏开始给她掰着手指算最近发生的事：“最近您上话题榜的大部分话题虽然有些负面……但也在某种程度上增加了热度，让您更火了啊！”

季清晚挑眉问：“我之前不火吗？”

夏夏摆手：“不是，您是更火了。”

季清晚单手撑着脑袋，不甚在意道：“那你的美玉可比我火多了。”

“是啊！”夏夏莫名有点儿骄傲道，“所以您再加把劲追追美玉？”

“我为什么要追他？”季清晚觉得好笑，问完，又觉得这话有歧义，便侧头看她，“到底我是你的老板还是盛瑜是你的老板？”

夏夏卡了一秒，自动微笑：“您是。”下一秒她又添了一句，“可我的心在盛瑜那儿。”

“……”

季清晚嗤笑道：“我还养了个小叛徒啊！”

听着这话，夏夏连忙摇摇头：“没有，没有，我是您的。”

狗腿的样子又回来了。

季清晚觉得自己的小助理别的可能不怎么行，但出奇地会看人的眼色。

她扬眉正想说话，衣兜里的手机忽然响了一声。

季清晚低头摸出手机看了眼屏幕，嘴角的笑意渐渐淡了下来，出声问了句：“我这几天有行程吗？”

夏夏摇摇头：“王姐让您休息，所以没有安排。”

季清晚表情有些淡，叹了句：“可惜了。”

屏幕上显示着一条短信。

季颢：“周五老太太安排家宴。”

车辆沿着公路行驶，渐渐远离市区，车窗外的山边绿景似在倒退。

季善林的房子在富豪别墅区，一片区域里就独一幢别墅。

然而季清晚自九岁之后就没在那儿住过，因为那年出了点儿事，她被季老太太接去放身边养着了。

可当时季善林不同意这做法，还仗着父亲的身份说要把季清晚接回来，季老太太直接将人轰走，留下了句不客气的话——安稳点儿，不然我不客气了。

季善林闻言，看着那时才九岁的季清晚，难得退却了。

季清晚坐在车里看了眼外头的景色，百般无聊地打开了许久未翻的朋友圈。

不巧，第一个就是任尤州发的动态——一串文字和配图。

“舒服。”

图片内是红酒配酒店总统套房的落地窗夜景。

这位少爷回国后逃脱了任爷爷的压制，还真的过上了他想要的吃喝玩乐的生活。

季清晚随手给他点了个赞，就按了锁屏键，刚准备闭目养神的时候，司机忽然刹车减速，季清晚猝不及防，身子向前一倾。她下意识地扶住前座椅背稳住自己，看向司机，皱眉问：“怎么回事？”

“对不起，大小姐，是少爷的车在前头……”

司机咽了咽口水，道歉解释。

季清晚抬眸看见前边横冲而来停在路边的跑车，眼眸微眯，开口道：“撞他。”

“……大小姐？”

司机以为自己听错了，有些愣。

季清晚身子向后一靠，抬了抬眼眸，眼尾平淡，吐出一个字：“撞。”

态度决绝。

司机下意识地听从吩咐，松开踩住刹车的脚，直直地朝那辆跑车开了过去。

前边跑车内的人刚下车，听见声响转身瞧见这一幕，身子猛地向后一退。

前面人影放大，司机猛然回过神来，急匆匆地踩下了刹车。

呲——

刺耳的刹车声响起，横空划破山间宁静。

空气似乎顿时寂静了几秒。

咔嗒。

后车门被打开，里头的女人一双长腿落地，迈步下车。

前头季颢早就腿软地倒在车身上，表情还带着惊魂未定。

他愣愣地看见女人的身影后，瞳孔骤缩，升起恐惧。

季清晚垂眸扫了他一眼，微微勾唇淡笑道："怕什么，又没撞死你。"

别墅外的道路上，两辆车以一横一竖的形式停在原地。

跑车车身与黑色轿车车距只有不到五十厘米，堪堪容得下一人。

季颢撑起有些瘫软的身子，表情震惊看向她："你疯啦！"

季清晚听着他还有些抖的声线，笑了一声，正打算说话，跑车后车座的车门忽然被人打开，季清晚循声侧头看去，挑了下眉。

季善林下车扫了眼一旁的季颢，眉头紧皱："闹什么？"

可这话明显是对季清晚说的。

季清晚唇边带起讽刺："季总怎么也坐这样的跑车了？"

刚才轿车撞来的一幕发生得太突然，季善林就坐在里面，自然看到了，也猜到了她的意图。

他转过头看向面前的人，眼眸微眯，最终没说什么，只道了句："把车开走。"

说完，他迈步往别墅内走。

季颢站在原地还有些意难平，咬牙切齿道："季清晚，你知不知道如果你刚刚撞过来，不止我会出事，爸也会出事。"

"哦。"季清晚没怎么在意地应了一声，评论道，"那还真的有点儿可惜。"

"季清晚！"季颢抬高声调，"你究竟是不是季家人？！"

季清晚抬眸看向他，嗤笑了一声道："我想这个问题你应该比我更清楚吧，季少？”

季颢被呛得一噎，但还是强调了一遍：“他也是你爸。”

季清晚歪了下脑袋，眼尾微扬：“我知道啊，我有说过他不是吗？”

季颢皱眉对她刚刚的作为反问：“那你怎么……”

季清晚给了他一个微笑，慢条斯理地开口：“他死了也可以是。”

季颢表情一骇：“你……”

季清晚挑了下眉，嗤笑道：“这你也信？”

季颢没想到她突然来了个转折，愣了愣，下一秒就听见她语气散漫地又说了句：“他死了不就便宜你了？”季清晚下巴朝旁边的别墅扬了扬，“这些东西至少还有我的份，别想独吞。”

话音落下，她也懒得和他多说，转身准备往轿车方向走，又似是想起了什么事，脚步微顿，“哦”了一声。

季清晚侧头扫了眼两车间的距离，半睨着他，淡淡道：“别误会，我是真的想撞你。”

季颢：“……”

疯子！

季清晚觉得这很有必要解释一下，以免让她的好弟弟觉得她是个心善的人。

她没管身后人的想法，径自迈步向轿车后座走，单手打开车门坐了进去。

司机见她回来了，有些艰难地咽了咽口水：“小姐。”

季清晚应了一声，身子靠在靠垫上，懒洋洋地道了句：“走吧。”

司机脚踩油门，启动车子经过前方的跑车和季颢。

季家家宴被安排在偏远的新宅办，而地址不巧就在季善林家附近。

黑色轿车沿着盘山公路而上，绕过几圈车道后，山腰间的宅子渐渐展露出一角。

车辆驶进大门，季清晚闭眼假寐等了一会儿后，司机缓慢停车，轻声道了句：“大小姐，到了。”

季清晚拿起包开门下车，大厅外的季家管家瞧见人影，连忙走上前迎接问好。

季清晚点头跟着他往前走，问了句："奶奶呢？"

"老夫人在前厅和夫人们说话。"

"好。刘伯，你去忙吧，我自己去就可以。"

季清晚虽然不常来这儿，但路还是熟的，管家闻言便点头退下。

大厅后头是一条长廊，而前厅在长廊的尽头。

季清晚漫步走过长廊，还没走进前厅就瞧见了坐在厅内沙发上的季老太太，身侧的座椅上还坐着几位伯母，几人不知道在聊些什么，都带着笑。

季清晚迈步跨过门槛，刚打算开口问好，就被二伯母的说话声先打断。

"妈，您上次不是还念着要给清晚找个人家吗？我这身边正好有几位人选，您要不要看看？"

厅内的几人察觉到外头的人影，纷纷抬头看去，瞧见是停在门口的季清晚后，一旁的大伯母先笑了一声："哎呀，清晚来得真巧！"

季清晚微微颔首一个个问过好，季老太太朝她招手，让她在身侧落座。

"你过来怎么没打声招呼，不忙？"季老太太见她依旧清瘦，皱了皱眉问。

季清晚毫不畏避道："原本是没打算来的，但正好没什么事，就来了。"

一般的家宴都是为了祭祀的事，季老太太知道她不喜见人，所以之前都没怎么让她参加。

季老太太拍了拍她的手："没事就在家休息，到这儿来做什么？"

季老太太的话刚说完，二伯母笑着接话道："妈，清晚也是想来看看您，您还不让她来，再看看我们，您可太偏心了。"

季家的后辈不多也不少，男子占了一大半，里头唯有的两位女子便都是宝，独受老太太和老爷子的宠。

这两份宠，季老太太的宝贝女儿外嫁曾氏后生的外孙女占了一份，还有一份就在季清晚这儿了。

“要是你们也生个孙女给我，我也偏心。”季老太太看着两位儿媳妇，慢悠悠地开口。

两位伯母闻言无奈地笑了笑，她们倒想生，可一生就是儿子，这也没办法。

季清晚半垂着眼，安静地坐在座位上没说话。

大伯母瞧见她这恬静的模样如一幅美人画，不由得扯起了刚刚的话题：“清晚年纪也不小了，有没有喜欢的人啊？”

突然被点名的季清晚愣住了：“……没有。”

二伯母开始搭腔：“欸，怎么会没有呢？你的工作圈不是有很多男生吗，就没有碰见喜欢的人？”

提到这个，季老太太似是想到什么，侧头问她：“你前些天不是和一个叫美玉的拍什么照片了吗？”

大伯母提醒一句：“妈，他叫盛瑜。”

“哦，对。”季老太太点头赞扬，“我看那小伙子长得好看，配你。”

哪里配？

季清晚尝试解释：“那些都是同事，私底下都没有联系的。”

“人家不联系你，你可以联系人家啊！”

“我……”季清晚对上她们投来的视线，顿了顿，突然怕这话题没完没了，于是，她扬起微笑应了句，“好的，我会的。”

三位长辈们闻言满意了，她安全过关。

但季老太太知道她的小心思，也不难为她：“你先回房间休息一下，等会儿吃饭的时候叫你。”

季清晚巴不得走，听到吩咐点点头，正要起身，外头管家却走来道了句：“老夫人，善林老爷和颢少爷来了。”

前厅内的三位闻言看向一旁的季清晚，季清晚面色平静。

季老太太朝她拍手：“你先去休息。”

季清晚应了句，然后起身，后头的用人上前带着她从侧门往后宅走去。

绕过几道廊柱后，房间到了，用人示意后退了下去。

季清晚推开门进屋，单手关上门，她揉了揉眼睛，随意地走到床边，侧身躺在床上。

闭眼躺了一会儿后，她摸出因刚才的场合而按了静音键的手机查看起来，怕错过了工作信息。

倒是没有工作上的事儿，只是某位任少爷可能见她给他点了赞，无聊地给她发了信息。

“季大小姐，在哪儿？”

季清晚打字：“在季宅。”

没等几秒，对方回复她：“哟，怎么回那儿去了？”

季清晚：“来看奶奶。”

任尤州“啧”了一声：“孝顺啊。”

季清晚懒得理他：“任总这么闲？”

这话发完，他居然没回了，季清晚挑了挑眉，准备退出微信，手机忽然振动了一声。

她以为是任尤州回复了，没想到是夏夏给她发来的。

“晚总！！！”

“美玉新专辑做宣传啦！！！”

“呜呜呜，我看到专辑宣传封面了！！”

“酷爆，美爆！！”

信息不断弹送出来，季清晚有些应接不暇，最后看到夏夏发的表情包，笑出了声。

不巧，是一张霍雪的表情包。

季清晚带着笑意，打字回了句：“有多美？”

夏夏：“您等等！我给您发！！”

等了几秒后，手心一振，夏夏发送了一张图片过来。

海报使用了深蓝的色调，浅浅起伏似是深海，画中色调微暗，勾勒出男人破碎而凌厉的容颜。

他闭着那双好看的眸，浓密的眼睫又直又长，至眼尾处微微上挑。

光影交错中如有阴影投在他的侧脸，衬得他五官疏离冷淡。

而这安静的面容后似是隐晦地藏着一双眼睛。

浅褐色的暗藏着寡淡的瞳仁，正注视着他。

宣传海报底端刻着两个怪异的字体，有些扭曲——

《迷失》。

季清晚看得有些失神，手机的振动声响起才将她唤醒。

她重新点了一下照片，返回聊天界面。

夏夏：“晚总！您看到了吗？！里面还有您的眼睛！！！”

季清晚看着这么多的感叹号，失笑：“看到了，你也不用强调这么多遍！”

夏夏：“因为海报超级好看啊，而且还有您的参与，我突然觉得有种我也参与了的感觉。我爱您，晚总！”

季清晚笑一声，准备打字，却不小心划过屏幕，返回了主界面，她重新上划，没怎么注意，点开一个聊天框，自然地打字回复：“我不爱你。”

信息发送完，她的视线从键盘方向忽然扫到上头的备注，那里显示着人名——

盛瑜。

季清晚：“……”

她挂着微笑的嘴角一僵，手心一抖，手机差点儿砸在床上。

季清晚以迅雷不及掩耳之势迅速稳住，面无表情地长按那条“我不爱你”——

撤回。

看着绿色的气泡框消失后，她松了口气。

刚刚只过去几十秒，这位少爷应该没看见。

然而两秒后，手机振动了一下。

“我看到了。”

季清晚：“……”

华宣音乐工作室的工作人员正在汇报专辑的宣传工作。

“目前宣传照已经放出，微博上的反响比预期更强烈，时间上我们这边……”

汇报人时不时侧头看向会议主席位上的男人。

姿势散漫，依旧是那副悠闲模样。

男人半垂着眼皮，单手支颐，表情有些淡，指尖敲着桌面，不知道他有没有在听。

汇报人扫到他修长的手指，心脏随着他指尖的敲动而紧张地跳动，嘴里快速地念着数据直到结束。

一旁的唐志文听完汇报后，转过头问盛瑜：“你觉得怎么样？”

男人换了个姿势，双手交叠，淡淡点头：“嗯，不错。”

“行，那我们就这么办了。”唐志文眯眼看他，警告道，“宣传期就在这几天，你不要犯懒啊！”

盛瑜懒懒地反问：“这几天是几天？”

唐志文微笑：“看情况，还有，这次我给你安排了一个别的工作。”

盛瑜直觉不对，抬起眼眸看向他：“什么工作？”

“还没确定下来，到时再和你说。”

唐志文怕他揪着这事，看了眼屏幕上的宣传海报，扯开话题：“那双眼睛，你确定没人能认出来？”

“嗯？”盛瑜眉梢微扬，慢条斯理地问，“我什么时候说过这话？”

唐志文瞪着眼刚要说话，后头的同事突然出声打断了他，请他去看看报告。

盛瑜也懒得听他念叨，催他快去。

唐志文扫了盛瑜一眼，示意让他老实待着。

盛少爷答应了不走，无聊地撑着脑袋看屏幕上的海报，对着那双眼睛，似是在回忆什么。

吡——吡——一旁手机忽然振动了一下。

他随手拿起解锁打开，微信的对话框瞬时弹出。

季清晚："我不爱你。"

盛瑜垂眸随意扫了眼，微愣。

可没过几秒，对方又撤回了信息。

速度飞快。

盛瑜挑了下眉。

盛瑜："我看到了。"还添了个笑脸符号。

季清晚："……"这人就不能装作没看见？

盛瑜的微信是当时他请她参加宣传海报拍摄的时候加的。

这人要微信的时候完全一副自然且毫不觉得唐突的模样。

当时他拿出手机晃了一下，然后漫不经心地道了句："来，给个微信。"

季清晚当时愣了几秒，回过神后察觉到自己已经把微信二维码给了他。

整个过程大概就十几秒，季清晚自己都诧异居然这么轻易就和他加了微信好友。

然而两人除了上次因为专辑拍摄对话过，之后便再没有过其他聊天记录了。

季清晚无奈打字："发错了。"

盛瑜："？"

盛瑜："难道想发爱我？"

季清晚一噎："不是，是发错人了。"

盛瑜："不发给我，想发给谁？"

季清晚撑他："不是发给你就是了。"

盛瑜慢悠悠地打字："季清晚老师心真狠啊。"

季清晚看着这回复，有些莫名其妙："什么？"

他那边还在输入中，季清晚等了几秒，就看到了他的回复。

盛瑜："都不爱我了，居然还不爱别人。"

每一句后面都带着那个笑脸符号。

“……”

季清晚知道这人有时说话不正经，也不甘示弱地回：“盛瑜老师这么受欢迎肯定有人爱的。”

盛瑜：“哦，就唯独我们季清晚老师不爱。”

季清晚看着那个表情符号，没忍住说他：“你能不能别发这个表情了！”

盛瑜：“为什么？”

季清晚打了三个字：“很欠揍。”

盛瑜垂眸，低笑了一声。

会议室内的工作人员同时一顿，不约而同地扭头往主位方向看去，见盛瑜还拿着手机在打字。

众人表情微惊，纷纷奇怪地相互对视了一眼。

这位少爷居然捧着手机在聊天？

记得之前唐志文给他发微信说了一大串事，这位爷说懒得打字回复，有时甚至看都不看。

但现在他居然在聊天？而且还笑了？

鬼上身？

手机一振，盛瑜那边回了句：“好，不发。”

季清晚见他难得没有继续撩，有些不习惯，忽地想起刚刚的宣传海报。

季清晚：“盛瑜老师什么时候发布新专辑？”

盛瑜没想到她会关注这个：“明天。看到海报了？”

季清晚：“嗯，夏夏给我看了，她很喜欢你。”

哦，是他的“另一半姻缘”传信儿了。

难怪她会知道。

盛瑜表情微淡：“她喜欢，你不喜欢？”

季清晚眨了眨眼：“喜欢啊，很好看。”指的是海报。

盛瑜扯了下嘴角，莫名有些不爽：“那还多亏了季清晚老师的贡献。”

季清晚开始吹捧他："不敢，预祝盛瑜老师专辑大卖。"

盛瑜："不用祝了，会的。"

季清晚："……"还真敢吹。

但这也确实是实话，盛瑜是有本事的。

盛瑜虽然性子懒散，但做事有他自己的想法，既然想干就肯定会做好。

毕竟国际上获得全位作曲、作词大奖的歌手不超过五位，而他就是其中一位。

而且粉丝们都知道，盛瑜所有出售的音乐专辑作品都没有经过别人的操作，作词、作曲、演唱都是他自己，且制作的几张专辑都拿下了国际大奖，包括为他人作曲、编曲的音乐作品也斩下了不少奖项或获得了提名。

但这人不轻易接受工作邀约，专辑发行时间也不一定，外头的人都说他神秘，高深莫测。

唐志文听到笑得不行。

莫测个空气。

这人就是懒。

现在微博上的粉丝们一看到宣传海报后，转发量和评论量就直接破万了。

看到这儿，季清晚觉得自己上次替他求姻缘的事倒是白操心了，人家根本不用求。

一个个的都在这儿，争先恐后地排队呢！

她笑了一声，也扫到了在一群"求娶"评论里夸赞海报里那双眼睛好看的内容。

季清晚觉得这人有眼光，拿着夏夏的小号给这位点了个赞，也给盛瑜的宣传微博点了赞。

咚咚。

房门被敲响，外头传来一声："大小姐。"

"进。"

用人推开门，颔首道了句：“大小姐，老夫人请您去后厅。”

季清晚起身点头应了一句，迈步跟着用人往外走。

季家后厅内。

季家老爷子坐在首位，戴着老花镜正在看电视新闻。他端起桌前的茶杯喝了口，侧头问了句一旁的老太太：“那丫头呢？”

季老太太看着新闻随口道：“刚才派人去叫了。”

坐在一旁的季建言闻言，扫了眼坐在后头的季善林：“清晚也来了？”

季老太太淡淡地开口：“怎么，还不能来了？”

“妈，我可没这意思。”季建言笑了一声，“清晚丫头我也喜欢，我这大伯可没有嫌弃的意思。”

季老太太随手把一旁的茶杯递给老爷子：“谁都喜欢那丫头，也不差别的一份，亏的也是那错把珍珠当鱼目的人。”

“这……清晚不止您和爸喜欢，我们也喜欢，而且清晚也大了，自个儿也有分寸了。”季建言看了眼季善林，见他面色有些淡，开口道了句，“善林，你也说说。”

季善林闻言正要开口，季老太太笑了一声，情绪分辨不明：“她年纪可不大，在我这儿她永远是小孩儿。”

季善林闻言皱了下眉，不同意道：“妈，她的性子太娇纵，完全目无尊长，她不认我这个父亲也就算了，但这样——”

“老三。”

季老爷子放下茶杯轻磕了一下，声音刺耳，站在暗处的用人们赶紧低下头。

气氛安静了几秒，季老太太拿起手帕擦了擦桌面上溢出的茶渍，平淡开口：“清晚是我养大的，你仗着父亲的身份如果要说我养得不好，我也不回什么。”

“但若要说她骄纵，我倒要问问，你养在身边的好儿子，他做的那些乱七八糟的事情你不知道？那性子，你觉得他上得了台面？”

季善林面色一顿。

季老太太抬头看他："我给你一个面子让他进屋，但麻雀总归当不了凤凰，这事你应该比我懂。"

季善林身子骤僵，一旁的季建言也有些惊讶："妈，您这……"

季善林懂，他当然懂。

因为他也是麻雀。

季善林是季家旁支的儿子，四岁时亲生父母早逝。季老太太觉得他可怜，把他接来，按着第三子的名分养着长大的。

"麻雀总归当不了凤凰"，季老太太从未说过这话，她一直把季善林当亲生儿子养着，这回，她是真的被气到了。

"老爷，老夫人。"外头的用人走来低声道了句，"大小姐来了。"

季老太太神色稍缓："带小姐去前院，我稍后来。"

用人出来和季清晚重复了一遍老太太的话。

季清晚闻言望了眼后厅的门，问了句："里头都坐着哪些人？"

用人微愣，一一道出在厅内的人。

季清晚听到"善林老爷"时，猜到了可能发生的事，无所谓地点点头："走吧，去前院。"

绕过长廊，季清晚迈步下楼梯，忽然感到衣兜内的手机振了振。

她摸出手机看了眼屏幕，接起："喂，王姐。"

王薇艳应了一声："你不在公寓？"

季清晚："没有，有点儿事，最近在家里。"

王薇艳闻言顿了顿，好奇地问道："你要不和我说说你家里到底是做什么的？"

季清晚随口回了句："普通家庭啊！"

王薇艳怎么可能信，哪个普通家庭出身的人身上背的包、穿的衣服都是奢侈品牌，那些东西每件都起码万元开头。

王薇艳记得第一次见季清晚的时候，这人完全一副气定神闲的模样，像是哪家的千金小姐。

但之后王薇艳发现季清晚都是一个人行动，也从没听她提起过家里人，问她，她也总说就是普通家庭。

季清晚想王薇艳应该不是为了问这个才打的电话，便道："有什么重要的事吗？"

"哦。"王薇艳想起正事，"我这边接到了一个综艺，想问问看你参不参加，还有，问你一件事。"

季清晚有些疑惑："嗯？什么事？"

王薇艳："也没什么事，就是想问问你和盛瑜试得怎么样了。"

王薇艳是业界公认的金牌经纪人。

业界人给她的标签都是"铁面无私""女强人""说一不二"。

季清晚初次见到王薇艳那天是在模特走秀后台，王薇艳穿着暗红色的女士西装，身材比例很好，霸气外露。

两人第一次见面，季清晚就被她称赞了一句："你很漂亮。"

然后第二句："你会火的。"

王薇艳这话说完后，把自己的名片给了季清晚。一个星期后，季清晚走秀的照片就被网友传上微博，火了。

王薇艳和她第二次见面，说的第三句话是："我不轻易算命，要不要和我签约？"

季清晚当时刚好想换个赚钱的方式，接到她的名片后，查了信息，觉得这场交易不差，最后点头同意了。

之后两人的相处模式确实是正儿八经的经纪人和艺人的状态，王薇艳雷厉风行，她从不会让你浪费一次机会。

不过，季清晚觉得最近看到了这位经纪人的小女生样。

她在追八卦，而且还是自家艺人和对手公司男艺人的八卦。

"所以你那天去采访完后就没什么事发生？"王薇艳有些疑惑。

季清晚觉得好笑："你想让我们发生什么事？"

王薇艳反问："那我为什么听现场工作人员说看到盛瑜把你抱住了。"

“嗯？”季清晚皱了下眉，“他抱我？”

“对，亲密无间，毫不回避他人。”王薇艳老实说，“虽然我不排斥你谈恋爱，但是也要注意一下，你是个公众人物。”

季清晚还没想明白，听到她提醒的话，笑了一声：“我都不知道他抱我了，我怎么注意？”

话音落下，她突然想起上次采访后身上的收音麦克风缠住了自己，盛瑜帮忙解开，手从她腰间绕过的经历，那姿势确实容易让人误会。

她走下楼梯，前院经过的用人瞧见她正要问好。

季清晚手指立在嘴前，示意嘘声，然后拿着手机走到前院旁的树下，随口解释一句：“他上次没有抱我，只是我被麦克风缠住了，他帮我解开了而已。”

王薇艳闻言倒是失望了：“就这？没了？”

季清晚挑眉问：“王姐，您最近太八卦了吧？”

“就觉得你们俩有点儿意思。”王薇艳毫不掩饰道。

季清晚被逗笑：“那您继续关注。”

“行了，跟你讲正事。”王薇艳翻了翻书页，开口说，“《繁夜》那边已经定下了，剧组在筹备中，还有个综艺也不错，你要不要试试看？”

最近行程安排不多，季清晚也算是休息了半个月，而《繁夜》还没定下进组时间，公司要考虑整体的布局，曝光率要提上来，算来算去就想到让季清晚去参加综艺节目。

“综艺？”季清晚眨了下眼，“什么类型的？”

“不知道，那边保密性强，具体的也没和我们说，只是给你发了邀约。”王薇艳解释了一句，“但这导演你应该听过。”

“哪位？”

“李松。”

季清晚一愣：“李松导演？”

圈内的导演换血是常事，但总有几个是常青树，比如李松，他在综艺领域里就是个神话，出品的每个节目收视率都爆棚，笑点和泪点都是满满的。

王薇艳点头："对，是他，其他人如果什么都没说就发邀约，我可能就拒绝了，可是这个，我觉得值得接。"

季清晚正要回话，就听见后头传来了用人们的声音，她顿了顿，开口道："我当然也不会拒绝，您看着办就好。我这边有点儿事，先挂电话了。"

王薇艳应了一声，盯着已经结束通话的界面，看了几秒后，歪着脑袋，皱了下眉。

刚刚……她好像听见了什么老爷、老夫人、大小姐的称呼……

现在还有这么老旧的叫法？

季清晚把手机收起，转身看着对面走来的人，微笑着颔首："爷爷、奶奶。"

季老爷子见到她消瘦的脸庞，蹙起眉头："外头是没人给你饭吃？"

季清晚半开玩笑道："是的啊，没人给我饭吃，爷爷有准备好吃的给我吗？"

季老爷子冷哼一声："没有。"

季清晚眨了眨眼："我好不容易回来看您，您却苛待我。"

季老爷子说她："你要是老老实实地不出去，还用得着饿肚子？"

"行了。"老太太出声打断他，"这丫头的性子你也知道，我们说了她也不会听的，先进去吧。"

老爷子当然也清楚，皱着眉头，咳了一声，转身往院子里走。

看着他别扭的样子，季清晚有些忍俊不禁，牵着身旁的老太太跟在他身后。

三人刚进门，就听见了一道孩子的哭腔："大坏蛋！"

下一秒就传来一道迎合声："就是，季颢，你怎么连小孩子都欺负，大坏蛋啊！"

季清晚听着这声音嘴角微抽，挽着老太太往里头走。

"奶奶！"院厅内撇着嘴假哭的男孩儿瞧见人，立马跑来抱住老太太的大腿，伸手指着座位上的人，告状说，“有人欺负我！”

老太太闻言，扫了眼前边的人，然后伸手摸了摸男孩儿的脑袋，笑问：“是不是阿柯你欺负人家了？”

二伯的儿子季柯摇头：“没有，我什么都没有做。”

坐在季颢对面的男人慢悠悠地开口：“奶奶，这话是真的，我可以做证。”

季老爷子走到位子上坐下，扫了他一眼：“你这小子怎么来了？”

不请自来的任尤州笑了一声：“我这不是刚回国嘛，我家老爷子就派我来给您和奶奶问个好。”

季老爷子点点头：“晚上留下吃个饭。”

“好的嘞，谢谢爷爷！”任尤州狗腿地笑着。

而一旁的季颢见两位长辈都没问他，自个儿先开了口：“爷爷，奶奶。”

老爷子半垂着眼没回，老太太也没应，带着季柯坐在位置上，开口问：“欺负小柯这事怎么说的？”

季颢愣了愣，解释道：“我刚刚只是不小心碰到了小柯的玩具，玩具砸在地上摔坏了。”

“欸，可别。”任尤州摆手，“‘不小心’这词，季少你还是要仔细想想的。”

季颢面色一僵：“任少是什么意思？”

任尤州摊手：“你自个儿想啊！”

季清晚朝还挂着眼泪的季柯招了招手，替他擦干眼泪：“阿柯说说，刚才怎么了？”

季柯吸了吸鼻子：“我刚才和州哥哥在这儿玩飞机，坏蛋哥哥说让我小声点儿别吵，还把我的飞机弄掉了。”

季颢扯了扯嘴角，道：“阿柯刚刚玩闹声有些大，我只是提醒一下。”

任尤州闻言轻嗤一声。

季清晚摸着季柯的脑袋，轻声说：“阿柯，你刚刚很吵吗？”

季柯撇嘴：“我知道我错了，可是坏蛋哥哥他是故意的，他坏！”

季清晚笑着说："我们大人不记小人过，这次就算了吧。"

这么多人看着，谁在说谎一眼就能看出来，明面里不说而已。

季柯不懂："为什么？妈妈说我不是大人，还是小孩子。"

"和有些坏蛋比，我们阿柯是大人。"

"真的吗？"

"真的。"

"好啊！"季柯扭头对着季颢笑嘻嘻地说，"坏蛋哥哥，我这次大人不记小人的错，你不用和我道歉了。"

"……"

季颢面色铁青，可有老爷子、老太太在，他又不能说什么。

季清晚看着他的表情，扯了下嘴角。

任尤州拍了下季柯的小脑袋："下次别傻傻地被人欺负，哭也要哭着打回去。"

季柯捂住自己的头，瞪眼："怎么打？"

任尤州挑了下眉："这就要问问你季颢哥哥是怎么被打的了。"

季颢面色微崩："任尤州！"

被直呼其名，任尤州嗤笑一声："哟，被打还不让人说了？"

季颢是一直被人护着的骄纵性子，哪受得了这样，正打算发作，老爷子却开口了："季颢，下去！"

季颢咬咬牙，压着怒气起身往外走，不想刚走出院厅，就听见后头的对话。

"姐姐，你知道怎么打吗？"

女人带着散漫的语调回答："打什么打！如果狗咬了你，你难道也咬回去吗？"

当然不会。

一般人都不会想咬回去。

但偏偏总有狗不怕死，嫌自己命太长，一定要扬起他那口钝齿作无谓的挣扎。

季颢算一个。

晚上家宴后，季清晚送走任尤州这位少爷，转身正准备回自己房间的时候，没想到碰上了季颢。

季清晚扫了眼时间：“你还没走？”

他自己的家可就在山下。

季颢想着下午在院厅的事，就一直不爽。

他自认为对季家两位老人的态度不差，可他们俩从没正眼看过他，小时候没有，长大了也没有。

他们心里、眼里只有季清晚。

季颢站在原地，望着面前的女人开口唤了一声：“季清晚，别太瞧不起人！你以为自己就是纯正的季家孙女吗？”

他冷笑了一声：“你和我一样，都是假的。”

季善林是假的，女儿、儿子当然也是假的。

季清晚闻言，表情平静：“你就想和我说这个？”

季颢扫了一圈宅院：“季老太太不认我，我知道是因为我是私生子，而她认你，”话音顿了顿，他看向她淡笑着说，“是因为你妈走运。”

季清晚眸光微沉，没说话。

“你说我妈如果早点儿嫁给季善林，那你会不会就是现在的我？”季颢收起笑，道出称呼，“季大小姐。”

季清晚闻言，垂下眼睑，突然笑了一声：“季颢，最近是我太心善，还是你太大胆了？”

“你的手，”她抬了抬眸，笑意一点点淡了下去，“忘了是怎么断的？”

季颢脸色骤冷，右手垂在身侧攥紧，那腕间的刀疤依旧清晰。

季清晚九岁时，生母温南风亡故，季善林领着季颢母子大摇大摆地进门。

大年三十那天，季颢摔碎了温南风的遗照，当晚他就连人带手被送进医院急救，医生诊断为手骨骨断，手筋被划伤。

初一新年，季颢的母亲失足摔下楼梯，头破血流，被安置去了外宅。

第二天，季清晚被季老太太接走。

夜空中半轮月的光折在女人身上，她的面容却隐匿在暗处，唯有那双浅褐色的眸子透着寒霜：“季二，别太把自己当回事，老实点儿。”

季颢站在原地，忽然感觉手腕间旧疾发作，隐隐犯疼。

她在警告他。

第八章

朋友

季清晚做了个梦。

山间的夜晚有些寒冷，她蜷缩在床上。

她梦到了许久不见的母亲。

她的母亲就坐在院内的大树下乘凉，目光聚焦在大门上，丝毫没有注意到身边人的存在。

季清晚开口轻唤着妈妈，可她完全没有反应，只是魔障了一样直盯着前方，眼里没有其他人。

她伸手想触碰母亲，可快要触到时，场景忽然一转。

熟悉的房间内，坐在床铺上的母亲面色苍白，那双浅褐色的眸子空洞无物，嘴里一直念着一个人名。

九岁的季清晚站在床铺旁，唤了声："妈妈。"

温南风眼眸升起一点儿光亮，侧头看向她，问："阿晚，爸爸呢？"

"爸爸在外面。"

"怎么会呢？我刚刚还看见他过来陪我啊，可是他一直看着我没有说话，我一直叫他，他也不理我。"她害怕地问，"阿晚，妈妈是不是做错什么事惹他生气了？他为什么都不理我？他是不要我了吗？"

季清晚喉间干涩，宽慰她："没有，妈妈什么都没有做错，是爸爸做错了。”

“不，不，不。”温南风摇头，“阿晚，他不会做错事的，他一直很好，他还说喜欢我，会一直陪在我身边。”

季清晚闭了闭眼，淡淡地道：“妈妈。”

温南风似是没听到，依旧在叮嘱着：“阿晚，阿晚，你也要好好听话，知道吗？如果不听话，爸爸就会伤心，妈妈也会伤心的，你记得吗？”

季清晚平静地开口：“妈妈，他不要我们了。”

女人的说话声戛然而止。

紧接着是刺耳的抓狂声、哭诉声骤响，外头的医护人员冲进屋内。

季清晚站在角落，看着女人那癫狂的模样。

下一秒，画面跳转，纯白色的床铺上躺着一个女人，她的手腕垂落在地上，鲜血淋漓。

哗——

玻璃的破碎声响起，地上躺着女人灿烂微笑的照片，玻璃碎片散落着。

“季清晚，你妈死了，我妈才是这个家里真正的女主人！”

除夕夜，六岁的男孩子恶狠狠的声调伴着外头的烟花声响起。

震耳欲聋。

之后的梦境有些错乱，一会儿是无尽的黑暗，一会儿是温南风的懦弱哭泣，一会儿是雨中阴冷刺骨的葬礼，一会儿是季颢母子和季善林三人坐在家里说笑打闹。

最后一秒，季清晚醒了。

她睁开眼，看着纯白的天花板，眨了眨有些酸涩的眼睛，抬手拭去眼角的湿润。

她撑起身子，看了眼时间。

八点。

刚巧外头有用人抬手敲响了门，季清晚随意应了几声后，起身去洗漱。

半个小时后，她换好衣服打开门，跟着用人去餐厅吃早饭。

厅内，季老太太看着她走进来，瞧见她的脸色有些苍白，皱了下眉：“脸色怎么这么差？”

季清晚坐下后，接过用人端来的茶水，喝了一口：“昨晚做了噩梦，没睡好。”

“噩梦？梦到什么了？”

“我记不清了，就是一些光怪陆离、乱七八糟的事。”

“那先吃点儿东西，压压惊。”

季老太太让人上菜，季清晚看了眼早饭：“您和爷爷呢？”

“我们起得早，自然都吃了，你大伯和二伯也刚吃完下山了。”季老太太将餐盘往她的方向移了移，“快点儿吃，吃完再去休息一会儿。”

季清晚舀起面前的虾仁粥，点头应了一声。

但可能是被那个梦搞的，她的胃口不佳，随意吃了几口后就放下了筷子。季老太太也看得出来，催着她喝了点儿温奶，便让用人带她回去休息。

季清晚躺在床上，以为自己会睡不着，可闭眼躺了一会儿，意识便渐渐模糊、飘远。

不知睡了多久，她被手机的振动声吵醒了。

床边的振动声不停，季清晚微微眯眼，随手摸到手机打开，屏幕上夏夏的微信占了三分之一，还有一条微博的提醒。

她还没完全清醒过来，看着满屏的信息愣了几秒，索性先打开微博的那条。

叮咚——

熟悉的刷新声响起，灿金色的界面停了几秒，然后显示出主页热点微博。

第一条微博是一个娱乐博主发起的投票。

“‘迷失MV里的眼睛’，美玉新专辑MV里最后的那双眼睛是谁的，我个人首猜季清晚！！”

微博下方有个投票选项，第一个是季清晚，剩下三个是圈内以眼睛出名的艺人。

季清晚看着这条微博，有些莫名其妙，滑动了一下屏幕，就看到下面的微博都在吹捧盛瑜的专辑《迷失》，还有好奇最后那双眼睛的主人。

文字还配上了一个短视频，画面自动播放着。

MV 中的片尾，画面内黑暗一片，却有一道脚步声响起，步伐不疾不徐。

角落里忽然闪出稀稀落落的光晕，黑暗中，一双闭着的双眼显现出来。

脚步声骤停，下一秒，那双眼眸猛地睁开。

瞳内浅褐色的光影，折着暗银闪现。

男人的歌声幽幽响起，低沉中带着隐晦的沉迷。

——“我不愿醒。”

MV 的最后一幕在这里停止，歌曲终停。

“啊啊啊！美玉！！”

“别醒！！我来爱你！！”

“我可！！我可以！！我让你一辈子不醒！！”

“最后那双眼睛让我心动了！”

“这个男人在对我唱情歌！”

“姐妹们，我急需这双眼睛主人的所有资料，大家帮忙！”

“惊！我发现 MV 里的眼睛和海报上的是同一双眼睛！”

“我昨晚把圈内女明星的眼睛都找了一圈，感觉我发现了一个秘密。”

“容我小小猜测一下，你们不觉得这双眼睛有点儿眼熟吗，好像隔壁家晚总的？”

“照楼上的说，那我还觉得像我们家阿撒的呢，她的眼睛也很好看啊！”

这评论发出来，一大堆女明星的粉丝开始跑出来认领，说像自己家的艺人。

大多数评论都觉得这眼睛像季清晚多一点儿，有些人还特地发了对比图。

但被猜测的明星们并没有什么表现，盛瑜这边不解释是正常的事，季清晚那边也没有什么回应。

评论的热度明显已经降了下来。

季清晚没想到盛瑜还把拍摄的部分放进了MV里，但问题也不是很大。

她退出微博，点开夏夏发来的一大串信息，扫了几眼都是在讲这事，便打字回了句："我看到了，没什么事。"

没几秒，对方立马发来信息："晚总！这不是重点！"

季清晚皱了下眉："怎么了？"

夏夏极速打字："王姐看出来里面的人是您了！怎么办？怎么办？！"

季清晚被逗笑，直接给她打了电话："王姐和你说什么了？"

"她就问我您什么时候去美玉那儿拍的照片。"夏夏小声开口，"我、我就说前几天。晚总，没事吧？"

季清晚不意外王薇艳能把她认出来，半垂着眼应着："没事。"

王薇艳指不定正在八卦她呢！

夏夏听着她有些沙哑的声音："晚总，您刚醒吗？"

"嗯，被你的短信吵醒了。"

"……"

夏夏低头："我有罪，我错了。"

季清晚慢悠悠地说："那就好好做。"

夏夏闻言，眨了眨眼，提醒她："晚总，今天美玉发新专辑呢！"

"然后呢？"季清晚等着她的后话。

可夏夏还没开口，手机忽然响起一声微信提示音。

季清晚点开一看，居然是霍雪给她发的。

"恭喜啊，当上了盛瑜专辑的首位女主角。"

季清晚眉梢轻挑。

与此同时，话筒内夏夏的声音传开："晚总，您看您也是美玉新专辑的参与人员之一，如果硬要说，您也算个女主角啊，所以您要不要支持男主角一下下？”

季清晚眼尾扬起，升起兴致：“你想我怎么支持？”

夏夏小心翼翼地给建议：“要不要买张专辑？”

季清晚失笑：“你没去当盛瑜的助理，还真是可惜了。”

夏夏怕她误会：“不是，不是，我永远是您的人，但是我觉得也要支持一下美玉的。”

季清晚点点头：“那你替我买个大概 100 张？”

夏夏一惊：“这么多？！”

季清晚对这个没什么概念，歪了下脑袋：“那你看着帮我买吧。”

夏夏忍着激动，连忙点头：“好的，遵命！”

对话结束，霍雪那边没等到她的回复，又发了一句：“怎么不回我？当上女主角太兴奋啦？”

季清晚觉得好笑，这明明是盛瑜的事，怎么反倒祝贺起她这个无关紧要的人了？

季清晚：“没有，刚刚在和助理打电话。”

霍雪：“语气这么平静，看来你这女主角当得不是很激动啊！”

季清晚解释：“是友情出演，其他的别乱想。”

霍雪：“可别，我那天可看见你们的杂志采访了，友情以上有点儿多，要不要考虑一下爱情？”

季清晚无语：“你要和我讨论这个？”

霍雪笑了一声：“听说你要参加李导的综艺？”

季清晚皱了下眉：“你怎么知道？”

霍雪慢悠悠地打字：“因为我也参加啊！”

季清晚没料到：“你不怕你的人设崩了？”

真人秀节目摄像机镜头四处都有，按着霍雪那个性子，怎么可能每时每刻保持高冷？

霍雪毫不在意：“反正迟早都要崩，干脆在秀里崩算了。倒是你，怎么也去参加综艺了？”

季清晚："公司安排的，刚好我最近也有档期。"

发完，季清晚又问了句："你还知道有谁参加吗？"

霍雪："你参加的事是我经纪人和我讲的，其他的……我只知道这次李导好像憋了个重磅炸弹。"

季清晚疑惑："什么重磅炸弹？"

发完，她等了几秒后，手机一振，霍雪发来一条信息——

"我听到内部消息，你的男主角盛瑜会来。"

"综艺？"

公寓客厅内，男人散漫地窝在沙发上，微蹙着眉，单手撑着太阳穴一侧，有些疑惑。

唐志文拿着平板电脑坐在一旁，点点头："对，李导新出的综艺，他想找你参加。"

"不去。"

盛瑜给出两个字后，按着电视遥控器换台。

唐志文也不意外："你不去也要去，没得选了。"

盛瑜侧头看着他，淡淡地问："我为什么要去？"

"宣传力度强，热度也大，而且你总不能不参与活动吧？这次这个节目我觉得不错，粉丝应该也会喜欢看到你。"

盛瑜反问他："我的歌重要还是人重要？"

"都重要啊！"唐志文不怕死地对上他的眼神，"这合同都已经签了，你不去就算违约，要赔钱的。"

盛瑜平静地瞥了他一眼："我很穷吗？"

唐志文一噎，换个策略开口："小祖宗，这是诚信问题，而且这综艺百利而无一害，对你的专辑宣传有很大的作用。再说了，这李导你也认识的，难道他还能害你？"

盛瑜转着遥控器，摇摇头："我怕你害我。"

"我能害你什么？！"唐志文瞪眼，"我都把你当成祖宗供起来了，你居然这样想我？！"

盛瑜点头，认真地说："防人之心不可无。"

"防个毛线！"唐志文没忍住爆了个粗口，但还是认真地问他，"你是真不想参加？"

盛瑜抬了抬眼："我说了半天，你现在才懂？"

唐志文深吸了一口气，压着怒气敲着平板电脑，点点头："我懂你的意思了，如果你执意不参加，我需要向总裁请示一下。"

说完，他起身就要往外走。

沙发上的男人见此眉头皱起，带着厌烦的语气开口唤了一声："回来。"

唐志文一听，嘴角微扬，下一秒瞬时控制住表情，转身面无表情地看着他："少爷还有事吩咐？"

盛少爷表情明显很不爽，微眯了一下眼："唐志文，你胆子挺大！"

唐志文微笑："不敢，我哪比得上少爷您。"

盛瑜虽然随性，但头上也有人压着。

他跑来娱乐圈这事本来就不被家里认可，但他执意要做，盛家老总也拿他没办法，就提了个条件，让他听经纪人的话。

唐志文是整个华宣的金牌经纪人，不用说，自然被派来伺候这位爷了。

可在这伺候的过程中，盛少爷从来没有听话过，一直按着自己的性子走。

所以这次唐志文为了这个综艺，难得头铁地拿出了自己的底牌。

唐志文看着他不悦的眼神，想起一件重要的事，开口宽慰他："我也不强求，但你要不要听听我这边得到的消息，再考虑一下去不去？"

"不考虑。"

唐志文完全没理他，微笑着直接开口："这次李导邀请的嘉宾名单我看了，有季清晚。"

盛瑜顿了顿，语调稍疑："季清晚？她为什么也在？"

"你当人家像你一样懒？她好歹是个女明星，需要曝光率的啊！"

唐志文朝他示意："所以你要不要去参加？"

盛瑜听到这儿，嗤笑了一声："唐志文，是什么让你觉得有季清晚在，我就会去？"

"当然是……"

因为爱情。

唐志文顿了顿，及时止住嘴边的话，扯起微笑："因为我的直觉，我觉得你会去。"

盛瑜眉梢微挑："这是什么歪理？"

唐志文扫了他一眼，有些意味深长地道："我这可不是歪理，你自己好好想想。"

这阵子只要和季清晚在一起，盛瑜的言行举止都有问题。

说完，唐志文似是又想到什么，提醒他："哦，忘了告诉你，这名单里头除了有她，还有她那'前男友'，苏泽。"

盛瑜闻言蹙了蹙眉，认真地纠正道："她没有前男友。"

唐志文被逗笑："好，是绯闻前男友行了吧？"

盛瑜表情淡淡，沉默了几秒后问了句："这综艺是什么类型？"

唐志文顿了一下，他哪儿知道，李松根本没透露。

他想了想，毫不犹豫、面不改色地点头："应该是比赛类的。"

盛瑜抬抬眉，点下了头，言简意赅地敲定："我去。"

唐志文不意外他的回答，但有些好奇："为什么？"

盛瑜单手支颐，眼睑下垂着，语气带着漫不经心："因为季清晚在。"

唐志文没想到他这么直接，愣了一下，以为这人开窍了，可下一秒就听见这位少爷拖着腔调，扬起不紧不慢的语气说："如果要比赛，熟人好对付。"

唐志文："……"

算了，这人有病。

完全不知道要被人对付的季清晚，安安稳稳地在季家住了几天后就被王薇艳勒令下山工作。

夏夏收到信息，跟着保姆车在山下等着她下来。

山间人烟稀少，偶然才会开过一辆车，夏夏坐在车里时不时抬头看了几眼外头，总觉得有点儿瘆得慌。

等了一会儿后，她才看见一道人影从山边道路上缓步走下来。

距离有些远，夏夏微微眯眼，等人影走近后才认出季清晚来。

“晚总！”夏夏打开车门，朝对面的人喊了一声。

季清晚走到车门旁，点头应了一声，弯腰坐进车内。

夏夏示意司机开车，然后扭头看了眼车窗外的山景，吸了吸鼻子：“晚总，您怎么到这儿来了？”

季清晚简单地解释了一下：“家里人住在上面。”

夏夏一愣，这一片地皮的价格高得离谱，能在这儿住的都是怀北顶层圈的一群人，而现在她家艺人居然说家里人住在这里。

意识到什么，夏夏看向她的眼神微变：“晚总，您难道是那种出逃千金？”

“瞎想什么呢？”季清晚闻言觉得好笑。

夏夏指了指外头：“那您……”

季清晚歪头笑了一声：“人总会有点儿秘密的，之后告诉你吧。”

夏夏一听就觉得自己猜对了：“晚总，别秘密了，您肯定是豪门千金！”

季清晚挑眉反问：“我如果是的话，还用得着出来工作？”

夏夏轻啧着摇头：“不，不，不，说不定名流圈里流行这种探险模式呢？”

季清晚被她的脑洞折服：“行了，不管我是什么，现在我也要去工作啊！”

被她提醒，夏夏这才想起下午还有活动的事，连忙拿出平板电脑跟她解释一遍：“这次是TOP时装周秀场的出席活动，您只要上去走一下红毯，然后坐着看看秀就好。”

季清晚点点头，问：“我只需要负责美就好，对不对？”

夏夏一噎：“是的，您只需要美就好。”

季清晚最喜欢这种工作，一点儿都不累，还让她感到心神舒畅。

保姆车先将季清晚送去化妆、做造型，下午两点，她带着夏夏提前出现在了秀场入口。

这次 TOP 时装周活动早在一个月前就做了宣传，各个当红明星都收到了邀请函，特别是对女明星来说，入口的红毯仪式完全是争奇斗艳的重点。

季清晚到的时候，很不巧，站在红毯上的前一位明星就是贝诗蕊。

外围的相机闪光灯相继响起，贝诗蕊站在门口正在微笑，不断变换造型。

不知是谁在外围圈里突然喊了一声：“季清晚来啦！”

忽然响起的这声就像一道指令，正在拍摄的相机镜头方向瞬时晃动，齐刷刷地往左侧方向转，还在原地扭着腰的贝诗蕊一愣，侧头往后看。

这次的秀场主题是春夏，四周的场景布置都以多彩为主。

季清晚的造型师也是存了心思，给她选了一条淡红碎花的长裙。

女人身姿迷人，后背直挺着，步伐缓慢地行走在红毯上。她表情平淡，直视前方，宛若台上行走的模特。

似是外围的相机闪光灯有些刺眼，她微微侧头看去。

周围的人对上她那双淡眸，心下空了一拍，生生错过了最佳拍摄时机。

季清晚慢步行走着，看见还在入口处的贝诗蕊，淡淡地扫了她一眼：“贝小姐，麻烦让让。”

贝诗蕊回过神，看着面前人的造型，顿了顿，但察觉到这儿有无数镜头正对着她，还是保持微笑道：“清晚，好久不见。”

季清晚闻言，唇角一勾，笑容完美：“让开，别挡道。”

贝诗蕊：“……”

季清晚撵完挡道的人，进入秀场内和从侧边工作人员入口进来的夏夏会合。

一旁的工作人员接过她的邀请函，带领两人往秀台前排位置走。

TOP 的设计师和季清晚合作过，一直想再让她为自己走一场秀，这次也算是让她过来看看他的最新设计，所以给她安排的位置是最佳的观赏点。

而夏夏身为助理本该是在后台的，但设计师看在季清晚的面子上，安排她坐到了后一排。

“季小姐，这是您的座位。”

工作人员在一旁为她指引，季清晚微微颔首。等工作人员走后，她抬头往座位方向看去，身子忽然一顿。

她旁边的位置已经坐了人。

男人微微垂眸，双腿交叠，单手搭在膝盖上，手指散漫地敲着，他后背的光线很暗，像人物雕塑里的素描阴影。

似是察觉到什么，他抬起眼眸，看清人影后，眉梢轻挑。

季清晚回过神，走到他身旁坐下，表情有些疑惑：“你也来看秀？”

盛瑜懒懒地“嗯”了一声：“被唐志文押来的。”

语气还有些幽怨。

季清晚闻言忍俊不禁，难怪这懒少爷会来。

秀场还未开始，第一排的位置上还坐着几个赞助商，后面几排坐着一些明星，但无论怎么比，关注度都不如中间这两人。

季清晚一个人就非常夺人眼球了，现在身旁还坐着盛瑜，之前网上关于两人的热度就没断过，现在两人偏偏还凑到了一起，现场有些躁动。

周围人似有若无的视线一直扫过，后排有些工作人员没忍住偷偷拍了张照，打开微博正准备发布，微博首页却因为自动刷新的设置，迅速弹出了一条微博。

——《极速大逃脱》官方微博：“极速燃烧！大胆创新，奇幻的冒险旅程就要开始了！各位勇敢多谋的逃生者们——林路留、苏泽、秦讯、季清晚、霍雪，还有最后一位重磅嘉宾——盛瑜！你们准备好启程了吗？”

这条微博发布后，过了三秒——

微博崩了。

秀场内人声嘈杂，有阵阵喧闹声。

季清晚坐在位置上，莫名觉得周围人投来的视线有些频繁。

季清晚觉得可能是盛瑜的原因，悄无声息地移了移身子，稍稍远离了身旁的人。

“做什么？”男人的声音传来。

季清晚身子一顿，佯装镇定地问：“怎么了？”

盛瑜侧头看她：“你挪什么？”

季清晚一噎，随口扯了句：“盛瑜老师光芒太耀眼，有点儿引人注目。”

盛瑜抬了抬眉，扫了一圈四周的人，正在观望的人猛地顿住，下一秒视线飞速游走。

动作太明显，显然是有什么事。

“晚总。”

身后的夏夏将脑袋探了过来，小声唤她。

季清晚闻言微微侧头：“怎么了？”

夏夏把手机递给她：“您要不要看一下这个？”

秀还没开始，不少人都在捧着手机，再联想到刚刚众人的视线，季清晚大概猜到发生什么事了。

她接过手机，屏幕上显示着《极速大逃脱》官方微博发布的内容。

她大概扫了一眼，注意到最后的人名——难得霍雪的消息没有错。

身后的夏夏倒不是关注这个，她瞥了眼一旁的盛瑜，小声说道：“晚总，这嘉宾里还有苏泽。”

季清晚闻言，垂眸重新看了一眼，眉梢微扬。

还真是摆脱不了要被他捆绑了？

“苏泽？”

身旁的人忽然出声，季清晚微顿，侧头看他。

盛瑜眼睑微垂，淡淡地问：“你介意？”

季清晚疑惑：“我为什么介意？”

盛瑜漫不经心地开口：“按理说他也是你的前绯闻男友。”

季清晚眼尾微扬：“盛瑜老师多虑了，我还没有那么多精力想一些无关紧要的人。”

男人眉一挑，语气稍有变化，带起一丝散漫：“还以为季老师喜欢这种。”

“这种？”季清晚好笑地问，“我看起来会找年轻小弟弟？”

盛瑜抬了抬眉：“季老师男粉丝好像也不少。”

季清晚闻言，倒还真没注意过自己粉丝的男女比例，因为粉丝大多数都叫她晚总。反倒是这位，一群女粉丝一直追着他叫美玉。

她突然想起之前看到的众多“求娶”的评论，嘴角带起揶揄：“盛瑜老师也不差啊，粉丝女朋友人选不少，要不要考虑一下？”

盛瑜眯眼：“月老还没当够？”

季清晚这回可不怕，慢悠悠地开口：“如果您需要，我也可以给您介绍一个。”

“行啊！”盛瑜眼皮都懒得抬，“有什么选择？”

季清晚听他敢问，便也大胆地接话：“您喜欢什么样儿的？”

盛瑜眼眸微抬，看向她，目光淡淡：“季老师觉得我喜欢什么样儿的？”

季清晚被哽。

她哪儿知道他喜欢什么样儿的，她又不是他肚子里的蛔虫。

现场灯光暗下来，设计师走上台宣布走秀开始。

季清晚自然地转移话题：“我们先看秀吧。”

盛瑜点头应了一声，语气散漫：“那季老师慢慢想。”

“……”

季清晚当然没想这破烂事。把手机还给夏夏后，她抬头看着 T 台上的模特走秀，观察着模特穿搭的衣服的设计风格，默默在心里记下。

第一批模特走完，她正等着第二部分的展示，等了几秒，忽然感到一道视线紧紧地盯着她。

季清晚眼眸微抬，顺着视线看去。

贝诗蕊坐在位置上看着第一排的季清晚，没料到她会突然看来，怨恨的眼神还没来得及移开，就被她抓到了。

看清人脸后，季清晚对着她没有控制好的表情，嘴角微勾，轻笑了一声，再看时，贝诗蕊的眼神又落在了身旁的男人身上。

季清晚微微侧头看去，男人的身子轻靠在座椅上，半垂着眼睑，表情很淡，一副兴致缺缺的模样，完全没在意 T 台上的模特走秀。

“笑什么？”男人抬眸开口问。

“看到了一些好笑的事。”季清晚答完，想起什么，问，“你怎么会同意参加综艺？”

“我不同意。”盛瑜明显不想多说，“唐志文逼着我参加的。”

季清晚没料到，唐志文居然能降服这位少爷。

应该挺辛苦的。

盛瑜看到她的表情，轻嗤一声：“不用心疼他，我是被威胁的那个。”

这语气太幽怨。

季清晚没忍住，笑了一声：“那还真是委屈您了。”

盛瑜扯了下嘴角，沉默不语。

秀场的镜头扫过第一排，大银幕上划过两人的画面，后头的摄影师看着明显顿了一下，卡了三秒后，这才回过神移开镜头。

却没想到，这一幕被人迅速拍下了。

《极速大逃脱》官微发布了那条微博后，嘉宾们都相继转发并评论，连那位高冷人设的影后也难得第一时间回复了。

然而网友们等了半天，都没等到最重要的两位转发、评论。

“这对神仙到底去干什么了？！”

“美玉和晚总双双消失不见？”

“我的心由热血沸腾到现在枯老了。”

“美玉不回我觉得是正常事，但这晚总不回，而且到现在都没回，我觉得有问题。”

“别说，我觉得这两个人都有问题。”

“我突然有个大胆的想法，他们两个人不会在一起吧？”

“楼上，这‘在一起’是我理解的那种男女关系的‘在一起’？”

“先别乱猜吧，两个人可能都有事，没看到呢？”

“这都快二十分钟了，这两位还没回复？”

…………

评论刷了一大堆，突然从中冒出来了一条——

“姐妹们别猜了，路透表示这两位神仙在看秀呢。”

这条评论下面还带了一张图。

照片内，一对男女相邻而坐，精致的面容清晰可见，正是话题里的两位主人公。

微博首页上，热门微博不断更新着，忽然，一位普通用户发出了一条消息——

“我太难啦！我只是看个秀而已，居然被这一对的神仙颜值吸引了！这两位是明星吗？长得也太好看了吧！坐在一起超配！！而且我被帅哥的动作酸到啦，我就是一颗柠檬，呜呜！！！”

文字下放了两张动图。

第一张内，两人似是在对话，季清晚微微侧头浅笑着，而她身旁的男人西装革履，坐姿散漫，单手搭着一边。他神情寡淡，微微垂眸看向身旁的人，却没有一丝厌烦。

第二张中，镜头扫过了第一排人群，依旧是中央的那对男女，但不同于刚才的是，男人的那件黑色西服外套脱下，露出里头简单的白衬衫，禁欲寡淡。

身旁穿着淡红色碎花长裙的季清晚，本应该是清新自然，但肩上竟多了一件看起来略大的黑色西装外套，挡住了她的身子，不过并不突兀。

两人坐姿端正，抬眸看着台上的模特，平静的表情出奇地一致，极其和谐。

“啊啊啊，羡慕小姐妹能在现场！！”

“盛美玉！把你的衣服给我拿回来，我不同意！！”

“我的天！看什么秀啊！你们才是秀吧！”

“好羡慕！好想当季清晚！好想也能披上美玉的外套！”

“你们俩不给我转发微博，原来跑去看秀啦！”

“晚总：嗯？我披个外套而已。”

“呜呜呜，这个男人什么时候居然这么暖心啦！都给别人披外套啦，啊啊啊！”

……

秀场内，设计师最后走上T台鞠躬致谢，整场秀谢幕结束。

季清晚起身，压着肩上的西装防止它滑落，跟着人群走到会场口，然后将外套还给盛瑜，道了声谢谢。

刚刚秀场的空调温度有点儿低，她不自觉地摸了下自己的手臂。

盛瑜目光扫到，问了句：“冷？”

季清晚一顿，侧头看着他点了下头：“有点儿。”

盛瑜扫了眼她露出的白皙纤细的手臂，语气轻慢：“知道冷还穿这样的衣服？”

季清晚扫了他一眼：“我是女明星，难道还穿棉袄外套来吗？”

盛瑜被撑后，挑了下眉，抬头看了眼空调口：“很冷吗？”

季清晚注意到他的视线，拖着音开玩笑地说：“我冷啊，盛老师难道还能把空调关了？”

男人闻言沉吟了片刻后，道：“关是不能关，但也有办法。”

季清晚眨眼：“什么办法？”

话音刚落，就见身旁的人随手脱下自己的外套，双手提着绕过她，接着，衣料摩擦声响起。

下一秒，季清晚的肩上落下了一件西装外套。

上头还残留着他的温度，覆盖在她的肌肤上，盖过寒冷。

她愣了一下，下一秒就听见身旁的男人慢悠悠地开口说：“记得还给我，很贵。”

季清晚：“……”

我谢谢您嘞！

人群往外移动，盛瑜接过她归还的外套，随手搭在手臂上。忽然，他察觉到什么，侧头看向某处，一眼就对上了一个陌生女人投来的视线。

他面色平静，收回视线，刚巧注意到一旁的工作人员正推着推车从后边走过，他伸手拉住身前的女人："等会儿。"

季清晚手腕被他握住，身子顿了顿："怎么了？"

盛瑜牵着她等着后头的推车走过，季清晚这才看到有

工作人员，于是迈步往他的方向移了移。

两人距离靠近，盛瑜一垂眸就看见她的半张侧脸，沐浴在舞台灯光下的肌肤白皙又通透。

他心思微动，身前的女人忽然移动，握着的手腕脱离开，手心一空。

盛瑜顿了顿，漫不经心地收回手。

季清晚继续迈步向前走，夏夏刚才已提前出去让车子在外头等着，还正好和过来接人的唐志文碰上。

季清晚走到出口瞧见了唐志文，跟他打了个招呼后，侧身对后头的男人道了句："盛瑜老师，之后见。"

说完，她就弯身坐进车内，夏夏关上门后，司机驾驶车子离去。

唐志文站在原地目送她离去后，带着盛瑜也坐上车。

车辆行驶在道路上，唐志文在一旁讲着专辑的事，又扯到了综艺上，之后想到什么似是有些感慨，摇了摇头，问了他一句："怎么看个秀你和季清晚都能碰上？"

盛瑜拿着手机的手一顿，左手手心空荡，指尖微垂，停了几秒后，他垂眼，修长的手指轻轻地、缓慢收紧。

男人垂着眼，声线微低，伴着散漫突然笑了一声："谁知道呢！"

季清晚被绑架了。

她的眼睛被人用眼罩挡住了视线，一片漆黑。

而且坐着的位置有些晃动，像是在移动，可以判断应该是在车上。

她双手被人用绳子捆绑着，但好像并没有任何恶意，绑匪用的力

度不是很大。

季清晚微微侧头对着身旁的人问了句："我是你们第一个绑的人吗？"

过了几秒，对方回了句："……是。"

季清晚眨了眨眼："那还真是难为你们了。"

这话说完之后，没有人回应她。

季清晚也不觉得尴尬，想起什么，开口又问了句："我的助理去哪儿了？"

"她在安全的地方。"

季清晚疑惑："那我呢，去不安全的地方？"

可能觉得她的话有点儿多，绑匪们忍不住开口唤了一声："……季小姐。"

季清晚点头："嗯，怎么了？"

"请保持安静。"

季清晚被这个严肃的声音逗笑："那我再问最后一件事可以吗？"

"……您说。"

季清晚手腕一扯，解开绳带，抬手摘下眼罩，眼眸对上前面的摄影机镜头，挑了下眉。

时间回到下午，季清晚从秀场回来后，王薇艳给她打来了电话，让她收拾一下东西，等下要赶晚班机。

季清晚愣了一下："赶晚班机？"

这话有些莫名其妙，她记得晚上没有通告的。

王薇艳猜到她的想法，随口解释道："是临时接到的通告，具体内容晚点儿再给你说明。你现在先收拾好行李，等下六点就走了。"

季清晚微微皱眉："六点？这么急？"

"对，所以你抓紧时间收拾行李，不需要太复杂。"王薇艳顿了顿，"最好带些简单的衣服，还有一些压缩饼干之类的也可以。"

谁知道会不会把她扔到哪儿的孤岛或者荒郊野岭去。

季清晚闻言笑了一声："这通告是让我去参加变形记？"

王薇艳想了想："可能还真的是。"

季清晚随手把手机扩音放在一边，问了句："《极速大逃脱》今晚开始录制吗？"

王薇艳的声音从话筒内传出。

"我这边得到的消息是七点开始，其他的我也不知道。"

一听王薇艳这话，季清晚就不难猜出是什么情况了。

季清晚听着她的声音，随手拉过衣柜旁的行李箱："这么神秘？"

"所以你到时随机应变吧，但记得别惹事啊！"

"我能惹什么事情啊？"季清晚闻言有些无辜。

王薇艳挑了下眉："我倒还真希望你不惹事，但偏偏盛瑜也在那儿，所以我真拿不准你们了。"

这话说得有点儿意思。

"什么叫我们？"季清晚语调稍疑，"我和盛瑜有什么关系？"

王薇艳慢悠悠地说："你们就是你们啊，你说你们是什么关系？"

季清晚想了想："朋友？"

王薇艳闻言，轻笑了一声："听你这回答还有些不确定的意思啊！"

季清晚顿了一下："没有不确定，只是怕那位少爷没把我当朋友，我这边一个人定下也不好。"

"你这话要是让盛瑜听到，指不定要说你了。"

王薇艳说完，季清晚立马想到了那位少爷的表情，肯定是皱起眉头，语气轻飘飘地问她："你说这话良心过得去吗？"

想到这儿，她轻笑了一声。

电话那头，王薇艳听到她的笑声，不禁问了句："你对盛瑜真的没别的想法？"

季清晚最近这话听得有点儿多，有些疲劳了，看了眼地上的行李，无奈道了句："王姐，时间不早了，我还要赶晚班机呢！"

王薇艳闻言看了眼时间，也不八卦了，让她赶紧整理行李，最后挂断电话的时候还不忘提醒她一句："那边摄影机那么多，拍摄的时候注意点儿，镜头外你自己看着办。”

季清晚失笑，应了声好。

挂断电话后，她就老老实实地整理行李，最后赶在五点之前结束了整理。

她坐在床边休息了一下，脑海里突然鬼使神差地冒出了刚刚王薇艳问的问题。

——“你对盛瑜真的没别的想法？”

想法？

季清晚想起下午那位少爷让她介绍对象的事，莫名觉得如果她当时把自己介绍给他的话，好像……也不是不可以。

只是这想法，挺荒谬的。

…………

六点，夏夏过来的时候，季清晚正坐在客厅无聊地看着电视。

夏夏先进屋帮她推行李箱，然后和她往外步入电梯。

“晚总，我们这次的行程是什么？”夏夏翻出手机，顺带又说了句，“王姐还没有给我们买飞机票呢！”

季清晚闻言一顿：“飞机票还没给我们买？”

电梯“叮”的一声到达负一层，夏夏拉着行李箱走出电梯，点头应了一声：“还没。”

季清晚觉得奇怪，正打算迈步朝停车位走，突然前方不知道从哪儿冒出来三个男人。

黑西装，黑墨镜，全套标准服装。

他们齐刷刷地跑到季清晚面前，其中一名身材貌似是拳击手级别的男人猛地抬手。

身旁的夏夏表情震惊，还没来得及叫出声，就被人捂住了嘴巴。

季清晚看着人影皱了下眉，抬头刚扫到前方的车辆，眼睛骤然被蒙住，双手也被人扣着。

她脚步踉跄得被人按着坐进了车内。

“季小姐，请安静地坐着。”

季清晚坐在车上听着这声音，再结合刚刚她匆匆瞥到的摄影机和节目牌……

她可以确定现在的情况了。

是《极速大逃脱》的拍摄。

还真是给她惊喜。

居然一上来就“绑架”。

第九章

是你

车辆在移动，坐在一旁的黑衣人看着自己挣脱开绳带的女人，有些诧异。

这绳子虽然没有绑很紧，但也不是能轻易解开的。

季清晚扫过摄影机镜头，侧头看着他们的表情，歪着脑袋思索了一下，重新戴上眼罩，朝黑衣人们伸出双手："是我的错，你们重新绑一次吧。"

黑衣人们："……"

我们不要面子的吗？

季清晚似是想到了这个，判断着位置转头对镜头道了句："记得这段要剪掉。"

黑衣人们："……"

可真谢谢您。

可能是头一次发生这样"人质"自己解脱出来的事，后期剪辑师们没有听取季清晚的意见，反倒保留了这段放在会员版里放送。当时网友们看到这画面后，齐刷刷地发出了"心疼绑匪们，哈哈哈"的弹幕。

不过，这时的季清晚觉得自己补救得还算及时，之后也老老实实地没再多问，等着后续发展。

她安静地坐着等了一会儿，感受到车子渐渐减速停下，过了几秒后，眼罩被人揭开，身旁的黑衣人迅速打开车门退下。

下一秒，“砰”的一声，车门关闭。

季清晚眯着眼，适应了一会儿光线后，睁开眼看着空荡的车，只有她一个人，还有一个跟拍摄影师坐在前头。

她眨了下眼睛，不知道此时应该做什么，转头正打算观察一下四周，忽然看到了主驾驶座上有一个显眼的平板电脑。

她探身弯腰拿了过来，随手按了开机键。

屏幕骤然亮起，接着一串大写的黑体字弹出——

“欢迎来到极速世界壹。”

季清晚愣了一下，第一个世界？

没等她多想，字幕迅速变换：“你是否确认开启世界？”

季清晚看到这儿，挑了下眉：“难道我不确认就可以不录制了？”

很可惜，没人回应她。她看屏幕也没什么可以点的，侧头转了一圈，想了想，对平板电脑开口说了句：“确认。”

说完，屏幕弹出了一个数字“5”。

季清晚看着数字开始倒数，最后跳转到“1”的时候，画面弹送出血淋淋的两个字——

“活着”。

季清晚还没懂，屏幕忽然一暗。

下一秒车门猛地被人打开，季清晚被吓了一跳，转头看去，外头的人穿着眼熟的黑色西装，戴着墨镜，还有一副非常明显的拳击手身材。

刚刚的黑衣人正面无表情地看着她。

季清晚眨了下眼：“大哥，你怎么又来了？”

黑衣人面无表情地开口：“请季小姐下车。”

季清晚没懂，但还是弯腰下车，身旁的人和车迅速移开，空留她一个人站在原地。

季清晚转了一圈：“这是什么意思？就这样开始了吗？”

她迈步慢悠悠地往前面的道路走，走了一段树林长路后，隐约看到了房屋的样子。

仔细一看，她又愣了一下。

前边有一座城堡，是典型的欧洲中世纪风格，哥特式的尖顶和拱形结构，色彩搭配多样，偏奢侈风。

“格里蕾丝小姐。”

旁边的一道声音传来，季清晚循声看去，见一位穿着西方用人服装的女人朝她走来，冲她颔首重复了一遍：“格里蕾丝小姐。”

季清晚一愣：“你叫我？”

用人看着她身上简单的白衣牛仔裤，有些讶异：“格里蕾丝小姐，您身上穿的是什么衣服？为什么这么奇怪？”

季清晚：“？”

入戏这么快吗？

“小姐，您可不能穿成这样去见公爵大人，请跟我去换衣服。”

季清晚眨眼。

公爵大人？这剧情主人公背景是中世纪贵族？

用人见她没有回复，道了声“请宽恕我”，然后伸手拉着她往城堡走。

城堡三楼，用人带着季清晚走到楼道尽头的一间房内。季清晚看着里头的装饰，金碧辉煌的，尽显奢靡之风。

“格里蕾丝小姐，稍后公爵大人就要回来了，您快点儿换好衣服准备见大人吧，他还为您早上的事生气呢！”

用人递给她一件淡黄色的束腰长裙，季清晚迟疑地接过，转身走进换衣间。

她对这剧情的发展一头雾水。

她看着拉起的帘布淡淡地问了句：“大人为什么生气？”

“格里蕾丝小姐，您怎么能忘记呢？早上您又反抗公爵大人，偷偷跑出城堡，大人得到消息后派人将您找回来了啊！”

季清晚闻言“哦”了一声，顺着话讲：“如果他不让我出去，我也不会跑出去啊？”

用人连忙开口：“小姐，最近外面很危险，发生了三起少女被杀害的命案，公爵大人也是为了您的安全着想。”

季清晚眨了下眼：“这大人喜欢我吗？”

“大人当然喜欢您了！如果不喜欢您，今晚也不会为了您准备宴会了，所以您也不要再怨恨大人将您强行收来。”

季清晚眉头一皱：“这件事情再说，我现在有个很重要的问题。”

用人愣了愣：“什么问题？”

季清晚半拉开帘布，淡淡地道了句：“我衣服穿不上。”

用人：“……”

长裙是束腰设计，用人帮季清晚收紧拉好背后的绳线后，季清晚整理起自己的袖子，忽然，她看到自己的手腕上多了一个印记。

是一个花式英文字母。

“这是什么？”季清晚侧头问用人。

用人摇摇头：“我也不知道，这是您一直都有的。”

季清晚怀疑是刚刚在车上节目组动的手脚，她没多想，道了声谢，走出换衣间。

而这位 NPC（非玩家角色）的话，让她大致摸清了剧情。

她好像被这个什么公爵大人强行留在了身边，但她誓死不从，一直想找机会逃出去，可没有一次成功过。

用人请她下楼，季清晚来到一楼大厅，正准备问公爵大人的事，屋外的其他用人忽然喊了一声：“撒姆尔公爵。”

季清晚循声好奇地往门外看去，就见一道高挑的人影走来。

门外那道身影修长挺拔，穿着宫廷绅士服，肩上披风摆动。

微黄烛火闪动，掠过那深邃的眉眼、高挺鼻梁和唇瓣。

似是察觉到什么，他抬了抬眼皮，瞳仁漆黑如墨，在瞧见厅内的人后，眼睫微微上挑起，打破疏离的神情，染上了熟悉的慵懒。

寡淡的视线投来，季清晚身子微顿。

就见男人垂眼看她，声线带着低哑，慢条斯理地开口说：“宝贝，外面好玩吗？”

这声“宝贝”，把所有人都震住了。

季清晚回过神，见他随手解下了披风外套，递给一旁的用人。

季清晚眨了下眼，有些迟疑：“公爵大人？”

盛瑜随意应了一声：“格里蕾丝小姐，早上你又偷偷跑出去了？”

季清晚见他想演，扯了下嘴角：“这里只有我，我不想被你永远关在这里。”

“宝贝，最好听话点儿，别乱跑。”盛瑜顿了一下后，慢悠悠地开口，“不然就把你的腿打断。”

季清晚：“……”

这段在节目放送时，弹幕刷满了整屏。

“天哪，公爵大人霸总，我要看一万次！！！”

“美玉！你变啦！你怎么能叫别人宝贝？！”

“哈哈哈，腿打断可还行？”

“美玉：女人，别想逃离我。”

“我太羡慕季清晚了！”

“节目组，你们想干什么，还我们美玉清白！”

…………

一旁的NPC们都愣住了，没想到盛瑜这么入戏。

那位负责剧情的用人很快回过神，继续按剧情走：“格里蕾丝小姐，您别再闹性子了，大人是为了您好，外面太危险了。”

季清晚想起刚刚她说的话：“就因为外面的凶杀案？”

用人点点头：“我听外面的人说，那些少女都是和您差不多年纪的，凶手至今都没找到，最近城内外的少女们都不敢出门。您就听大人的话，乖乖待在城堡内吧！”

这段听着是在解释剧情。

季清晚点了点头，正要开口说话，转头见侧门突然走进来了一个男人。

他穿着侍从的衣服，瞧见两人，连忙带起欢脱的声音唤了句：“参见尊贵的撒姆尔大人、美丽的格里蕾丝小姐。”

季清晚看到那个少年后，认出了对方。

是林路留，节目里其中一位嘉宾。

他是童星出身，自小就演过许多大片，虽然才十八岁，但演技和颜值都在线，性格也很好。

季清晚和他有过合作，演他的姐姐。

林路留也明显记得，说完话后还朝她单眨了一下眼睛。

季清晚有些忍俊不禁：“你是什么身份？”

林路留伸手朝她身旁的人比了比，很狗腿地说了句：“公爵大人的小奴才。”

季清晚懂了。林路留解释完，轻咳了一声，开始走剧情：“撒姆尔大人，大卫伯爵和奥斯汀小姐已经到达宴会厅。宴会马上要开始了，请您和格里蕾丝小姐一起过去。”

盛瑜闻言点头，却没动，只是侧头看了眼季清晚，意味不明。

季清晚还在想这两个人会是谁，忽然对上他的眼神，没明白他的意思：“嗯？”

盛瑜眉梢微扬：“格里蕾丝，你不打算挽着我的手？”

“……”

这人真是戏多。

宴会厅在隔壁，林路留带着两人走过侧门，还没走近就听到了一道熟悉的女声。

“让我们在这儿干吗？”

“等人。”

稍稍有些低的男声回答了霍雪。

季清晚一听就猜出是谁了。

秦讯，渐渐隐退到幕后的影帝，一年中偶尔会出来拍部电影。

而合作的人都知道他性子高冷，不怎么说话，为人礼貌却有距离感，真没想到他居然也来参加综艺了。

这位和身旁由少爷晋级为公爵的人都是一个谜。

厅内的两人听到脚步声，一起转头看去。

霍雪看到三人的装扮，又看到中间那对男女挽着的手臂，挑了一下眉。

林路留站在一边，自觉地带起节奏：“两位尊贵的客人，我们的撒姆尔公爵和格里蕾丝小姐已经到了。”

霍雪意味深长地“哦”了一声，然后起身走到他们面前，提起粉色的裙摆行了个礼：“参见撒姆尔大人。”

这话说完，她侧头看向季清晚，语调有些不屑地问了句：“你这个一直缠着撒姆尔的邪恶普通女人还不快向我行礼！”

“……”

季清晚没想到自己的身份居然只是个灰姑娘。

她按着人设提起裙摆行礼：“参见……”

话音顿住。

她忘了霍雪人设的名字叫什么。

霍雪轻“啧”了一声：“格里蕾丝，你居然忘记了我这位美丽的奥斯汀小姐。”

季清晚被她逗笑，蹲身行礼：“对不起，美丽的奥斯汀小姐，请恕我无罪。”

霍雪随意摆了摆手：“我原谅你了。”

“奥斯汀。”身后的秦讯起身走来，俯身对着季清晚行了礼，“格里蕾丝小姐，我是大卫伯爵，是这位奥斯汀小姐的哥哥。”

影帝和影后的表现完全没有脱离剧情，季清晚自然也依着人设回了礼。

霍雪轻哼了一声：“格里蕾丝，我警告你，撒姆尔大人是我的，你不要再迷恋他了。”

季清晚闻言眨了下眼：“好的，给您，我不缠着他了。”

没想到她会直接让了，霍雪顿时卡住：“季清晚，你怎么能不按套路走，我还想演一会儿呢！”

林路留连忙出声：“我也想继续看！”

季清晚无奈笑了一下：“你这侍从有什么好看戏的，接着剧情走。”

“现在人都基本上出来了吧。”霍雪数了下人头，“好像还差一位。”

“还差苏泽。”

身旁的男人忽然出声，季清晚顿了顿，侧头看了他一眼，好奇这人怎么会在意这个。

林路留闻言，拍了下脑袋：“对，还差苏泽。”

他话音刚落，厅内的钟声突然敲响。

钟鸣声回荡在古堡内，四周的烛火摇曳，伴着钟声，一声压着一声，刺耳、诡异又悠长。

突如其来的声音，让所有人愣了愣，季清晚着实被吓了一跳，身子微僵。

身旁的人单手护着她，轻轻揉了揉她的脑袋，嘴角噙着笑说了句：“只是钟声。”

季清晚身子一顿，有些不自在地应着，觉得有些丢脸。

盛瑜扫过她微红的耳尖，轻笑了一声。

季清晚听到后，扭头，毫无威慑力地瞪他。

盛瑜对上她的浅眸，扬了扬眉，一副你能奈我何的样子。

季清晚瞪了他几秒后，转头不再看他。

“这钟是什么情况？”林路留听着钟声咽了咽口水。

秦讯拉着躲在他身后的霍雪：“你怕什么？”

霍雪睁眼说瞎话：“我没怕啊！”

盛瑜扫了眼墙上的钟，开口道了句：“查尔斯。”

林路留卡了半秒，才想起剧情：“啊，哦，尊贵的客人们，宴会即将开始。”

盛瑜牵起季清晚的手往宴会厅的长餐桌方向走，拉开主位旁的凳椅，让她坐下。

男人身形修长，站在主位上，抬起眼眸看向众人，一旁幽暗的烛火微闪。

他淡淡地道了句："开始吧。"

话音落下，用人们端着餐盘上前，一一布菜。

霍雪坐在季清晚的下位，看着这一盘盘菜，感叹了一句："这节目组心思太多了，我到现在都还不知道他们在玩什么花样。"

季清晚点头，问了句："你是怎么到这儿来的？"

霍雪扯了下嘴角："我还在家睡觉的时候，我助理突然拉我起来，收拾了一下就把我送上了车。等我回过神的时候就已经在这儿了，还给了我人物介绍卡。"

"人物介绍卡？"季清晚眉头微皱。

霍雪见她这反应："你没有？"

季清晚摇摇头："我直接就被节目组送来这儿了，然后……"

她话音一顿。

然后，想起了之前平板电脑上奇怪的字——"活着"。

"我的剧情很简单，就是来参加宴会。"霍雪猜测了一句，"难道你有隐藏剧情？"

季清晚思索着点头："可能是的。"

霍雪有些好奇，又问对面的秦讯："哥哥，你的剧情是什么？"

秦讯听见这声，抬眸看她："做什么？"

"就是好奇，问问。"霍雪眨了下眼，转过头看了看四周的摄像头，"难道不能说？"

秦讯淡淡地道了句："我暂时保密。"

霍雪"哦"了一声，看了眼林路留，停了几秒后自动略过。

正准备张嘴说话的林路留："？"

霍雪朝他摆了摆手，然后问了句主位上的人："我们公爵大人的剧情呢？"

盛瑜抬了抬眼，开口回了三个字："谈恋爱。"

喀！正在喝水的季清晚猛地被呛了一口。

霍雪愣住："您……谈恋爱？"

盛瑜随意应了一声："你不是问剧情？"

"啊……"林路留恍然大悟，"吓死我了，我还以为瑜哥你说真的呢！"

霍雪闻言挑了下眉，没说话。

这话是真还是假，可能只有当事人知道了。

宴会继续进行，侧门外一位用人走进来，颔首道了句："撒姆尔大人，屋外有位先生途经这儿，想请求喝口水。"

这突然冒出来的话，让在场的人不用猜都知道这出现的人是谁了。

但是，他们却听见盛瑜慢条斯理地道了句："不用管，赶出去。"

用人："……"

看到这儿，弹幕里一片哄笑。

"这经过的人应该是苏泽吧？"

"就只有我还在想刚刚美玉说的'谈恋爱'吗？"

"'谈恋爱'的别走，带我！"

"我突然想起来，季清晚和苏泽爆出过绯闻啊！"

"前边的'绯闻'别走！我也要说这个！"

"各位，绯闻已经澄清了好不好？别故意带我们晚总哟！"

"等会儿！美玉这里的态度算什么？"

"我突然有个大胆的想法，美玉难道是故意不让苏泽进来？"

"想多了吧，美玉可能只是……是什么我也不知道。"

…………

现场内，季清晚突然为用人感到可怜，这位少爷明显就是不想按剧情走，开始耍性子了。

用人保持着笑意，继续问："大人，是否要请那位先生进来？"

这架势是如果他不同意，就会一直问。

盛瑜微微蹙眉，抬了抬下颌："带进来。"

见他同意，用人连忙下去了。

等了几秒后，身着纯白色宫服的苏泽进入宴会厅，他朝众人行了个礼："尊敬的先生和小姐们，弗瑞德很冒昧打扰了各位的用餐。"

盛瑜扫了他一眼："知道打扰了还进来？"

苏泽一噎："请宽恕我，您……"

盛瑜打断他："坐下吧。"

苏泽闻言道谢，看着几人的座位分布，他想了想，选择坐在了季清晚对面。

霍雪看着他开口先自我介绍了一遍，其他人也跟着介绍，轮到季清晚的时候——

苏泽先开口浅笑说："您一定是格里蕾丝小姐吧？"

季清晚抬眸看他，还未开口，主位上忽然传来了一道水杯破碎声。

呲——

宴会厅内的灯火骤然熄灭，现场刹那间陷入黑暗，周围的人喊了几声，不安的情绪升起，气氛莫名紧张。

可还未来得及适应，无尽黑暗中，一道绵长惊悚的吱呀声响起，貌似是房门关闭的声音，最后——

砰！

身后重物合起的声音突然响起，季清晚心脏骤缩，微微抿了下唇。

下一秒，她放在桌上的手指忽然被人握住，对方的温度触到她微冷的指尖，传递而来，安抚着她的情绪。

漆黑的视线里，季清晚愣了几秒后，心跳声唤她回神。

她眼眸一垂，是盛瑜。

宴会厅内的黑暗维持了十秒，霍雪和林路留的质问声接连响起，最后，第十秒时，四周灯火接连重新亮起。

季清晚还未适应突然亮起的光，微微眯眼，与此同时，那双握住自己的手悄然松开、移走。

她一顿，侧头看向盛瑜。

男人对上她的视线，眉一挑，语气散漫地问："想继续牵着？"

季清晚指尖一颤，连忙轻咳着掩饰尴尬，转过头不看他。

反应有些大。

盛瑜嘴角微勾。

“刚刚我还以为自己眼瞎了。”林路留看着四周的光亮，庆幸地开口。

霍雪也有些心有余悸：“刚刚那是什么声音？”

“关门声。”苏泽出声道。

季清晚想了想，开口：“我们可能被锁在这里了。”

林路留闻言一愣：“不是吧？”

他连忙起身往大门方向走，霍雪也跟着他去。

季清晚见剩下的男人都没动，眨了下眼。

秦讯平静地开口说：“格里蕾丝小姐，安静地坐在这儿，等他们回来就好。”

听见他的称呼，季清晚抬眸看他。

剧情？

还没来得及细想，林路留那咋咋呼呼的声音传来：“公爵大人，门打不开了！连用人们都不见啦！”

霍雪走回来，看了眼季清晚：“你怎么知道我们会被锁住？”

季清晚歪了下脑袋，反问道：“这不是恐怖悬疑类故事的正常剧情吗？不关门造成密室，怎么杀人？”

这话说完，其余人抬眸看向她。

季清晚莫名对上几道视线，表情无奈：“你们不会怀疑我吧？”

霍雪眯眼看她，开始夸张地演戏：“格里蕾丝，你是不是为了独占撒姆尔大人，故意设的圈套？”

季清晚被逗笑：“奥斯汀小姐，好像不用我做什么，撒姆尔大人自己有判断的。”

霍雪依旧在戏中，扭头问主位上的人：“撒姆尔大人，您难道被这个丑陋的女人迷惑了？”

盛瑜坦然地点头：“嗯，我是她的。”

众人：“……”

不好意思，他们是多余的，好端端地还被塞狗粮。

苏泽扫了眼盛瑜，先打破僵局，淡笑着开口问：“我经过这儿，在城外听到大家都在讨论少女们遇害的案子，两位美丽的小姐，要小心点儿。”

秦讯闻言看向他：“弗瑞德先生，刚刚听您提到格里蕾丝小姐，您与她认识？”

苏泽神情不变地点头说：“刚刚用人们说了今晚有两位小姐在城堡里，奥斯汀小姐已经先介绍了，那我自然就知道格里蕾丝小姐了。”

秦讯淡淡地“哦”了一声：“我还以为您是为格里蕾丝小姐来这儿的。”

这话有深意。

季清晚眼眸微闪：“弗瑞德先生这次只是路过？”

苏泽微笑着点头：“当然。”

季清晚明显不信，心思微动，却没说话。

“现在门被锁住了，我刚刚试了打不开。”林路留转头问盛瑜，“大人，我们该怎么办？”

其他人侧头往主位看，只见上头的男人半垂着眼皮，指尖敲了敲桌面，言简意赅地道：“先休息。”

林路留点头：“好的。各位尊贵的客人请跟我来，撒姆尔大人已经为各位准备好了房间。”

餐桌前的几人闻言起身，跟着林路留走出宴会厅往楼上走。楼梯转弯盘旋着，烛火摇曳着几人的影子。

霍雪钩着季清晚的手，小声说了句：“总觉得这个地方有点儿诡异，节目组不会真的要搞杀人案吧？”

季清晚拍了拍她的手，正要开口，伸出的手忽然一顿——她想起了刚刚盛瑜拍着自己脑袋的情景。

停了几秒后，她回过神来安抚霍雪：“如果是真的要杀，这儿也只有我们两个女生，别担心，我有百分之五十的概率。”

霍雪被逗笑：“哪儿有你这样安慰人的啊，我到底是该庆幸还是担心？”

季清晚微笑："各占一半吧。"

一旁的秦讯也听到了她的话，扫了前边的盛瑜和苏泽几眼，出声道："格里蕾丝小姐，不要相信任何人，请保护好自己。如果发生什么事，请来找我。"

季清晚听到这话，抬头看了一圈四周的人，眨了下眼："任何人也包括你吗？"

他还没来得及回答，霍雪先"嗐"了一声，小声评价了一句："我哥哥可是你的头号暗恋选手，护花使者一枚，你可以相信的。"

季清晚懂了，这是剧情身份。

她点点头，跟着走上台阶，经过墙壁上的一幅壁画时，脚步微微顿了下，然后继续前行。

"到了。"

林路留提着油灯，踏上二楼的走道，站在一间房前："奥斯汀小姐，这是您的房间。"

霍雪点点头："我先看一下大家的房间。"

林路留应了一声，继续带着其他人往右侧走过两间房后，朝着前边的空房，说："大卫伯爵、弗瑞德先生，这两间是您二位的。"

秦讯看着中间的空位："为什么空了两间房？"

林路留微微颔首："这两间房之前的宾客住过后，还没有打扫呢。"

季清晚扫了眼这房间位置，也就是说霍雪完全被隔开了，单独一个人住在另一边的房间。

如果发生点儿什么事，可能也没人知道。

"我为什么一个人住这儿？"霍雪明显不同意，"格里蕾丝，你的房间在哪儿？"

季清晚指了指楼上："三楼尽头那间。"

霍雪撒泼地"哼"了一声："那我要和你换！"

"换不了。"盛瑜看着她，轻飘飘地来了一句，"不住就别睡了。"

霍雪立即识相地微笑："好的，我住这儿。"

季清晚："……"

房间安排完，其他人都回到了自己的房间。

季清晚先领着霍雪往三楼走，身旁还跟着盛瑜。

三人走过楼道，季清晚见盛瑜一直在，好奇地问了句："大人的房间在哪儿？"

盛瑜脚步一顿，忽然停在了一扇门外，扬了扬下颌："这儿。"

季清晚看着他的房间，有些愕然："您住我隔壁？"

盛瑜抬了抬眸，侧头看她，漫不经心地"哦"了一声："如果你想和我同床共枕，也可以。"

"……"

季清晚微笑："公爵一个人睡吧，我先走了，祝您晚安。"

说完，她拉着霍雪往隔壁走。

盛瑜站在原地，目送她进入房间后，随手打开自己的房门进去。

咔嗒。房门关闭。

楼道的镜头忽然有些闪烁，却一直停留在盛瑜的房门前，下一秒房门面上飘过了一片黑色羽毛，飘飘荡荡地落在了地上，上面沾着暗红的血。

看到这儿，网友们开始刷弹幕：

"少女凶杀案？凶手？"

"哇，伯爵是凶手的话很带感啊！"

"别打我，为什么我莫名觉得美玉有问题？"

"什么？什么？！美玉你隐藏了什么？！"

"感觉有点儿惊悚可怕啊！"

"这是不是乌鸦羽毛啊？？"

"说乌鸦的别跑！我还觉得是吸血鬼呢！"

…………

季清晚和霍雪走进房间后，霍雪先逛了一圈，感叹着："你的身份完全就是灰姑娘变成公主吧？"

季清晚坐在床边想了想："不应该是禁脔？"

"欸，这个带感啊！"霍雪说完往镜头那边看，"你们的美玉偷偷养了这个女人，你们生不生气啊？”

季清晚看着她的动作，连忙捂着她的嘴，对着镜头摇摇头：“各位，这只是剧情需要，你们要冷静、再冷静，千万手下留情。”

看着她紧张解释的模样，霍雪笑着移开她的手，然后开始和她讨论剧情：“我现在只知道少女凶杀案，而且这些少女都被抽干了血，你说说，会不会是什么灵异事件？”

季清晚摇摇头：“我觉得重点在于那些少女的血去哪儿了，而且为什么都选十八岁的纯洁少女？”

霍雪眼光一亮：“难道是什么祭祀仪式？”

季清晚想了想：“可以往这方面想，而且凶手可能就在我们六个人里面。”

霍雪托着下巴眯眼：“我果断排除林路留。”

季清晚表情平静，点头：“我也是。”

两人相视一笑。

这段排除林路留的对话，节目组还在后期制作时很贴心地在一旁贴上了林路留的表情包，上面写着“难以置信”。

播出后弹幕里连着一串：

“哈哈哈，可怜林路留，为他流泪。”

“十八岁的少年心碎了。”

“林路留：？？？”

…………

霍雪没在季清晚的房间多留，走时还调侃一句：“希望明天我们还能见到对方。”

季清晚笑着说了句：“那明天见。”

房门关闭，季清晚转身看了眼镜头：“现在要睡觉吗？”镜头没有动，季清晚摸着下巴摩挲着，“但是我还是觉得有些疑惑。”

说着，她边走边在房间里转，四处摸索着什么，但没找到什么东西，便转身往浴室走。

墙角的镜头感应到她进来，转了转，她微笑着打了个招呼，然后开始摸着四周的墙壁，小声念着："会不会有隔间密室？"

但墙壁都是实的，她最终放弃，转身看着镜子里的自己，凑近看了眼，正准备迈步离开的时候，忽然一顿。

她侧头看了眼镜子旁一动不动的机器，思索了几秒后，伸手触上镜面，似是察觉到了什么，她对着镜头笑了一声："我好像发现了什么秘密。"

说着，她压着镜面的手向前用力一推，镜面瞬时转动，露出一条细缝。

季清晚眉梢轻挑，好心地对着机器微笑："导演组镜头摆在这儿太突兀了，下次记得改进一下哟！"

机器后面看着画面的设备组："……"

季清晚单手推动镜面，镜子渐渐转动，露出背后的画面。

是一幅油画。

画里躺着一个年轻貌美的少女，她表情安详，似是在睡觉，却有一双白皙的手掐着她的脖子，满是血迹。

暗红色的血，自少女颈部一滴滴落下，染红了她的衣裳，也染满了地面。

镜子最后完全转正后，一张卡片掉落在洗手池中。

季清晚捡起卡片。

是熟悉的扭曲字体，血淋淋地印着两个字："罪孽。"

季清晚眉头微皱。

罪孽深重？

谁？

她重新抬头看向那幅油画，盯着那双手看了几眼："这里好像有个印记。"

她突然想起什么，连忙低头掀开自己的长袖，露出自己的手腕。

就见那白皙的皮肤上印着一个小小的花式英文字母——M。

和油画上那双手腕上的印记一样。

季清晚眼眸微闪，转过头看了眼摄影机，然后重新把镜子和卡片放好转回去，之后慢悠悠地走出浴室。

刚巧，她重新回到床边的时候，门房突然被人敲响。

她转头看去："谁？"

屋外响起少年的声音："格里蕾丝小姐，我来给您送茶。"

季清晚眨了下眼，起身去开门。

外头的林路留端着托盘，朝她笑了笑："格里蕾丝小姐，这是撒姆尔大人为您准备的。"

季清晚侧身让他进来，林路留把托盘放在一旁的桌面上，端起茶杯递给她。

季清晚伸手接过，立即闻到了一股淡淡的血腥味。

她垂眸扫了眼茶杯，里头是暗红色的。

林路留见她一直端着，提醒了一句："小姐，这是您每晚都会喝的茶，也是撒姆尔大人亲手煮的。"

季清晚注意到他的用词："我每晚都喝？"

林路留点了点头："是的，这是您睡前喝的，大人说有助于睡眠。"

"那你能帮我问问公爵大人，这茶是什么配的吗？"季清晚把茶杯放在一旁，抬眸看他，淡笑着问，"为什么我闻到了血腥味？"

林路留闻言，皱起眉小声说："晚姐，你也闻到了是不是？我也觉得有血腥味！"

他这声突然打破了剧情，活生生把季清晚拉回了现实。

季清晚无奈地笑了一声："你不是公爵的侍从吗？你会不知道？"

林路留摇头："我剧本里没有这个啊，而且好像平常都是用人给你送的。"

季清晚闻言思索了一下，单手敲了敲茶杯："这就奇怪了，是盛瑜给你的？"

林路留点了点头："是刚刚瑜哥把我叫来，让我端给你的。"

季清晚看了眼茶杯："好吧，那你的剧情走完了吗？"

"我好了。"林路留拿着空的托盘准备走，走时还是按着人设来，"格里蕾丝小姐，请记得喝下，我先退下了。"

说完，他转身离去，顺便带上了房门。

季清晚当然不可能喝，她端起茶杯，看着里头的暗红颜色，对着镜头小声嘀咕：“导演组，你这个血腥味怎么做出来的，这么逼真？”

好奇完，季清晚随手拿起茶杯往浴室走，把杯内的不知名液体倒掉了。

然后，她对着镜头笑了一声：“我已经喝掉了哟！”

摄像机：“……”

节目放送时，弹幕刷出：

“导演组：你当我们眼瞎？”

“季清晚也太可爱了吧！这一波掩耳盗铃的操作可以，哈哈哈哈哈！！”

“晚总，别再吐槽了，导演组都拍下来啦！”

“季清晚能不能好好玩游戏，又不是吐槽大会！”

“楼上，晚总不在玩游戏，难道在看戏？”

“骂人的麻烦请绕道走，谢谢。”

…………

季清晚拿着杯子回到卧室，随手放在桌上，坐回床边。想着茶的事，她摩挲着下巴敲定——还是要去找盛瑜问问剧情。

此时，墙上的时针指向“12”。

季清晚拿过一旁的披风，穿好系上后，打开房门。

门缝外，楼道空荡荡的，墙边的烛火摇曳起影子，诡异陆离。

她莫名有些心悸。

季清晚抿了抿唇，深吸了一口气，迈步往外走。

移动了几步，她站定在隔壁房门前，突然庆幸盛瑜就住在这儿。

她抬手正准备敲门，右侧走道上忽然传来了一道清晰的声音。

嗒……嗒……嗒……

鞋底踩过地板，步伐平缓，不疾不徐。

换作平时，季清晚还会觉得这脚步声的主人挺悠闲，但它此时在寂静无声的城堡内响起，只让人感觉它伴着可怖与突兀的节奏。

季清晚背后猛地发凉，僵着身子转头往楼道尽头方向望去。

幽暗灯火闪烁不定，无尽昏暗内，一道高挑修长的身影随着脚步声渐渐走来。

昏黄的光影间，男人的身姿显现，暗金色宫廷绅士服在黑暗之中隐约透着暗红，而地面的影子背后似是投射出了一双残翅。

男人站在烛火下，垂在身侧的手正滴着血，血珠砸落在地上溅开，如一朵绽放的花。

他微微垂下眼，看向门前的少女，低声开口唤了一句："宝贝。"

季清晚心尖微颤，抬眸看向他。

男人眼尾微扬："要试试看断腿吗？"

节目的弹幕炸了满屏。

"盛瑜！我不允许你再叫'宝贝'这两个字！！"

"这男人太帅啦！是我我就同意了！"

"别说了，姐妹们，还愣着干什么！给我截图！"

"晚总！我知道这个男人很勾人！但坚持住啊！"

"盛瑜地上的影子有一双翅膀？！"

"妈妈！这是个什么神仙综艺节目！一个个的，太劲爆了吧！"

"呜呜呜，后期做得好好啊！美玉好帅！！"

"别，前面的，晚总的身份好像也不大对劲！"

"脑洞好大啊！我猜错啦，美玉难道是天使？"

…………

季清晚回过神，视线扫到地上影子的翅膀，然后落在血迹上。

她眼眸微闪，佯装惊讶，道了句："撒姆尔大人，您受伤了？"

盛瑜看着她做戏的表情，挑了下眉，语气不紧不慢："不，我杀人了。"

季清晚："……"

亏她还想给他个台阶下。

"大人这是在开玩笑吗？"季清晚保持微笑，"您怎么会杀人呢？"

盛瑜眉梢微扬，正想说话，忽然觉得自己手上的人造血浆太过黏腻了。

他眉头微蹙，拿出手帕擦拭指间的“血迹”，表情有些嫌弃。

季清晚见他没擦干净，下意识伸手：“我来。”

她接过手帕，伸手握住他修长的手指。

食指被她钩住，盛瑜一顿，眼睑微垂，看着面前女人的精致容颜。

她低着头，眉眼微垂，灯光下睫毛长翘勾起，神情专注，正轻轻地替他擦拭着“血迹”。

手帕布料拭过掌心，手背皮肤被她的指腹淡淡扫过，有些痒。

这一切似是勾起了他心间的那根弦，紧绷着，有些危险。

四周光线有些暗，她有些看不清，微微低下头，气息轻洒在他的手心。

柔嫩的唇瓣微张，唇色红艳，似是玫瑰花瓣。

弦断了。

盛瑜眸中晦涩不明。

他单手微屈起，扣住了她的手，牵住。

季清晚的手被他收紧，她一愣，抬头看他：“怎么了？”

盛瑜对上她那双浅眸，声线微压，道了句：“要在这儿吗？”

“什么？”季清晚没懂。

盛瑜眼睑一垂，轻声说了句：“站着有些累。”

季清晚眨了下眼：“那……坐着？”

“行。”盛瑜点头，牵着她的手迈步往楼道尽头方向走，“那我们回房。”

“……”季清晚立即反应过来，“为什么要回房？”

盛瑜松开她的手，笑了一声：“不回房怎么睡觉？”

嗯？

总觉得这话哪儿有问题。

季清晚尽量端正自己的态度，走到自己房门前，打开门进去，转身道了句："那晚安，明天见。"

说完，她正准备关门，就听见对面的男人忽然出声道了句："格里蕾丝小姐，你是不是忘了什么？"

被他这声称呼弄得一愣，季清晚眨了下眼："我忘了什么？"

盛瑜"哦"了一声："那我提醒你一下。"

话音落下，男人俯身低头凑近她，眼眸漆黑微深，暗影隐匿着，他声线低沉，漫不经心地道："忘了晚安……"

不知为何，他话语顿了顿。

季清晚也愣了一下，回过神，反问："晚安？"

"嗯。"盛瑜微微直起身子，淡淡地应了一声，"晚安。"

季清晚神色自若："我刚刚好像说过了。"

盛瑜面不改色："我没听到。"

季清晚点头："好的，那再次晚安，撒姆尔大人。"

说完之后，她没等男人回应，直接关上了门。

咔嗒。

门锁相扣声响起，盛瑜站在原地，看着紧闭的门板，垂眸，突然笑了一声。

他……居然紧张了。

此时一旁角落内的镜头闪着红点，表示正在录制。

远处导演监控室内，有些安静。

面前的机器画面正显示着男人的侧脸，那自然说明他们并没有放过刚刚的一系列对话。

助理们面面相觑。

有点儿东西啊。

然而，没等他们开心多久，就见画面内的男人忽然转过头对上了镜头，助理们隔着屏幕看着他那双淡漠的眼睛，不自觉地屏息紧张起来。

三秒后，男人移开视线，转身往自己的房间走去。

众人身子一松，正打算舒口气的时候，一旁的收音设备内传来一道开门声，还有男人那平淡的吐字——

“删了。”

监控室：“……”

某位助理默默扭头看向后头的李松：“导演，这……”

李松看着画面内的人，丝毫不意外地点头：“删了吧，也管好你们的嘴。”

这少爷明显没什么兴趣让别人看自己的私事。

何况还是和那位的事。

另一边房内，季清晚简单地卸完妆，收拾完后拿起毛巾挡住镜头，和衣躺上床闭眼准备睡觉的时候，鬼使神差地想起了刚刚盛瑜说话的语气，明显是还有话要说的。

晚安……晚安……

她思索着，脑海里突然冒出盛瑜那张脸，以及他刚刚俯身突然停住的动作，让她不由得想到一个词——

吻。

季清晚睁开眼，盯着天花板看了几秒后，重新闭上眼睛。

她疯了吧。

……

次日清晨醒来，季清晚结束了一夜半睡半醒的状态，起身洗漱完后，走进卧室瞧见一旁的书架皱了眉，问了句：“昨天这里的书好像没有这么乱？”

季清晚走过去随手拿起一本牛皮书正准备整理，看到一处时忽然顿了顿。

季清晚抽出书本，封面一角映着一个“M”。

她解开牛皮封外的卷带，书本自然地翻开停在一页微黄且粗糙的纸张上，上面写着一段花式英文。

她眨了眨眼，正打算翻译。

砰砰。

敲门声打断了她。

"格里蕾丝小姐！"林路留的声音有些焦急。

季清晚拿着牛皮书，转身去开门，瞧见外面的人，问："怎么了？"

林路留连忙开口道："出事了，奥斯汀小姐死了！"

一分钟后，季清晚被林路留领着来到二楼霍雪的房间，其他人都站在一边。

霍雪躺在床上，似是在睡觉，但她面色苍白，毫无血色，颈部被刀口划过，伤口处的血液已经凝固。

而她身下的床单只染上了少许血。

这不正常。

"有人收集了她的血。"苏泽说着，扫了眼季清晚。

林路留闻言瞪眼："不是吧？真是城外少女凶杀案的凶手？"

秦讯点点头："凶手就在我们中间。"

季清晚默默看了眼一旁事不关己的盛瑜，抿了抿唇："但是他为什么要收集少女血呢？"

苏泽看到她手里的东西，出声问道："格里蕾丝小姐，您拿着的是什么？"

"哦，这是我在房间找到的。"季清晚拿起牛皮书，递给他们。

林路留凑近脑袋，皱眉开始翻译书上的英文：

"远方的伯爵夫人想与自己的爱人相守相伴，而有古老的传言称，只要饮用年轻貌美的纯洁少女的鲜血，就能一直保持容颜不老。于是，夫人就命人取下了家里女仆的血，并日日饮用，容颜从未衰老过，甚至……永生。"

念完，林路留抬眸看向季清晚，表情诧异："你……"

昨晚的茶……

季清晚对上他，表情平静。

一旁的秦讯看完书页上的文字，开口解释说："据我所知，这个故事是中世纪传说中的'血腥玛丽'。"

"血腥玛丽，传说中杀害无数少女的伯爵夫人。"苏泽抬眸看向在场唯一存活的女性，"格里蕾丝小姐，您该不会是……"

季清晚摇头："我不知道，我都不记得了。"

"不记得？"林路留皱眉看着她，"你没有角色卡？"

季清晚点头："我没有。"

"不是格里蕾丝小姐。"秦讯出声，"我得到的消息是有人要杀害她。"

盛瑜悠悠出声："谁？"

秦讯摇头："我不知道。"

苏泽扫过季清晚，眼眸微闪："按大卫伯爵的说法，那今天格里蕾丝小姐会被人杀害？"

"不会。"盛瑜侧身挡住他的视线，半睨着他，淡淡地说道，"没有人能杀她。"

苏泽笑了一声："撒姆尔大人怎么能确定？这可能是神的预言呢！"

盛瑜轻嗤道："我不信神。"

"不信神的话，"苏泽抬眸看向他，似是意有所指，"那您信魔？"

盛瑜随意扫了他一眼，没答话。

秦讯站在原地，听着两人的对话，视线落在苏泽身上。

而林路留哪管这些，连忙出声问："如果格里蕾丝小姐不是凶手，那凶手就在我们四位之中？可这也不对啊，不是伯爵夫人要永葆青春吗？"

"如果我得到的关于格里蕾丝小姐的信息是真实的，那就是我们之中有人为了让别的女士永生，才要杀害我的妹妹和格里蕾丝小姐。"秦讯猜测着。

苏泽摇摇头："格里蕾丝小姐也有可能是凶手，但她现在没有角色卡的任务指定，等于就是个失去记忆的空白角色，所以也不可能去实施犯罪，说明昨晚的凶手不是她，是有人为她犯的罪，而这个人……"

话音顿了顿，几人的视线不约而同地投向盛瑜。

"嗯？"盛瑜语调稍抬，他对上几人的视线，神情依旧悠闲，懒洋洋地点头，然后反问，"我杀的。有证据吗？"

众人：“……”

镜头扫过几人的表情，播出后弹幕疯狂弹出：

“哈哈哈，美玉笑死我了！”

“玩家们：这犯人太嚣张，让我怎么玩？”

“导演组：你居然自曝？！”

“看看美玉护着晚总的样子，好帅！”

“我突然发现晚总没有爆出昨晚看到美玉的事啊！”

“是因为什么？因为害怕。”

“前面的：断腿警告！”

“晚总就是伯爵夫人！但是总感觉还有大料呀！”

“我觉得苏泽也有问题，他一直掰扯晚总和美玉，感觉奇奇怪怪的……不掺杂任何现实的因素，只是说剧情哈。”

“别猜了！看就完事了！”

…………

由于“犯人”气焰太嚣张，最后他们放弃审问，决定去楼下先吃早餐再寻找证据。

五人吃完早餐后，秦讯提出去盛瑜房间看看，因为刚刚霍雪的房间已经被大家搜查过，没有找到什么证据。

其余人表示同意。

五人走过楼梯，季清晚转头看着墙面上的油画装饰，顿住了。

墙上挂着好几幅油画，但其中一幅有些诡异。

画上有一对男女，男人单手环抱着身前的少女，微微低头，而少女闭着眼，没有任何举动。

背景的暗红色中，似是能看到男人背后有一双翅膀，却残破不堪，而他垂在身侧的手在滴血。

血液滴落在地面，染红了少女的裙摆。

油画下方贴着作品名称——

重生与堕落。

“格里蕾丝小姐，您在看什么？”

前边的苏泽察觉到她的视线，抬头往墙上的油画望去。

季清晚转头看向他，淡声问：“弗瑞德先生，您说那位是天使吗？”

苏泽摇摇头：“哦，不，天使的翅膀是神圣的，不会残缺。”

季清晚闻言眉梢挑了一下，道了声谢后，迈步向前走。

五人到达三楼的房间，请盛瑜自己开门。

盛瑜似是不在意，单手转动门锁，房门被推开。

屋内漆黑一片。

四周的布帘紧闭着，毫不透光，显得有些阴森森。

“撒姆尔大人，您很怕光？”苏泽侧头问了句身旁的人。

盛瑜扫了他一眼，尾音平淡：“你睡觉不拉窗帘？”

苏泽：“……”

林路留走去拉开帘布，唰的一声，光亮瞬时透过窗户照进屋内，有些刺眼。

季清晚微微皱了下眉，忽然低头扫到一侧桌面上的茶杯，然后移开视线。

身旁几人丝毫不拖拉，迅速开始搜查证据。

而季清晚站在墙边没有动，盛瑜陪同站在一旁。

“撒姆尔大人不怕？”季清晚看着他淡定从容的样子，问了一句。

盛瑜不答反问她：“你不怕？”

季清晚歪了歪脑袋，点点头：“怕啊，不是说我会被人杀吗？”

“不会。”盛瑜扫了圈前边的人，“他们杀不了。”

季清晚听着他这么自信满满的语气，嘴角勾了勾，没说话。

房内被翻遍了，但大家什么都没找到。

没有找到证据。

林路留开始做戏，语气夸张地道：“撒姆尔大人肯定是被你们冤枉的！他不可能做出这种事！”

众人：“……”刚刚是谁搜东西搜得最欢乐？

秦讯反问盛瑜：“撒姆尔大人，刚刚您为什么承认是自己干的？”

盛瑜神情散漫，索性问他们："既然你们都这么认为了，我辩解了，你们会信吗？"

林路留先摇头："不会。"

季清晚被逗笑："有你这么善变的人吗？"

"要忠于事实嘛！"林路留摸了摸鼻子，"那现在怎么办？我们现在出不去，也没找到凶手。"

"先下楼。"苏泽提议，"我们先到一楼。"

季清晚闻言出声："我可以换件衣服吗？我的衣服刚刚在吃饭的时候弄脏了。"

秦讯看了眼她的房间，就在隔壁，点点头："当然。"

季清晚道了声谢后，道："你们先下去吧，我等会儿下楼。"

几人点头，季清晚走出盛瑜的房间，转身回到自己的房间。

房门关闭，她低头摊开手掌，里头有张小字条。

是刚刚秦讯在楼下的时候乘机塞给她的。

季清晚走到浴室内，打开折好的字条，纸上写着五个字：

"小心弗瑞德。"

季清晚眉梢微扬，拿着字条，对着镜头问了一句："弗瑞德是苏泽的人设名，秦讯为什么这么写？他发现什么了？"

没有人回答。

她将字条重新叠好放进衣袖里，转身回到房内，正准备随手拿一件衣服出门，就听见外头传来了一声巨响。

季清晚立即打开门，迈步往楼道方向走："怎么了？"

二楼盘旋弯曲的楼梯平台上，莫名画上了一道圆弧法阵，诡异的符文图案映着金芒，还有一摊血在流淌。

季清晚眼眸微缩，低头看着阶梯上的男人们，但人数不对，少了林路留。

秦讯抬头看向季清晚，眼眸微沉："查尔斯死了。"

季清晚扫过那道法阵，愣愣地开口："怎么回事？"

苏泽看着面前的血和金芒，抿了抿唇："我们准备下楼，查尔斯在前面领路，走到平台时突然被阵法吞噬了。”

秦讯微拧了一下眉：“我们先上楼。”

三人转身重新回到三楼，季清晚见他们回来，疑惑地问：“为什么会有法阵？”

盛瑜淡淡道：“五芒阵，天使之阵。”

“天使？”秦讯侧头看向季清晚。

季清晚无奈摆手：“我不是，而且天使也不一定就是女的啊！”

“不是她。”盛瑜扫过两人，言简意赅道，“在我们中间。”

季清晚出声反问：“可是为什么要杀查尔斯？之前不是一直都是选择杀害少女的吗？”

盛瑜摇头轻叹：“凶手不是一个人。”

季清晚眨了下眼：“怎么说？”

盛瑜半垂着眼，语气缓慢地问：“没听过天使审判一切众生罪恶？”

季清晚懂了。

一旁的苏泽出声道：“格里蕾丝小姐，请您先回房间躲避，记得保护好自己。”

季清晚点头应了一声，抬眸与盛瑜对视了一眼，转身回到自己的房间。

三人目送她离开，房门关闭，隔绝了屋外的人。

季清晚转身，表情平静，一边思索着，一边迈步往浴室走，最后站在那面镜子前，看了眼摄像机，伸手慢慢推动镜面。

镜面微微转动，露出后背的暗红色，那幅杀人的油画变了。

沉睡的少女消失，取而代之的是满地的血迹铺满了地面上的金芒符文图案。

而一位少女躺在法阵内，手内静躺着一根黑色羽毛，心头被插上了一把长剑。

长剑直直地穿透了她的胸膛。

一张卡片掉落，季清晚捡起翻过：

“死亡”。

季清晚拿着卡片，突然笑了一声："你们还真的很直白，这幅油画还有卡片的意思都预示着我最终会死在天使的剑下，是吗？"

话音一顿，她侧头看向房内的人，勾唇唤道："天使大人。"

男人端着托盘，放在桌面上，淡淡地道了句："我表现得很明显吗？"

季清晚慢步走出浴室，摇摇头："不，相反，你藏得很深。"

秦讯单手示意她坐下，端起茶杯放在她面前："我哪个环节出错了？"

季清晚拿起手里的东西推给他："这个有点儿多余。"

秦讯垂眸一看，是他写的小字条。

季清晚敲着指尖："一开始我确实怀疑苏泽是，但他太明显，反倒让我觉得有点儿不对，后来你又给了我这张字条，指向性太强，更让人怀疑。"

秦讯表示明白，颔首道："是我多此一举了。"

"不，更重要的还是你刚刚的法阵，天使之阵，我猜施法者必须要有一定的时间和距离，我们刚刚上楼就是你提出来的，而且刚才在平台上，你的站位在最后和法阵形成了三角关系，所以我猜是你。"季清晚摆了摆手，倒是好奇别的，"但弗瑞德……苏泽是什么身份？"

"我的仆人。"

"难怪。"季清晚笑了一声，"从他进门开始就一直针对我和盛瑜，显然是按照你的指令进行的，一直在旁敲侧击地点明我们的身份，但也帮我了解了一些情况。"

秦讯淡声问："比如？"

季清晚慢悠悠地开口："持续了几百年的传说'血腥玛丽'，喝少女血为得永生的人是我，几百年犯罪的人一直是我，所以用'罪孽'那张油画来提示我。但是从来到这座城市开始，我就不再杀人，可我需要血来维持容颜，所以有人帮我杀人取得少女血液。"

秦讯点点头："是谁？"

季清晚浅笑着，没有回答，只是拿过桌角旁的牛皮书，随意翻了一页，念出上头的文字：“远方的伯爵夫人想与自己的爱人相守相伴……爱人，这里的爱人。”

她手指拂过文字，淡淡地说道：“是撒姆尔，盛瑜。”

秦讯毫不意外，应了一声：“是的。”

“但是一般人和自己的爱人相守相伴是很正常的事，我却想得到永生，在这里，为什么我需要得到永生才能和他相守相伴？”

问题问完，季清晚没有让他回答，拿出一张卡片，推到他面前。

“重生与堕落”。

“关于这张油画，我第一次看到的时候没想明白，为什么字数和另外几张不一样，直到我问了苏泽后，才明白，天使的翅膀不可能残缺。”

她抬眸看向他，平静地出声道：“但恶魔可以。”

秦讯对上她的视线，季清晚眼神寡淡，开口说出答案：“撒旦，恶魔撒旦。”

“恶魔爱上人类，甘愿做平凡人类的奴隶，实为堕落。”

秦讯闻言眉梢微扬：“你很聪明。”

季清晚道了声谢，垂眸看向另外两个字，微微蹙眉：“可重生是因为什么？”

秦讯：“为了你。”

季清晚一愣。

秦讯淡淡地道：“恶魔撒旦无心，却有了爱，他自愿替你杀人，抹去你的记忆，愿你一生无忧，让你重生。”

季清晚闻言，微微垂眸，平静道：“我不记得。”

“但你为什么要杀林路留？”

秦讯摇头：“不，我要杀的是盛瑜，但盛瑜察觉到了。”

季清晚扯了一下嘴角：“所以你想让我去杀他？”

秦讯没答话，拿出一张卡片推给她，季清晚垂眸看去，是第一张卡片——“生存”。

“两者你可以选一样。”秦讯扫了一眼她自己面前的卡片——“死亡”。

“你杀了他，就可以走出这里。当然，如果你选择死亡，他可以活着离开。”

季清晚闻言，眉梢一挑：

“这就是你们天使的审判吗？”

“不能两个人都活？

“或者你通融通融？”

秦讯表情平静：“必须选一个。”

季清晚指尖点了点自己的下巴：“你来我这儿，盛瑜不知道？”

秦讯声色平淡：“他知道。”

季清晚没料到：“知道怎么还让你来了？”

“他没有权力干涉我，但他在等答案。”

“哦。”季清晚歪了下脑袋，眼尾微扬，“他选了什么？”

秦讯的视线落在某一张上。

季清晚知道选择后，笑了一声，垂眸扫过面前的两张卡片，懒洋洋地拿起一张：“我选好了。”

画面内并没有显示出她的选择，弹幕却已经弹出了一大片：

“节目组没必要搞这种悬疑了吧！”

“我盲猜季清晚选了‘生存’！”

“别了吧！要独活吗？”

“我投一票‘死亡’，我觉得晚总不忍心让盛瑜死。”

“我觉得是‘生存’啊，你们想想看，现在晚总的角色是没有记忆的，并不知道盛瑜很爱她啊！”

“选哪个都不忍心啊！”

“我不想晚总死，也不想美玉死啊，呜呜呜！”

“不能让两个人都活吗？节目组，你们在搞什么事情？！”

…………

季清晚也觉得节目组在搞事情，但她没得选。

身后房门被打开，男人的身影步入，平缓地走了进来。

季清晚侧头微笑着打了个招呼：“嘿，撒旦大人。”

盛瑜扫了眼她的表情，随意地问：“选完了？”

季清晚点了点头，勾唇一笑：“猜猜看你选的和我的一样吗？”

盛瑜似是没什么兴趣，只是向她伸手：“走吧。”

季清晚看着他的掌心，抬头问他：“去哪儿？”

盛瑜微微垂眸，淡淡地道：“回家。”

季清晚笑了一声：“好，回家吧。”

她将手放入他的掌心，起身跟着他往外走，走了几步后却停住了。

盛瑜垂眼：“做什么？”

季清晚指了指地：“我们走到门口了。”

盛瑜蹙眉不解，季清晚也没等他回复，单手松开，把手心的东西递给他，笑着说了一声：“这个留给你。”

说完，她身子向后一退，房门骤然在男人面前关闭。

盛瑜眼睑一垂，手心的卡片上写着两个字——

生存。

纯白的地面缝间闪耀出暗金色的光。

几秒后，温热的暗红色的血液自细缝间一点点流淌出来，在地板上汩汩地流动。

血迹覆盖过地面，染上了他的鞋尖。

满目血红。

沙哑癫狂声在偌大的城堡内传荡，隐约响起一道轻柔平淡的女声：“让他活着，‘死亡’给我。”

镜头画面渐渐模糊，一道声音随之响起：

“撒旦大人，人类都是愚蠢的动物，只要您伸手就能抓住他们的心。”

“撒旦大人，这个愚蠢的人类女人还真是狡猾，居然想要喝少女血得到永生。她是在欺骗你，大人请不要相信。”

“撒旦大人，那个愚蠢的人类女人，她——”

“她叫格里蕾丝。”一道冷寂的男声打断了仆人的话。

格里蕾丝，被恶魔记住的人类女人，是第一个，也是最后一个。

…………

“撒旦大人，请不要动情。”

恶魔没有心，他无情无心，更不会爱上任何人。

可撒旦遇上她后有了心，沦陷在愚蠢人类的爱里。

他堕落至人间，陪伴在女人身边。

但她已经不记得，记忆消失，如平凡的少女活在他身边。

“撒旦大人，天使已经发现您了，您逾越了太多的界限。”

一年又一年，杀生取血，恶魔的罪孽不断加重。

天使审判一切众生罪恶，女人逃不掉。

撒旦却去谈判，以他之名换她。

可女人选择让他活，留下了满地的血。

许久之后，那道奴仆的声音开口问：“撒旦大人，您有眼泪吗？”

“没有。”

“我的心已经死了。”

撒旦嗓音沙哑。

画面内满地的鲜血停滞，屏幕渐渐模糊消退，变为黑暗，中央重新浮现出两个暗金色扭曲的字体，而字迹似是未干，笔墨沿着字尾流下——

救赎。

“卡！”工作人员打板结束。

房间门被打开，季清晚看着地上还在流淌的血浆，又看到面前人的鞋已经被染上了，不禁抬头看他的反应。

男人眉心蹙起，面色微沉，嘴角微抿着，带着明显的不满和愠怒。

果然，生气了。

季清晚觉得这时候还是不说话为好，准备默默迈步往外走。

“去哪儿？”

盛瑜忽然出声，淡淡地问了句。

季清晚指了指下面：“楼下化妆间。”

盛瑜“哦”了一声：“那一起去。”

季清晚眼神疑惑，他去干什么？

盛瑜扫到她的表情，微微眯眼，开口：“我的鞋，他们要给我一个交代。”

语气中带着哀怨。

季清晚闻言有些忍俊不禁，点头搭腔说：“是，这事确实有点儿严重，您先消消气。”

“晚了。”盛瑜皱眉开口，“这气消不掉。”

季清晚眨了眨眼，又点了点头：“那您气着吧。”

“……”

盛瑜被气笑：“季清晚老师心真狠啊。”

季清晚挑了下眉，没答话，倒是想起刚刚的事：“盛老师为什么不惊讶我选‘死亡’？”

盛瑜道出四个字：“舍己为人。”

“……”

季清晚一噎：“那您当时怎么不直接选我‘死亡’？”

盛瑜慢步走下楼梯，眼睑微垂道：“季老师猜猜看。”

季清晚闻言歪头猜一句：“舍己为人？”

盛瑜轻嗤一声：“你觉得我是那种人吗？”

好吧。

这人真的很有自知之明。

季清晚皱了一下眉：“那是因为什么？”

男人迈步走下最后一个台阶，然后转身看向身后的人，朝她伸手。

季清晚站在台阶上，正好与他平视，见他伸手过来，眨了下眼，抬手放入他的掌心。

男人手心收握，牵着她步下台阶，季清晚正要开口道谢，就听见他低沉的声线——

“因为爱你。”

季清晚闻言抬头看去，忽然对上他那双漆黑的眸子，指尖微颤。

两人在平台上站定，盛瑜握着她的手漫不经心地松开：“撒旦愿意献出自己的生命，格里蕾丝小姐。”

季清晚听到他的称呼，顿了几秒后抿了抿唇：“那如果是你来选择，你选什么？”

盛瑜闻言，垂眸看向她，眼眸深邃，隐匿着别的情绪，扬起不紧不慢的语调：“我愿意死。”

季清晚心跳微顿：“为什么？”

“因为是你。”

盛瑜轻声说。

所以愿意。

第十章

搭档

女士化妆间内。

季清晚坐在镜子前，身前的化妆师在帮她卸妆。

早就下场的霍雪坐在沙发上感叹：“我还真没想到这节目组还搞这么煽情的剧情。”

季清晚闻言笑了一声：“你以为会是什么？”

“别提了，我都没想到我居然是第一个被淘汰的。”霍雪摆了摆手，“但我也舒服，就一直躺在床上看你们玩啊！”

季清晚侧头看了她一眼：“盛瑜是怎么‘杀’你的？”

提到这个，霍雪可有话说了：“昨晚他过来找我，二话不说就和我说我要‘死’了，我愣了半天才懂他的意思。这人也太直接了吧，也不怕我跑出去和别人说。”

季清晚想到他的性子，摇了摇头，觉得好笑：“他可能还真不怕。”

“可我也不敢反抗啊，只能老老实实被‘杀’。”霍雪无奈开口，“盛瑜这人太可怕了。”

季清晚挑眉：“怎么说？”

霍雪摸着下巴，眯着眼开口：“我总觉得他是个狠人，虽然平日里看着他也不是什么好人。”

“你这是什么想法？”季清晚被逗笑，“我倒觉得他挺像好人的。”

至少第一面的时候，他还主动帮自己搬行李。

霍雪轻“啧”了一声：“可别，我们不一样！”

季清晚眨眼：“哪里不一样？”

霍雪笑了笑，慢悠悠地说道：“我不是你季清晚啊！”

盛瑜只对季清晚不同。

季清晚对着她意味深长的眼神，眸光微压，淡笑不语。

“哦，对了。”霍雪单手撑着下巴问她，“你最后为什么选了‘死亡’？”

一旁的化妆师整理好东西，示意了一句便出去了。

屋内只剩下两人，季清晚闻言正要开口说什么，霍雪连忙打断：“你可别说什么为了综艺的话，我不是什么外人。”

季清晚扬了扬眉：“你怎么知道我要说什么？”

“好歹我也是个女艺人啊！”霍雪敲了敲指尖，“说说吧，这个可是你的选择，没有剧本的。”

“也没有什么特别的原因。”季清晚垂了垂眼，突然笑了一声，“只是不想他死。”

即便知道是综艺，也不忍心。

霍雪看着镜子里女人的神情，挑了下眉，开口还要说什么，房门却被人打开了。

“晚总。”夏夏进屋看见沙发上的人，颔首道了句，“霍小姐。”

霍雪点头应着：“嗯，来接你们晚总？”

“是的，您的助理也到了。”夏夏伸手朝外指了指。

季清晚起身走到霍雪身边：“走不走？”

“走啊，为什么不走？”霍雪提起包和她们一起出去。

三人走出拍摄地，两辆保姆车停在一边，季清晚和霍雪打了个招呼后，领着夏夏上车。

司机发动车辆，季清晚坐在车内，忽然瞧见车窗外有一个往霍雪方向走去的人影。

是秦讯。

季清晚眨了眨眼，看着车外的两人，几秒后车子倒退而过。

“欸，那不是‘双影’吗？”夏夏也注意到车窗外的人。

季清晚听到她的称呼：“双影？”

夏夏解释道：“因为两位都是影帝影后，所以叫‘双影’，这也算是他们的情侣名啊！”

之前霍雪和秦讯一起合作过一部悲伤爱情电影，上映后观众直呼要给编剧寄刀片，要求编剧重写结尾让他们在一起！

被夏夏提醒，季清晚也想起了这事，再深思了一下秦讯这次参与出演的原因……

好像……有点儿意思。

《极速大逃脱》第一期播出后的第二天，季清晚就进了《繁夜》剧组。

夏夏坐在片场，给一旁的季清晚实时播报微博上关于《极速大逃脱》的评论。

“呜呜呜，这是什么催泪综艺啊！”

“晚总！我看个综艺居然哭了！”

“撒旦配人类少女也太好看了吧！”

“神仙综艺！期待第二期！！”

“我只是想看个烧脑综艺，为什么变成了催泪爱情片？！”

“导演！你给我出来，前面那么甜！后面为什么要这样？！”

“晚总太让人感动了！但是美玉也好痴情啊！”

“各位！剧情是剧情！不要上升到真人啊！”

“综艺是综艺，我们还是理智些吧！”

…………

夏夏念着评论，自己也添了一句：“晚总，美玉太惨了吧！”

季清晚正在看剧本，听到她这话，眼尾轻扬，问了句：“‘死’的是我，为什么不心疼我？”

“我也心疼你！”夏夏拿着平板电脑激动地感叹，“我昨晚看到结局的时候，差点儿哭出来了，还有最后结尾的总结，呜呜呜——还有美玉居然会选让你活着，他太爱你啦！”

季清晚顿了顿，没纠正她，懒洋洋地说道：“别‘呜呜呜’了，回归现实。”

她低头翻着剧本，看下一场剧情的发展。

《繁夜》这部剧讲述了一个民国时期的爱情故事。

剧里的女主角詹韵云是一个普通的女学生，自幼和蒋家六少蒋霍枫，也就是男主角，配有婚约，但双方从未见过面。

一次宴会，两人无意中相遇，之后长辈们告知了双方的身份后，随着慢慢地相处，女主角在表姐——女二号姚语的帮助下对男主角渐渐由排斥到接受，而男主角身边的男二号也爱上了女二号。

整部剧的剧情其实不复杂，但如果说全剧的甜蜜点都在男女主角之间的话，那虐点就放在了女二号和男二号身上——

爱不得，活不得。

女二号姚语是季清晚扮演的，是一个苦命的歌女。

远处导演的“重来”声传来，夏夏扭头看向那边正在拍摄的演员，轻皱了一下眉：“这贝诗蕊还不知道要拍多少次才能过呢！”

季清晚闻言，眼皮都懒得抬：“人家既然能进这儿，你担心什么？”

夏夏小声嘟囔：“也不知道是哪个冤大头把她送进来的！”

还能是哪位冤大头？

今天这场戏拍摄的是女主角和女三号在校内的争执戏。好巧不巧，女三号就是许久不见的贝诗蕊扮演的。

这季颢居然真舍得花钱送她来这儿。

季清晚扯了下嘴角，继续看剧本。

“晚总，你先休息一会儿吧，小心剧本都被你看出洞来了。”夏夏给她递来一杯水。

季清晚觉得这话有点儿道理，揉了揉眼睛，接过水杯正要喝的时候，身旁的工作人员忽然跑来喊了句："季老师！"

季清晚一顿，抬头看去："怎么了？"

工作人员喘气："导演让您过去一趟。"

季清晚闻言颔首，把水杯递给夏夏，起身跟着工作人员走到拍摄现场，对监视器后的人唤了句："刘导。"

导演看见她，连忙叹了口气："清晚啊，辛苦你一下，帮忙对个戏吧。"

说着，他指了指前面的机器，季清晚侧头看去，扫到镜头内贝诗蕊那张脸，挑了下眉："哦，对哪段戏呢？"

导演翻了下剧本："就这，辱骂对峙的戏。"

季清晚看着远处的女人，勾了勾唇，点头："好啊，我可以。"

季清晚身上还穿着歌女的旗袍，导演让她去换一身民国女学生的校服。

季清晚从更衣室出来的时候，化妆间的人看见她感叹了一句："晚姐，你怎么穿什么都这么适合啊！"

季清晚听到后，也笑了一声："你比我更适合啊！"

发出感叹的人是剧里女主角的扮演者苏怡宝，刚出道的时候就饰演了金牌导演导的剧中的女主角，是炙手可热的女演员。她也以清纯甜美的形象出名，饰演这次的女学生完全符合条件。

苏怡宝摇摇头："唉，我现在已经被定型了，我也想演你的那个角色，但全被我的脸耽误了。"说完，她又问了句，"等下你要和贝诗蕊对戏吗？"

"是，怎么了？"季清晚坐在镜子前应了一句，身后的造型师替她重新调整发型，编出两根符合民国少女形象的麻花辫。

因为取景只取她的背影，造型上符合女学生就好。

苏怡宝眨了下眼："那……晚姐，加油。"

这话里的意思可是有很多的。

刚刚拍摄的时候，苏怡宝也是被拖了好一会儿，但有问题的不是她，而是贝诗蕊。导演被磨得骂人的心都没有了，才无奈找季清晚来搭一搭戏。

“季老师，可以了。”造型师收回手，开口示意。

季清晚点头道了声谢后站起身，身后的苏怡宝也跟着她一起往片场走。

“卡！”

导演拿着剧本敲机器，对着人大声喊道。

“你是木头吗？为什么没有一点儿表情，说了几次，隐忍，隐忍！你是之后要报仇的人，现在她对你做出这样的事，你就没有任何感觉？！”

贝诗蕊站在原地，周围的工作人员也有些不耐烦。她咬咬牙低下头，正打算道歉，一道声音忽然传来——

“刘导。”

前方的两道人影走了过来，苏怡宝先打了声招呼。

导演看见两人，面色稍缓，再看季清晚已经换好了衣服，连忙点头：“行，可以，快开始吧。”

贝诗蕊闻言，看着季清晚的打扮，疑惑地反问：“开始什么？”

“我让季清晚过来和你搭一搭戏，这次好好演。”导演解释了一句。

贝诗蕊一愣，看着季清晚发出质疑：“她和我搭戏？”

导演听着她的语气，眉头微皱，瞥了她一眼，侧头对着季清晚和苏怡宝点了点头：“开始吧。”

季清晚颔首，走到贝诗蕊面前，微笑道：“贝小姐，准备好了吗？”

贝诗蕊对上她的眼神，身子微顿。

苏怡宝在一旁看着两人，眨了下眼，默默在心里为贝诗蕊点了一根蜡烛。

一旁的工作人员见三人都准备好后，拿起打板，蹲在镜头前压板：“3 场开始！”

辱骂戏，顾名思义当然就是一个被人骂，一个负责骂。

而季清晚就是负责骂的那位，再带一个推人的动作。

镜头内季清晚站在角落，苏怡宝先开始自己的戏份：“宋晓，我和蒋霍枫的关系用不着你说，如果硬要扯上关系，我是他的未婚妻，这够了吗？”

贝诗蕊脚步微顿，镜头一转，落在季清晚的背影上，画面内一道平淡无奇的声线传来——

“城北蒋、詹、何、陆，蒋家独大，宋晓，你觉得你们宋家人哪来的资格攀高枝？”

她脚步向前移动，神情很淡，眼睛半睨着，瞳色棕冷，带着鄙意。

贝诗蕊对上她的那双浅眸，面色有些微白。

季清晚伸手正打算推一下她的肩膀，可手都还没碰到衣服，贝诗蕊就猛地往后退了一步。

“卡！”

导演拿着对讲机喊了句：“贝诗蕊，你躲什么？季清晚都没碰到你呢！”

贝诗蕊表情一僵，似是对自己的反应有些羞耻，小声道了歉。

季清晚收回手，轻笑了一声：“贝小姐，你在怕什么？”

被她点破，贝诗蕊顿了顿，几秒后扬起微笑：“季小姐，说什么呢，我没有怕啊！”

季清晚闻言，眼尾微扬。

拍摄重新开始，画面直接从季清晚伸手开始，她碰到贝诗蕊的肩膀，手腕微微用力。

贝诗蕊顺势借力，身子踉跄倒地。

季清晚眼眸半垂，睨视着，轻嗤道：“人总要有点儿自知之明，宋小姐。”

“卡！”

导演微微皱眉，依旧不满意：“这次比前几次好，但还是一样的话，贝诗蕊，你的表情呢？你怕什么怕，谁让你怕了？”

工作人员上前扶起贝诗蕊，季清晚顺势虚扶了她一把，贝诗蕊回神后看着她，眼眸微顿。

季清晚淡淡地收回手，看着她的神情，淡笑一声：“贝小姐，怎么了？”

贝诗蕊侧头，扯了下嘴角：“没事。”

那些台词总觉得有些意有所指。

“行了，怡宝和清晚先休息一下。”导演侧头扬了扬剧本，“贝诗蕊，补拍一下你的特写镜头。”

工作人员开始拉设备，苏怡宝得到休息令，走到季清晚旁边道了句：“晚姐，我们一起去休息吧。”

说完，她还朝一旁的贝诗蕊微笑着说了句：“贝小姐，加油啊！”

贝诗蕊：“……”

季清晚看着她吃瘪的表情，忍俊不禁，而苏怡宝也没管她，挽着季清晚直接往片场外的休息区走。

“她惹到你了？”两人走远后，季清晚转过头好奇地问道。

苏怡宝摇头：“没有，但就是看她不爽。”

季清晚想了想：“因为拍摄的事？”

“这都是小事，拍摄都会有这些状况的，只是她这个人的人品好像不怎么好。”苏怡宝侧头反问，“晚姐，你们不是同公司的吗？”

季清晚点头：“是，我和她的人设有点儿像，所以有竞争。”

苏怡宝皱了下眉：“哪里像了！晚姐你比她好多了，演技好，长得也好看啊！”

这马屁倒是拍得挺好的。

季清晚表示接受，点了点头：“嗯，我也觉得。”

苏怡宝没想到她这么不客气地承认了，愣了愣。

一般人对着夸奖至少还会谦让一下的。

“怎么？”季清晚勾了勾唇，“刚刚不是还在说我是吗？”

苏怡宝回过神，连忙点头：“是的。”

她回答完，看着季清晚的模样，突然开始犯花痴：“晚姐！你刚刚好帅啊！！”

“帅？”季清晚觉得好笑，“我不应该美吗？”

两人说着话，很快回到了休息区，季清晚发现夏夏不在。

一旁的苏怡宝先竖起大拇指：“又帅又美，就像昨晚综艺里的一样！”

季清晚眉梢一挑：“你也看了《极速大逃脱》？”

“看了啊，最近热度这么高。”苏怡宝还小声补充了一句，“而且嘉宾里还有盛瑜。”

看着她的小表情，季清晚随意一问：“你喜欢他？”

苏怡宝怕她误会，连忙摆手：“不是，不是，我只是欣赏，欣赏！”

“欣赏谁？”

一道声音传来，两人一顿，转身往后看去。

“林……裕河？”苏怡宝看到来人，愣了愣，开口道。

男人穿着一身黑西装，还戴着绅士帽子，一双桃花眼微微垂看着两位女士，嘴角带着笑容，一副花花公子的模样。

他是剧组里男二号的饰演者——林裕河。

虽然他是男团出身，但演技可圈可点，也演过几部大火的戏。

苏怡宝扫了一眼他的装扮：“你怎么穿成这样？”

林裕河单手插兜：“角色要求。”

苏怡宝“哦”了一声：“还蛮配你的。”

林裕河和苏怡宝两人年纪相仿，之前也有过合作，关系相对于其他人会更加熟络。

林裕河对站在一旁听着两人对话的季清晚问了声好：“季前辈。”

季清晚扬了扬眉：“不用叫我前辈，叫我名字就好了。”

林裕河想了想：“那我叫您晚姐。”

季清晚随意地点点头，见他手里拿着剧本：“找我对戏吗？”

林裕河应了一声：“我想先熟悉一下。”

苏怡宝凑上脑袋去看他的剧本：“你们等会儿要拍什么？”

“舞厅那部分。”林裕河回答。

“哇！”苏怡宝眼睛一亮，“我可喜欢这部分了！”

林裕河无奈：“你喜欢，但这也难演，我完全没头绪，所以才来找晚姐对戏。”

季清晚拿起剧本点点头：“这部分确实有点儿难抓，你要从头开始试一遍吗？”

林裕河想了想：“我只要试试感觉就好。”

“好。”季清晚翻看着剧本，“那我们先对台词。”

苏怡宝听到这话，自觉地搬着小板凳坐好：“我准备好了，你们开始吧！”

季清晚被她逗笑：“那你这个观众也可以指点一下我们。”

苏怡宝比了个“OK”的手势，一旁的林裕河先开口说出了自己的台词。

季清晚等他说完，抬头看向他正要开口，片场外忽地传来了一阵喧闹声。

尖叫声此起彼伏，阵势好像有点儿大。

“怎么了？”

苏怡宝站起来往那边看去：“那边发生了什么事？”

林裕河拿出手机，看了眼微博：“我好像知道是什么事了。”

“什么事？”

林裕河看着屏幕上的标题，念出：“盛瑜老师在附近有个行程，然后遭到粉丝围堵了。”

季清晚闻言一愣。

苏怡宝惊讶不已：“你确定是盛瑜老师？”

林裕河点了点头：“都上话题榜了，你可以看一下。”

季清晚单手拿出手机解锁，点开微博。

金灿灿的首页话题榜上有几条标着“沸”的标签。

“太疯狂了吧！”

苏怡宝看着最新的路透微博，文字下还配了一张图。

道路上的保姆车停滞不动，四周的粉丝争先恐后地围着车辆，完全可以用“人山人海”来形容。

季清晚也看到了这张图，不自觉地拧了下眉。

“中午休息啦！”片场的工作人员喊话示意大家。

苏怡宝闻言先道了句：“我们先休息吧。晚姐，要不要和我们一起去吃午饭？”

季清晚捏着手机，摇摇头：“你们去吧，我还有点儿事。”

两人应了句，一起转身离开。

季清晚站在原地，打开微信找到某人的对话框，打字问他，还没点击发送，手机突然一振，夏夏给她发了信息：“晚总，来一下休息间！！”

这短信有点儿莫名其妙。

过了几秒后，夏夏又发来一句：“紧急！！”

季清晚见此也不多问，迈步往自己的休息间走，刚走近就看到站在门口的夏夏。

“怎么了？”季清晚走到门前问道。

夏夏伸手朝房间指了指：“我们先进去吧。”

季清晚见她神神秘秘的，单手握住门把，转动打开，随口问了句：“你有什——”

话音随着她的动作发出，她边说边抬头往屋里看去，然后整个人僵住——

她看到了一个男人。

休息间内，一位男人侧坐在沙发上，身着简单的风衣外套，头戴黑色的鸭舌帽。他长腿交叠，手肘撑在膝上，一手支颐，神态悠闲，似是在等人。

不过看不清他的面容——他戴着黑色的口罩，只能瞧见那人修长漂亮的手指，骨节分明。

听到门外的动静，男人微微偏头看来，单手轻抬鸭舌帽帽檐，现出一双深邃的眼睛。

季清晚撞入他的瞳仁，脚步骤停，表情有些讶异：“你怎么……”

身后的夏夏出声示意："晚总，我们先进去吧。"

季清晚点点头，迈步走进屋内，可裙摆被门边钩住，她脚步一错，身子踉跄了一下。

眼见就要倒地，正要伸手的夏夏被人抢了先。

男人伸手扶住了季清晚纤细的手腕，单手揽过她的腰肢，稳住她的身子。

季清晚趴在面前人的身上，头撞到他的胸膛，皱了下眉，抬头看向他那明显的下颌线条。

"做什么？"盛瑜半垂眼，扬了扬眉，"一来就抱我？"

季清晚看着他的眼睛，被哽了一下："是意外。"

"季老师和我的意外可真多。"

见她站稳后，盛瑜收回手。

季清晚微笑："说明我和盛老师有缘。"

盛瑜语调稍疑："怎么不是有缘千里来相会？"

这人总是这样，季清晚不甘示弱地回了句："现在不是来会了吗？"

盛瑜愣了愣，还真没想到她会这样回答，他垂眸笑了一声："对，现在来会了。"

笑声被口罩覆盖着，低低的，带着些细碎的倦懒。

季清晚没管他，问起正经事："你怎么在这儿？"

盛瑜随手摘下帽子和口罩，懒洋洋地回："被你的小助理捡回来的。"

刚刚夏夏出去买饮料，半路上在粉丝群里看到了盛瑜最新行程的消息。

因为地点就在这儿附近，所以她想都没想就直接跑了过去。

可明显她的消息太迟了，她人赶到的时候，盛瑜的车早就被粉丝堵在了路上，无法移动。

夏夏差点儿想冲上去维持秩序。

她拿起手机朝着人群拍了几张照片后，准备发在粉丝群里提醒大家，却翻到一张照片，发现了街道对面的一道人影。

她眼眸微张，虽然人影有些模糊，但那气质、那身姿，她绝对不会认错！

夏夏立马收起手机，快速迈步往街对面跑去，追上了男人。

她张嘴正打算喊美玉，忽然想起现在的情况，可还没想明白自己要叫什么，嘴巴快过脑子，直接叫了句："季清晚！"

话音落下，奇迹出现了。

她看着前面那道修长的身影顿了一下，然后微微侧头看来。

夏夏表情骤僵："……"

她刚刚叫的是季清晚没错吧？

之后的事很简单，也很莫名，夏夏找到盛瑜后，把他带到了片场。

此时休息间内，季清晚听着夏夏自动略过叫自己名字的解释后，大致明白了整个过程，她侧头看向一旁的男人："你怎么会被堵在路上了？"

"行程被泄露了。"盛瑜随意回了句。

季清晚一猜就是这样，想起别的："那你来这儿，唐志文知道吗？"

盛瑜眉梢微挑："这是要赶我走？"

"没有。"季清晚好笑道，"只是怕盛老师忘了说，让经纪人担心。"

依着这少爷的性子还真有可能干出这事。

但盛少爷让她白担心了，他和唐志文说过自己来这儿了。

当时唐志文听到他的报备后，觉得这人还真的逃不开季清晚了，两人在哪儿都能碰到。

或许这就是姻缘，牢牢的那种。

莫名被扯上姻缘的季清晚，听到盛瑜的回答后点点头。

而盛瑜看着她的打扮，淡淡地问："季老师这是演的女学生？"

她身着民国学生装，一件蓝衬衫搭配一条黑裙。

季清晚低头看了眼自己身上的服装："这不是很明显吗？"

盛瑜的目光落在她的麻花辫上，好奇地问了句："为什么要扎这种发型？"

季清晚眨了下眼："不觉得清纯可爱？"

"哦，不觉得。"

"……"

一旁听着两人对话的夏夏差点儿笑出声，轻轻咳了咳，然后默默举手示意："晚总，中午了，需要我去拿盒饭吗？"

季清晚闻言转头问少爷："你中午吃了吗？"

盛瑜语气懒散："没吃。"

"那要和我一起吃盒饭吗？"季清晚想了想，又添了句，"或者我带你去外面吃？"

"盒饭？"盛瑜抬眸看向她，"好吃吗？"

季清晚点点头："我觉得不差。"

《繁夜》剧组的伙食还是不错的。

"行。"盛瑜应了一声，"那我试试。"

夏夏得了话，自觉地出去给两位带饭。

屋内只剩两个人，季清晚坐在沙发上，看了眼时间："你下午没事吗？"

盛瑜听着这话，觉得不对，轻"嘶"了一声："你这么着急赶我走？"

季清晚眨了下眼："你下午不走？"

盛瑜不答反问："你下午有拍摄？"

季清晚应着："有啊，还挺重要的。"

盛瑜慢悠悠地点头："那我下午向季老师学习一下。"

季清晚："……"

这有什么好学习的。

懒得理他，季清晚直接拿起剧本翻看。

盛瑜见她如此，也不打扰她，低头玩手机。

没等多久，夏夏就提着盒饭小心翼翼地回来了。

季清晚瞧见她这副模样，眼尾微扬："你在演谍战剧吗？"

夏夏摸了摸鼻子，小声道："我这不是怕美玉被人发现嘛，而且如果被人看到您的房间里走出来一个男人也不好。"

"被看到会怎么样？"盛瑜好奇这点。

夏夏立马回答："会说我们晚总偷藏、幽会男人！"

盛瑜闻言"哦"了一声，侧头看了眼身旁的女人。

季清晚觉得这声"哦"有点儿意味深长："盛老师想做什么？"

盛瑜朝夏夏手中的饭盒扬了扬下巴："想吃饭。"

这人明显是在扯开话题，而夏夏完全没发现，连忙把手里的盒饭分给两人。

她朝季清晚递筷子的时候，突然想起刚刚碰到的人："晚总，化妆老师说等您吃完饭后再改造型。"

季清晚闻言点头，应了一声。

一侧头，她就看见旁边的少爷自然地拿着木筷。

盛瑜察觉到她的目光落在自己的筷子上，语调稍抬："嗯？要我喂你？"

季清晚无语地扭头，老老实实吃饭。

今天的菜是两荤两素，可偏偏两样素菜里都加了香菜点缀。

季清晚一打开盒子就闻到了香菜味，她皱了下眉，看着那两道菜，自觉略过，吃了几口饭和荤菜。

夏夏也看到了，连忙开口："对不起，晚总，我忘了你不吃香菜。"

季清晚摆手："没事，你先吃饭。"

盛瑜扫了眼自己的两道素菜，夹着筷子移动着。

季清晚余光看到身旁人一直重复的动作，转头又见他正在挑着菜里的香菜。

她稍稍疑惑："你在干什么？"

盛瑜夹着最后一点儿菜叶，随后把菜推给她："吃吧。"

季清晚一愣："吃什么？"

"不是不吃香菜？"盛瑜淡淡地瞥了眼菜盒，"挑出来了。"

"你……"季清晚一顿，话到嘴边又转了转，"辛苦盛瑜老师。"

"是辛苦了。"盛瑜点头，语气散漫地添了句，"挑得我眼睛都瞎了。"

都是绿色蔬菜，就和找碴儿没两样。

季清晚被逗笑："又没人逼你挑。"

"不行，怕我们季老师营养不均衡。"盛瑜抬眸看向她，尾音稍勾，"我会心疼。"

话音落下，季清晚骤顿，一旁夏夏夹菜的筷子松开，表情震惊。

停了几秒后，就又听男人慢悠悠地说："身为粉丝。"

"……"

季清晚和盛瑜对视，那双漆黑的眼眸，深邃中隐匿着隐晦浮沉的情绪。

她呼吸一停。

压着心跳，季清晚面色平静地移开视线，拿起筷子夹起他辛苦挑好的菜。

夏夏闻言，干笑了几声："哈哈哈，美玉，你也是晚总的粉丝吗？"

盛瑜不疾不徐地说了一声："这个问你们晚总。"

见他把问题甩给自己，季清晚微笑道："先吃饭吧。"

盛瑜抬了抬眉，没搭话。

下午主要拍摄季清晚和林裕河的戏份。

午饭结束后，季清晚让夏夏领着盛瑜去片场，自己先去化妆间改造型，把身上的学生装换下来。

盛瑜依旧戴着口罩和帽子，夏夏怕他被认出来，给他拿了个工作人员的证件牌。

片场内，林裕河和季清晚相继从化妆间走出来，盛瑜站在后头休息区看着，蹙眉问夏夏："她不是演学生？"

影棚搭成了 20 世纪的歌舞厅，女人身着艳红色的旗袍装。

丝绒布料包裹着女人姣好的身姿，腰肢纤细，旗袍单侧开衩，并不暴露，隐约可以看见雪白的大腿外侧，似有若无，很是吸引人。而两侧的开衩由两颗盘扣扣起，腰收紧，花纹是几朵刺绣的牡丹花。

夏夏眨了下眼，摇头解释："不是啊，晚总饰演的是歌女。"

盛瑜闻言眉蹙得更深，目光扫到她身旁的男演员，沉声问："这场戏演什么？”

夏夏听着他的语气，莫名咽了咽口水，小心翼翼地开口：“这场晚总要演……亲密戏。”

话音落下，她就听到身旁男人的冷嗤声。

寒潮来临一般。

夏夏打了个寒战，脑子里默默闪出四个字——

晚总要完。

下午的戏份虽然是亲密戏，但其实两位主演没什么实质性接触，只是内心戏多。

大概的剧情是男二号秋博在歌舞厅内再次遇见歌女姚语，对她心存好奇，意欲搭讪。

五色的灯光摇曳着，台上的歌女低低吟唱着歌曲，台下摆放着桌椅，客人们正坐着饮酒谈话，偶有几对男女伴着歌声在起舞。

一侧的吧台旁，女人身着旗袍半倚坐着，一手端起酒杯轻摇。

“言吾小姐，您还是少喝点儿吧，待会儿您还要上台呢。”身后的酒保擦着酒杯，出声示意。

姚语眼尾微挑：“唱歌不就是要慢慢唱？喝酒当然也一样。”

酒保有些担心：“可您等会儿如果醉了怎么办？”

“她醉了，我来扶。”身后忽然传来一道男声。

姚语循声看去，来人一身西服套装，领带一丝不苟地系着，他对上女人的视线，单手摘帽收于胸前，躬身行了一个标准的西式绅士礼。

“言吾小姐，又见面了，我们还真是有缘。”

语调轻佻，却并没有让人不适。

姚语扫了眼他身上价格不菲的西服，再看了看他英俊的面容，一眼就可以判定对方是世家子弟，而且是个花花公子。

她浅笑着单手撑面，眸光悠悠地扫过他，红唇微启：“这位少爷，您和我见过吗？”

秋博笑了一声，道：“前日徐家宴会，小姐忘记了？”

姚语眼眸微闪，嘴角笑容不变："哦，原来是秋少爷。"

秋博点了点头，拉开一旁的座位，侧头示意："言吾小姐，不介意一起喝一杯吧？"

姚语勾唇问："我介意，秋少爷就会走吗？"

秋博扬了扬眉："当然，君子不强人所难。"

姚语闻言，轻笑了一声。

秋博不明白："言吾小姐笑什么？"

"秋少爷，您知道来这儿的什么人都有，可……"话音拉长，姚语抬眸看向他，淡笑着拖着音道，"可除了君子。"

女人的眼睛很漂亮，眼形好看精致，睫尾上扬。而让人难以忘怀的是她的瞳色，淡淡的棕色，影影绰绰地折着银光。

对视时，她的目光总是先慢慢抬起，配上她夺人眼的红唇和浓烈的妆容，不仅不腻，反而染上了一丝倦意与慵懒的气息。

带着疏离懒散的媚。

迷人得要命。

秋博对上她的眸子，愣了一秒，不动声色地找回状态，微微俯身凑近她，轻声问："那言吾小姐是什么人？"

姚语看着男人近在咫尺的面容，淡笑不答，悠悠反问："秋少爷觉得呢？"

"我觉得……"秋博的嘴唇落在她耳边，低低道了句，"是位美人。"

两人的身子保持着距离，外人看来却是情侣在耳语，透着亲密。

姚语微微垂眸，勾唇似笑非笑，伸手抵着身前人的肩，轻轻推开："秋少爷，说笑了。"她抬起眼帘，慢悠悠地开口道了句，"我只是个歌女，哪里算得上是美人。"

话音落下，姚语留下了一句："您好好玩。"

她起身慢步离开，走时，秋博抬眸就瞧见前边的女人毫不掩饰地拿出手帕擦了擦自己的手，然后随手扔在了一旁。

那手——刚刚碰过他。

"卡！"

在监视机器后的导演拿起对讲机示意结束：“很好，这条可以。”

走出剧情的季清晚转身回来，林裕河连忙站直道了句：“晚姐，对不起，我刚刚差点儿跑戏了。”

季清晚也发现了，摇摇头：“没事，导演都说过了，应该就可以的。”

林裕河想起刚刚的失神，还是有些不自然。季清晚眉梢微挑，抬手正打算拍拍他以示宽慰，忽然感到背后发凉。

从刚刚开拍开始，身后就一直有道视线投来，如芒刺背。

她不用猜都知道是谁。

季清晚转身朝自己的休息点望去，就见那道高挑修长的身影站在树下，帽檐下的漆黑眼眸，直直地朝这儿看来。

即使口罩遮住了，也可以猜出他此时的表情是冷淡的。

男人一双眼漆黑又深沉，似是乌云笼罩，压着浓浓的情绪，波涛翻涌，大有山雨欲来的征兆。

季清晚与他对视了三秒，下一秒，男人垂下眼睑，先行移开视线。

季清晚看着他这样，嘴角无声地微微上扬。

面前的林裕河注意到她此时的笑颜，有些好奇地顺着她的目光看去，却只看到了她的助理和一个戴着帽子和口罩的奇怪男人。

工作人员？

“清晚，裕河，你们俩过来再补个特景。”导演的声音传来。

两人没耽搁，应了一声，重新开始拍摄。

这边的夏夏一直处在低气压下，虽然平常美玉也看着冷漠，不是很平易近人，气场强大，但是他现在这个样子，谁顶得住？

她默默地望着那边的季清晚，心里直呼：晚总，您早点儿结束拍摄来救救我吧。

衣兜内的手机响起，盛瑜拿出来看了一眼，是唐志文打来的电话。

“盛少爷，你在哪儿呢？”

“片场。”

“……”唐志文咬牙，“片场那么大，我上哪儿去找你啊？”

盛瑜现在没心情和他说明自己的具体位置，侧头问了句夏夏：“这里是哪儿？”

夏夏愣了愣，报了个地名。

答完，她想了想开口：“这儿的地形有点儿复杂，我可以去接一下。”

盛瑜闻言，转头看着她点头道了句：“麻烦你去一趟，谢谢。”

夏夏连忙摆手：“没事的，我现在去吗？”

“嗯，我经纪人在门口。”

夏夏认得唐志文，点点头：“好的，我现在去。”

她转身往片场外走，盛瑜对着唐志文道了句：“有人来接，挂了。”

唐志文：“……”

电话挂断，盛瑜看着前面歌舞厅内的男女，收起手机，有些烦躁。

不巧，有人偏偏在这时候往枪口上撞。

下一场有贝诗蕊的戏份，她带着助理来片场，身旁小助理的念叨声响起。

“蕊姐，您还是好好工作吧，季清晚也在这儿，如果闹出事情不太好。”

贝诗蕊瞥了她一眼，不满道：“我凭什么要让着她？”

小助理面上保持着微笑，心里早就骂骂咧咧了：“不是让，是为了您。您想想，如果在剧组发生了事情，对后面的宣传也会有影响的。”

贝诗蕊皱了皱眉，可能觉得这话有点儿道理，难得没有反驳。

她迈步向前走，下意识往季清晚的休息区看去，扫到树下的人时，一愣。

男人身着浅色系的风衣，个子很高，头微垂，鸭舌帽和口罩遮挡了他的面孔。

但他身形修长挺拔，气质又出众，在这来来往往的工作人员中格外显眼。

她脚步微微移动。

余光扫到有人接近，盛瑜抬起头看去。

贝诗蕊对上他的眼睛，愣了愣：“你是谁？”

盛瑜没回答，贝诗蕊瞥了眼他的工作证，有些疑惑：“你是季清晚的助理？”

“嗯。”

男人发出一个低沉的音。

贝诗蕊觉得不对，开口又要问什么，却被人打断。

“贝小姐。”跑回来的夏夏喊了一声，下意识挤入了两人中间，挡住身后的人，礼貌问她，“您找我们助理有什么事吗？”

贝诗蕊顿了顿，微笑摇头：“没事，只是看他这打扮有点儿奇怪，还以为季小姐带了什么人过来玩。”

夏夏皱了下眉：“您误会了，他是我们的助理。因为有点儿感冒，所以才戴了口罩。”

听她这样说，贝诗蕊也不好继续问，点点头，转身领着小助理离开。

人走远后，站在远处的唐志文才走上前，问了句：“什么情况？”

盛瑜沉着声道：“没事干的人。”

唐志文猜测：“认出你来了？”

“没有。”

夏夏闻言松了口气：“那就好，我怕她又要搞我们晚总。”

唐志文好奇地问：“她是谁？”

肯定不是个一二线明星，他都不认识。

“贝诗蕊，和我们同公司的。”夏夏简单解释。

唐志文听着这名字觉得有点儿耳熟，想了想：“哦，总是和你们晚总比的那个？”

夏夏点点头：“是的，但她是比不过我们晚总的。”

唐志文被逗笑，想起就只有盛瑜一个人在这儿，奇怪地抬头看了眼前面的片场。

果然，第一眼就看到了那位季小姖，还有旁边那位男演员。

“那是季小姐的男搭档？”唐志文问了句。

夏夏点头：“是的，那是男二号。”

唐志文闻言赞扬道：“看着还挺配的。”

话音落下，身后的男人突然发出一声轻嗤：“你眼瞎了？”

夏夏："……"

唐志文："……"

他忘了这位爷在。

"不是。"唐志文不怕死地又说了句，"演员肯定要找个看着般配的嘛！"

盛瑜抬眸看他，意思明了。

唐志文连忙摆手："当然，只是看着配。"

夏夏点点头，求生欲很强。

盛瑜垂着眼睑，语气很淡："还走不走？"

这话是问唐志文。

唐志文眨眨眼："看你啊，你要留在这儿也行。"

"我在这儿干吗？"盛瑜懒懒地瞥了他一眼，直接提步往外走。

看着他头也不回地离开，夏夏愣了愣。

唐志文内心腹诽，这人怎么没别扭死！

他朝夏夏打了个招呼后，迈步追上前头的祖宗。

另一边，注意到男人离去，贝诗蕊看着他身后似是还跟着一个助理，眯了眯眼，侧头对着助理低声嘱咐："一会儿你去查查那个男人什么时候过来的，和季清晚什么关系。"

小助理出声："蕊姐，那不就是个助理吗？有什么好查的？"

贝诗蕊皱眉："叫你查就去查，哪儿来那么多废话！"

小助理低头："……好的。"

第十一章

独占

下午的时候工作室发文表示盛瑜没事，但也表达了希望粉丝理智追星，不要过于偏激。

从片场出来后，唐志文坐在车里正讲着这事，可说了半天也没得到回应，于是转头看去：“你有没有在听我说话？”

男人靠坐在车椅上，眼睑半垂着，表情很淡：“和我有关？”

唐志文一噎，这确实和他没什么很大的关系：“但你好歹也要回几句啊，怎么能让我在这儿自言自语！”

盛瑜眼皮都懒得抬：“那就别说话。”

“……”

“盛瑜，你今天怎么回事啊？”唐志文被气笑，“说话总是奇奇怪怪的。”

“是吗？”

盛瑜侧头睨了他一眼，语气无波无澜。

唐志文被他的眼神一压，挺直腰板，轻咳了一声：“你看看你自己的脸色，从片场出来到现在一直冷着个脸。”

盛瑜沉默。

唐志文开始讲道理：“季清晚是演员，总会和别人有亲密戏的，你总要理解吧？”

盛瑜轻嗤一声：“我理解什么？”

“可别，您还真的需要理解，再不理解……”话音拉长，唐志文皱了皱鼻子，扫了他一眼，“哎呀，这儿的醋味可真大。”

盛瑜直盯着他，眼眸漆黑一片，泛起暗涌。

唐志没出息地咽了咽口水：“不是我说啊，你下次把你的眼神收一收，如果不想让季清晚发现你的心思的话。”

盛瑜眼睑低垂：“我对她有什么心思？”

“嘿，别装了，刚刚在片场我都怕你把人家男演员恨上。”唐志文抄手，“而且你觉得能骗得了我吗？每次见到季清晚，你就没个正常的样子。”

盛瑜淡淡地说道：“我觉得我很正常。”

“正常？”唐志文掰着手指头给他算，“上次《青色》的事，还有专辑的事，包括综艺的事。你说说你这懒性子，如果按着平常来，你会搭理这些事情？”

盛瑜闻言掀开眼睑，突然笑了一声：“她是我的魔障吗？”

唐志文瞥了他一眼：“还真说不准。”他轻“啧”一声，“每次你见到人家的时候，就差把‘喜欢’两个字写在脸上了。我都觉得腻得慌，怎么季清晚就没发现你的心思？”

盛瑜没接话，闭了闭眼，停了几秒后，他身子向后一靠，叹了口气。

下一秒，唐志文就见他眼睑半垂，神情淡然，扬起熟悉的散漫的语气：“就是啊，连你都发现了，她怎么没发现？”

这语气听着还有点儿幽怨。

“不是。”唐志文瞪眼，“什么叫连我都发现了？”

盛瑜给了他一个眼神，唐志文突然意识到别的重点：“等会儿！你现在是承认喜欢人家了？”

盛瑜表情平静：“我没说过不喜欢她。”

“你也没承认过喜欢！”唐志文瞪眼反问，“敢情你一直对季清晚有这心思，所以才去接近她？”

盛瑜轻嗤道："我如果有心思，还能沦落到现在这种情况？"

眼睁睁看着她和别的男人卿卿我我，还只能自己生闷气。

憋屈得要命。

唐志文知道这人的自我定位很清晰，点点头："哦，确实，难得你居然还会喜欢上女人。"

盛瑜听到他的用词，扯了扯嘴角："我不是和尚。"

唐志文："……"

"辛苦了，晚姐。"林裕河结束拍摄，转身对季清晚礼貌致礼。

季清晚颔首："你也是，明天加油。"

两人打完招呼后，季清晚先下场往自己的休息点走，夏夏见她过来，连忙拿着衣服迎上去。

季清晚接过衣服披在肩上，扫了一圈也没见到那个男人。

夏夏注意到她的视线，小声解释了刚刚唐志文过来接人的事，然后顺便也把贝诗蕊和盛瑜的对话复述了一遍。

季清晚闻言，眉心皱了皱："认出来了？"

夏夏摇摇头："应该没有，我马上就挡住了美玉，而且贝诗蕊看着不像是认出他来的样子。"

"好，先下班吧。"

季清晚也不怕贝诗蕊发现什么，带着夏夏往自己的休息间走。

卸完妆，换了造型后，季清晚正准备起身往外走，手机忽然响起。

她看了眼屏幕，是任尤州那位少爷。

"季大明星，听说你在南城附近拍戏，结束没啊？"他那花花公子的腔调从话筒里传来。

"刚结束，怎么了？"

"哟，那正好，要不要赏个脸到我这儿玩玩？"

季清晚想都没想，直接拒绝："不要。"

任尤州毫不意外，道："不要也得要，我人都到你们这儿了。"

"……"

季清晚有些无语："那你问我干什么？"

"客套话总要说一句啊。"任尤州轻啧了一声，"快点儿出来，我在停车场这里。"

季清晚懒懒地应了一句，随即挂断电话，带着夏夏往停车场走。

"等会儿你先坐车回去。"

"啊？"夏夏眨眼，"那您呢？"

季清晚扫了一圈车库："我有点儿事，你先回去。"

这熟悉的话让夏夏眯了下眼："晚总，您不会又要去蹦迪吧？"

之前她也是这样说的，结果跑去了寺庙。

"想什么呢！"季清晚觉得好笑。

夏夏觉得她应该不会出什么事，但还是嘱咐了一句小心点儿，然后老老实实地往保姆车位走。

司机驾驶着汽车往车库出口开。

季清晚站在原地，正打算低头给任尤州发信息，一道车鸣喇叭声忽然响起。

她循声看去，瞧见是一辆黑色的跑车。

车子行驶到她的身旁，季清晚抬眸看了看车窗上自己的影子。

细微的机械声响起，主驾驶位上的车窗摇下。

男人戴着墨镜，偏头看来，勾唇一笑："美女，要搭车吗？"

季清晚垂着眼看他："戴什么墨镜，眼瞎吗？"

任尤州："……"

看着他吃瘪的表情，季清晚勾了勾唇。

还真是天道好轮回，苍天绕过谁。

谁叫他之前也埒她戴墨镜。

三号出口，贝诗蕊拿着手机走出电梯，迈步向前往车位方向走。

她正低头给助理发信息，催助理快点儿下来，等了几秒还没收到回复，有些烦躁地抬眸，脚步忽然一顿。

在众多车辆中，那辆跑车显得异常突兀，但车边那道纤细的女人身影，更让人意外。

贝诗蕊目光扫过，落在车牌标上，她见过，是有一次在季颢那儿看到的，这辆车的零头就是她一部剧的片酬。

她还未回神，就见驾驶座上的车门被人打开，男人弯腰下车，长得很高，身着深蓝色的西装，领带有些松散，颇为风流倜傥。

一副墨镜架在鼻梁上，遮住了眉眼，他单手搭在车边，歪着脑袋对着面前的女人似是在说笑。

贝诗蕊看见男人高挑的身影，表情一顿，有些眼熟。

卡了半秒后，她终于想起在哪儿见过这个男人。

上次的会所，季家宴会上。

同样是和季清晚。

贝诗蕊回过神后就见前面的男人不知道说了什么，女人冷笑了一声，伸手扯了下他的领带。

举止自然、亲密。

贝诗蕊蹙眉盯着前边的这对男女，忽然联想起了下午那个奇怪的口罩男人。

身形有点儿像。

她眼眸微闪，低头看了眼手机，默默退到一旁，看着对面浅笑的女人，她扯了下嘴角，无声举起手机。

这边季清晚和人互撑了几句后，迈步绕过车头往副驾驶位置走去。

任尤州也坐进车内，见她系好安全带后，踩下油门，驾车往出口行驶。

“去哪儿？”季清晚看了眼窗外沿路倒退的绿化带。

“都这个点了，当然是去吃饭。”任尤州侧头看了她一眼，“你可别和我说不吃饭。”

女明星需要严格控制体重，之前每次要吃点儿什么，季清晚总是说不吃，要减肥。

季清晚挑了下眉：“知道我不吃，为什么还来接我？”

任尤州开始做戏：“我这不是身为哥哥，过来关心你嘛！”

任尤州只不过比她早出生半个月，就一直以哥哥的身份拿腔作势。

季清晚瞥了他一眼："哦，哥哥您怎么就关心我了？"

"哥哥"两个字的音咬得过重。

任尤州闻言轻咳了一声："我看你在综艺里为盛瑜'死'了，所以过来安慰安慰你。"

季清晚被逗笑："就因为我'死'了？"

"这是一半。"任尤州单手转动方向盘，进入车道。

季清晚眼尾上挑："任总还有什么其他理由？"

"还有一个……"任尤州堆起笑容道，"无聊，过来看看你而已。"

季清晚："……"

有病！

任尤州看着她的表情，轻笑一声："没别的，是家里的老爷子叫我带你去吃顿饭。"

季清晚没料到："任爷爷怎么叫上我了？"

任尤州无所谓地开口："能有什么事，说是很久没见着你了，想你了。"

季清晚直觉不对，侧头眯了下眼："你做了什么？"

任尤州舔了舔唇，咧嘴一笑："好妹妹，你到时候就知道了。"

二十分钟后，季清晚坐在包厢内，保持着微笑，心里却想掐死任尤州。

"季小姐的电影我都有看过，很好看。"

对面温润的女声传来，季清晚对上她的视线，微笑着道了声谢。

"小颜啊……"

一旁的老爷子出声问了女人一些别的话。

季清晚松了口气，转头正打算瞪一旁正在舒服吃饭的任尤州，却被桌面上的手机振动打断。

盛瑜："戏拍完了没？"

他这信息发得有些突然，季清晚愣了愣，低头打字："拍完了。"

盛瑜："哦，现在回家？"

季清晚无奈打字："没有，还有工作。"

盛瑜看着回复，眉心蹙起，不爽地问她："做什么？"

信息发完，他等了几秒后，那边又回复了一条信息——

"在相亲。"

季清晚也没想到自己会着了任尤州的道。

刚刚她走进包厢，里头的两人循声看来，明显愣了一下。

任家老爷子先看见季清晚进来，微微皱眉："阿晚，你……"

刚出声，后头跟着进屋的任尤州出声打断："爷爷，您不是一直喊着想阿晚吗？我今天特地带她来见见您。"

任老爷子哪能不知道这小子的意思，他扫过任尤州的笑脸，差点被气到了。

气氛莫名安静，季清晚目光落在老爷子身边那个端庄女人的身上。

她身着淡色的典雅礼服，面容清秀姣好，安安静静地坐着，颇有大家闺秀的气质。

这一男一女，还带着长辈……

季清晚看着这场面，已经猜到是什么情况了。

她侧头冷睨了一眼任尤州，扭头颔首先道了句："爷爷，我还有点儿事，改日再来拜访您。"

任老爷子知道她懂事，笑着点点头，正要说话，任尤州一把拉住她，将她按座位上，懒懒散散地开口："不用改日，就今天吧。"

肩膀被他按着，季清晚不好起身。

任老爷子见他这举动，面色微沉，一旁的大家闺秀及时出声："任爷爷，没事的。"

她转头看着季清晚先起身开口介绍："季小姐好，我是苏颜。"

季清晚扬起微笑，颔首道："苏小姐。"

任尤州出声示意："两位先坐着吧，吃饭要紧，有的是时间，慢慢来。"

慢慢来？

季清晚微顿。

任老爷子闻言，视线扫去："你给我出去！"

任尤州完全不怕："老头，你这就不够意思了，人是我带来的，怎么还赶——"

话音猛地一停，就见男人面色僵硬，脊背挺直，低头，身子微颤。

对面苏颜看着任尤州莫名的举动，眼神稍疑："任先生怎么了？"

桌下，季清晚一脚踩上他的鞋尖，力度加大。

她神情自若，对着苏颜浅笑说："他没事，苏小姐放心。"

苏颜闻言点了点头，她看着面前素颜依旧漂亮的人，嘴角笑容上扬："季小姐和任先生关系真好。"

苏颜刚刚确实没想到任尤州会出现。

他不想来相亲，她是知道的，而她过来也纯粹是因为家里的要求。她以为按着这少爷的脾气应该不会来，没想到他不仅来了，还带了个女人。

女明星季清晚。

和他们完全不搭的身份。

娱乐圈里只要是有点儿名气、人也长得好看的，总会让人不免得想些别的。

任尤州抽回自己的脚，忍着痛意，扯了扯嘴角，无所谓道："我和她都可以谈婚论嫁了，苏小姐觉得关系好不好？"

苏颜笑意一顿，没料到他会这么说。

她微微侧头看了眼身旁的任老爷子，见他只是皱了下眉，却没有反驳。

她心思微动，结合刚刚任老爷子的态度，可见这季清晚不是个普通人。

"任尤州，给我好好说话。"任老爷子发话警告。

季清晚也侧头看向他，勾着嘴角淡声道："他可能是见到苏小姐太激动了，连话都不会说了，是吗，哥哥？"

声线带笑，却有些冷，特别是最后的称呼。

任尤州很识相地点头：“嗯，吃饭吧。”

餐品摆上桌后，季清晚随意吃了几口简单的蔬菜和水果，而任老爷子一直带起话题让任尤州和苏颜聊天。

但任尤州完全把季清晚当挡箭牌，答了几句后就扯到她。

苏颜也不为难，主动和季清晚说话，称赞她人美又演技好。

季清晚客气地微笑应着，低头看了眼手机微信的聊天界面。

上头最新的一条是她的“在相亲”，而对方到现在都还没回复。

她眨了眨眼，不知道想到了什么，勾唇微扬。

对面不知道谈到了什么，苏颜的声音传来：“爷爷说笑了，季小姐这么优秀，肯定也有不少追求者的。”

任老爷子笑了一声：“她这丫头也不知道有没有人喜欢，家里人应该也蛮急的。”

任尤州闻言挑了下眉：“她可有的是人喜欢，娱乐圈里的帅哥这么多。”

这话说得意有所指。

苏颜笑了一声：“季小姐工作中碰见的男生确实帅气，我前几天看了季小姐的综艺，嘉宾都很好看，好像里面还有那位盛瑜。”

任老爷子没听过：“盛瑜？”

任尤州在一旁“哦”了一声，解释道：“就是一个男艺人，他和阿晚合作过几次，两人郎才女貌。”

任老爷子睨了他一眼：“你倒是清楚，看来不忙啊！”

任尤州面色淡定：“我这不是关心我们阿晚嘛，怕她被人骗。”

完全没办法插话的季清晚：“……”

话题有些跑偏，老爷子转了回来，催着任尤州和苏颜聊天。

季清晚在一旁看戏，但任尤州这人是个人精，明显就不想相亲，一直在胡说八道。

最后她待不下去了，正想借着上厕所的理由出去透透气，手边的手机忽然振动起来。

她低头扫过，拿起手机向三人示意，起身往外走。

一旁的任尤州自然也扫到了她的手机，看着她离去的背影，眼神透着意味深长。

走道上有些安静，季清晚退到一旁的角落，接通来电：“喂？”

话筒那头一片寂静，只有细微的电波传来。

停了几秒后，一道低沉沙哑的声线响起：“相亲？”

季清晚身子一顿，突然不想解释，微微垂眸：“嗯。”

对方停了三秒后，季清晚似乎听见了钥匙声，还有男人不爽的声音：“在哪儿？”

季清晚轻轻一笑：“做什么？”

男人轻嗤了一声：“你说我做什么？”

相亲？

刚刚他收到信息后，就一直盯着这两个字，感觉都快把手机盯出洞来了。

要不是怕她吓着，他可能直接就去劫人了。

下午和别的男人演戏，晚上又去相亲。

呵，行程还挺多啊。

不知道为什么，就算没见到他人，光听着他的话，季清晚就能想象出他现在的模样。

她忍俊不禁，解释道：“没有，没相亲。”

盛瑜微微眯眼：“什么意思？”

季清晚简要地把晚上的事情说了一遍，是自己被任尤州拿来当相亲的挡箭牌了。

盛瑜听完，扯了下嘴角：“任尤州？”

“嗯。”季清晚点了点头，怕他忘记，提醒道，“上次你在酒店见过的。”

盛瑜记得这人，眼睑下垂，慢慢开口：“替我送他一句话。”

季清晚眨眼：“什么话？”

他语气缓慢，淡淡地道出几个字：“离你远点儿。”

季清晚被逗笑："盛老师，有这么严重？"

"有。"盛瑜声音低沉，嗓音微哑，"严重到车钥匙都在我手里了。"

看来刚刚她没听错。

季清晚眉梢弯起，唇角微扬："那盛老师可以放下了，你——"

"阿晚。"

出门找人的不怕死的任尤州出声打断了她。

然而这声不止传到了季清晚这儿，也透过收音器，传入了盛瑜的耳中。

"……"

阿……晚？

季清晚一顿，偏头看去。

男人斜靠在包厢外的墙边，对上她看来的视线，扬了扬眉，启唇似是还要说什么。

季清晚见此，低头对手机里的人道了句："先挂了。"

盛瑜眼睑半垂，幽幽地道了句："离他远点儿。"

季清晚："……"

这是有多严重？

电话挂断，任尤州见她走来，悄无声息地向后退。

季清晚眯眼看向他："刚才干吗故意喊我？"

阿晚。

亏他能喊得出口。

任尤州见她在意的是这个，松了口气："我还以为你怪我打扰你和情哥哥了。"

"不，你没有想错。"季清晚坦然点头，"确实打扰了。"

任尤州怀疑自己听错了："你刚刚说什么？"

"就是你想的那个意思。"季清晚眨眼。

"不是。"任尤州瞪眼，"什么情况？"

季清晚扬了扬眉，不置可否。

任尤州没听到回答，只能笑着摇头叹息一声："这盛公子挺能的啊！”

季清晚眼尾微扬，往包厢内看了一眼：“你也挺能的啊！”

相亲还带上她。

“可别，我这是被逼无奈。”任尤州揉了揉头发，无所谓道，“要不是你不和我结婚，我也不用这样。”

季清晚挑了挑眉，慢悠悠地问：“你这是怪上我了？”

任尤州笑着摇头：“不敢，不敢，我还指望你吹吹耳边风呢！”

“哦。”季清晚微笑，“他叫我离你远点儿。”

任尤州：“……”

小气的男人。

有病的男人。

唐志文现在脑子里默默地重复着这串字。

他转头看着旁边正闭眼假寐的男人，微笑着问：“你这次去想干什么？”

男人声调无波无澜：“没想干什么。”

唐志文咬牙：“没想干什么，请问您又为什么想过去？”

“哦。”盛瑜随意应了一声，带出三个字，“我喜欢。”

喜欢个空气！

你是喜欢人吧。

唐志文咬牙警告他：“你别惹事啊，安静地待着。”

话是这么说的，然而下戏后的季清晚正准备往休息间走时，半路上突然被工作人员一个个地喊着“谢谢季老师”。

她一脸蒙，见他们都捧着奶茶走过，而一路上道谢声接连不断。

“晚总！”后头的夏夏跑来，将手里的红茶递给她。

季清晚垂眸扫过杯身上的标志，眉头拧了一下：“怎么回事？”

夏夏低头朝她小声解释着奶茶的来源，还在最后道了句：“美玉在房间等你。”

季清晚：“？”

这是什么虎狼之词？

她接过红茶，走到休息间前，正要开门，里头的人先打开了。

季清晚抬眸与他对视，眨了下眼。

男人帽檐下好看的眉眼微挑，慢悠悠地道：“还以为季老师不打算来。”

他侧身让步，季清晚迈步往里头走，眼尾扬起：“你怎么让我的小助理向你倒戈的？”

他单手关上门：“签名，粉丝福利。”

“还真是见色忘义。”季清晚感叹了一句，转身看向他，语调带着疑惑，“你怎么过来了？”

“哦，探个班，顺带……”话音拉长，盛瑜垂眸看她，对上那双浅淡棕眸，尾音拖着惯有的散漫，“追个人。”

男人的话很直白，却没了最重要的一段。

季清晚握紧手中的杯子，对上他的视线，点点头：“盛老师有喜欢的人了？”

“有。”男人应着。

季清晚指腹轻轻拂过杯身，淡淡地问：“在这个片场吗？”

“在。”盛瑜舔了下唇，又补充一句，“离得还有点儿近。”

季清晚闻言，好奇地问：“那您打算怎么追呢？”

盛瑜抬了抬眼，扫过她手中的杯子：“送奶茶，每天过来探班吧。”

季清晚“哦”了一声：“盛老师是要走怀柔路线？”

盛瑜点点头：“这只是暂时的，怕她被吓跑了。”

季清晚神情自然，问道：“哪位美女能被您追呢？”

“很巧。”盛瑜眉梢微扬，慢条斯理道，“是你认识的人。”

季清晚微顿：“谁呢？”

盛瑜薄唇微启，带起声线：

“阿晚。”

“我要追阿晚。”

五个字清晰明了，伴着他低哑的声音。

看来他还在纠结昨天任尤州对她的称呼。

小气鬼。

季清晚嘴角无声扬起，“哦”了一声：“阿晚说让您慢慢追。”

盛瑜闻言丝毫不意外，摇头叹息：“季老师心真狠啊！”

季清晚失笑地问：“那你会放弃吗？”

“放弃？”盛瑜抬了抬眸，勾唇淡笑，“我，盛瑜，人生里可没有这个词。”

明明是个性子懒散的人，可他毫不畏惧，狂妄嚣张得很。

“那就期待盛老师的表现了。”季清晚笑着，看了眼时间，问他，“你没行程？”

“没有。”盛瑜答完，似是想到什么问她，“不觉得我很好？”

季清晚没懂：“嗯？”

“追人专心致志，不三心二意。”盛瑜带起熟悉的懒腔，悠悠地得出结论，“说明我是个专一的人，可信。”

季清晚：“……”什么歪理！

她也没拖沓太久，和他说了句准备出去片场拍戏，转头正打算让他留在这儿，就见他已经戴上了口罩。

这架势是要跟着出去了。

“做什么？”季清晚看着他，奇怪地问。

“探班啊。”盛瑜懒散地笑了，勾着点儿音，意有所指，“不跟着，怕我们阿晚又被别人勾走了。”

“……”

季清晚一噎，说不过他，迈步往门边走，伸手转动门把打开。

外头正在偷听的人瞬时一倒，慌忙站稳后弯腰问好：“晚总好！”

季清晚看着她这马后炮的样子，眼尾微挑：“怎么不是问你的美玉好？”

夏夏轻咳了一声：“您好，美玉才能好。”

她的识相优点完全在这儿展现出来了。

季清晚被她逗笑，看向身旁的人：“我把她给你算了。”

盛瑜挑了下眉：“给我干什么？”

季清晚下巴扬了扬：“她可是你的小迷妹，都向你倒戈了，可以算是你的人了。”

盛瑜闻言“哦”了一声，反问她：“我也是你的头号粉丝，你能收了我？”

季清晚被哽了一下。

身旁默默吃了几口狗粮的夏夏举手示意：“不！我的身和心都属于晚总，我不跟美玉，我只爱晚总您！”

这话一出，盛瑜眉心微蹙：“这是要跟我抢人？”

夏夏默默低头：“……我退出。”

听着这俩人的对话，季清晚扶额往前走。

“晚姐。”刚下戏的苏怡宝过来打招呼，她身旁的贝诗蕊第一眼先看到身后的夏夏和戴着口罩、帽子的盛瑜。

季清晚颔首应了一声：“结束了？”

“没有，导演让我们休息一下。”苏怡宝摆了摆手，注意到夏夏身旁全副武装的男人，稍稍疑惑，“晚姐，这是你的助理？”

季清晚自然地回答：“嗯，公司派来实习的，这几天跟着我，但是得了感冒。”

苏怡宝也没怀疑：“原来是这样，我还奇怪他干吗戴口罩呢！”

季清晚侧头看了眼夏夏，夏夏心下了然，带着盛瑜往后走。

看着两人迈步离去，贝诗蕊莫名笑了一声：“如果不是清晚说那位是助理，我还以为是你的朋友，不好露面呢！”

季清晚闻言淡笑着反问一句：“贝小姐今天的戏一条过了？”

这话说得贝诗蕊顿时一僵，苏怡宝看了她一眼，没说话。

早上导演喊“卡”都喊累了，在场的人都知道是什么情况。

贝诗蕊都快被工作人员吐槽完了，说她演技不好，脾气还大。

季清晚看着她的表情，嘴角轻扯：“建议贝小姐还是好好钻研一下自己的演技，其他的事还是别太在意了，也能让大家轻松点儿。”

言外之意就是让她管好自己，好好演戏，别再浪费大家的时间了。

贝诗蕊哪能听不懂她的话，脸色有些不好看，但她强撑着笑了笑：“清晚，谢谢你的提醒，但我也提醒你一下，太明目张胆不好，容易出事。”

说完，她转身往自己的休息位走。

苏怡宝见她离去，茫然地看向季清晚：“晚姐，她说什么呢？”

季清晚眨了下眼：“我也不知道。”

苏怡宝盲猜道：“她难道是指你的演技太好了？”

“她可绝不会有这种想法的。”

季清晚也在想这人估计又要整什么事出来。

苏怡宝还打算说什么的时候，导演那边已经开始喊人了。

季清晚让她去拍戏，自己则转身往后走。

夏夏屁颠儿屁颠儿地迎上前：“晚总，贝诗蕊又找碴儿了？”

“可能是吧。”季清晚随意应了一句。

夏夏皱眉：“她怎么整天这么闲，不能管好自己吗？”

“她如果能管好自己就不是她了。”季清晚好笑道。

一旁的盛瑜扫了眼贝诗蕊那边：“竞争？”

季清晚扯了下嘴角：“竞争倒说不上，我没那时间和她争。”

“就算她要争也争不过我们晚总啊，就是小手段太多。”夏夏小声嘀咕着，“听说她一直在导演圈里头混，而且每次都有豪车接送，也不知道她的金主怎么看上她的。”

盛瑜挑了下眉：“金主？”

夏夏见他感兴趣，连忙分享了一下贝诗蕊的故事，说完还义愤填膺地添了一句：“要不是我们晚总誓死不从，哪儿还会有她的份儿。”

季清晚：“？”

“誓死不从……”盛瑜偏头看向季清晚，漫不经心道，“季老师有人约？”

季清晚摇头：“别听她乱说，没有那么夸张。”

誓死不从倒不至于。

但确实有人当面约过她，但还没等她出手，季家那边就放了话。

有些人也会从王薇艳那边下手。虽然王薇艳对这事睁一只眼闭一只眼，只要别惹事，她不会多说什么，但她也尊重艺人的选择。

问了季清晚的想法后，她就拒绝了那些人。

有时王薇艳还笑称季清晚是在浪费资源。

虽然季清晚是个财迷，但并不贪财。

夏夏有些担心地小声说道："可是晚总，现在贝诗蕊也算是有靠山的人，如果她对您施压怎么办？"

季清晚闻言，挑了下眉，没怎么在意地开口："那我能怎么办，我只是个小演员啊！"

这语气很无所谓，也很随便，却完全不担心。

夏夏明显不赞同，眉头拧紧着。

"需要靠山？"男人忽然开口问了句。

季清晚侧头看向他，盛瑜抬了抬眉，慢声道："要吗？"

"要什么？"季清晚疑惑。

"我——"男人尾音拖长，悠悠道，"我这座靠山。"

季清晚轻笑一声："盛老师在打什么主意呢？"

盛瑜语气随意："给你当靠山的主意。"

夏夏在后头听着，立马点头，季清晚瞧见，好笑地问："你点什么头？"

夏夏表情严肃："我举双手同意。"说完，她转头对盛瑜颔首，"我们晚总就麻烦您照顾了。"

盛瑜居然还有模有样地点头，应了一声："不麻烦。"

季清晚："……"

不多时，夏夏就被工作人员叫走商量事情去了。

留下了季清晚和盛瑜。

季清晚见他一直站着，便让他坐下。

盛瑜也不是会委屈自己的人，很自然地坐在她身旁的折椅上，侧头见她在看剧本，问了句："这次要演什么？"

季清晚回答："一场和男二号的戏。"
盛瑜闻言微微眯眼："亲密戏？"
季清晚听着他的语气，笑了一声，还没开口说话就被人打断了。
"晚姐。"
两人循声看去，季清晚见是林裕河，点头应了句："怎么了？"
林裕河扬了扬剧本："导演让我来找您对戏。"
"好，可以。"
季清晚示意他在一旁坐下，林裕河看到桌面上的奶茶杯子，笑着道："刚刚我也收到您的奶茶了，很好喝。"
季清晚闻言一顿，默默对上身旁男人的眼神，接着转头轻咳了一声："嗯，不客气，喜欢就好。"
盛瑜听着她的回答，嘴角扯了扯。
季清晚翻着剧本，低头先念自己的台词。
林裕河等了几秒要接话，一道系统铃声忽然响起，他愣了愣，抬头看去。
盛瑜摸出衣兜内振动的手机，看了眼屏幕后，起身往后走。
林裕河看着男人迈步离去，修长的身影站在树下，侧颜被帽檐和口罩遮挡着。
他愣了愣，觉得有些眼熟，问了句："那位是？"
季清晚解释说："实习助理。"
林裕河点头，没怎么在意刚刚一闪而过的熟悉感。

"你还在片场？"唐志文的声音从手机里传来。
盛瑜单靠在一棵树旁边，抬眸看着前边对戏的男女，语气有些淡："嗯，做什么？"
唐志文听着这语调："不是？你又怎么了？"
盛瑜："没怎么。"
唐志文也不理会他的性子，解释了一句："等下我们要开会，你回来一趟。"

“不回。”

“……”

“不是。”唐志文咬牙，“你天天在片场，人家季清晚也要拍戏的，你这不是打扰人家吗！”

唐志文的话落在耳边，然而盛瑜根本没在听，眼神落在前方。

可能是剧情需要，林裕河抬手拂上女人的侧脸，但有留空，并没有真的碰上。

“喂？盛瑜，你人呢？”电话那头没听到回答，又喊了一声。

盛瑜将一切收入眼底，微微垂眸，断开视线，开口给出答案：“等下回去。”

唐志文没料到他这么轻易就说回来，愣了愣：“干什么？还真怕打扰人家拍戏？”

“呵。”

男人压着情绪，冷嗤一声：“我怕他拍不了戏。”

“晚姐，先这样吧。”林裕河捏着剧本，咳了一声开口。

季清晚见他要结束，点点头：“好，你先休息一下吧。”

一旁林裕河的助理过来，朝季清晚问了声好后，便领着自家艺人走了。

林裕河起身，转头飞速瞥了眼树下的那个男人，快步往外走，然后歪了歪头“嘶”了一声。

总觉得自己的后背瘆得慌。

助理觉得奇怪，问：“怎么了？”

“感觉一直有人盯着我，怪怪的。”林裕河揉了揉自己的后脑勺。

助理闻言，顺着他刚刚看的方向望去，树下的男人身影挺拔，正迈步往季清晚休息的方向走，步伐不疾不徐。

他高挑的身姿在人群之中，颇为瞩目。

助理注意到他低头戴着的鸭舌帽和口罩，皱了下眉：“这谁？不会是跟踪狂吧？”

林裕河摇头解释："不是，是晚姐的助理，好像得了感冒。"

"助理？"小助理疑惑，"季老师的助理不是只有小夏吗？"

林裕河："实习的。"

小助理还是觉得有点儿奇怪，转头悄悄看了眼那个男人，猜测了一句："我看着不像是助理啊，会不会是季老师的……"

话没说完，意思明了。

林裕河轻轻皱眉："哪来那么多想法，晚姐不是没有男朋友吗？"

"现在女明星都有地下恋情啊，可能没爆出来呢！"小助理想起什么，接着开口，"现在网上不都在猜测季老师和盛瑜有关系吗？"

盛瑜？

林裕河闻言，脑海里下意识浮现出了他的长相，思绪一闪，他转头望去，瞧见那"实习助理"的身姿，惊讶不已——

应该不会吧……

季清晚见盛瑜回来，微微仰头："有事要去处理吗？"

盛瑜闻言垂眼看她，语气散漫，有些低沉："这么急着赶我走？"

季清晚摇摇头："不是，怕你不开心而已。"

这自然是指刚刚对戏的事，但这又不可避免。

"晚了。"盛瑜淡淡地道了句，"我都快被气饱了。"

不爽。

一直很不爽。

虽然知道这是她的工作需要，但只要想到别的男人接近她半分，内心深处还是忍不住暴动肆虐。

心里像是有一头鲁莽的野兽在横冲直撞。

甚至于想把她永远藏在自己的世界里，谁也看不到、碰不到。

只属于他，独占。

可她不喜欢。

季清晚眨了下眼："所以要走吗？"

盛瑜敛起眸光，掩盖着其间的暗沉，淡淡地应了一声："要走，等下有个会议。”

季清晚颔首起身：“那我送您。”

连尊称都用上了。

盛瑜侧扫了她一眼：“做什么？”

季清晚眼尾微扬：“看不出来？”

“嗯？”盛瑜没懂。

季清晚单手指了指自己，眨眼道：“我在哄你。”

“……”

盛瑜看着她，两人对视了几秒后，季清晚转头移开视线：“没有，我什么都没说。”

说完，她快速往前走。

盛瑜看着她头也不回的身影，低垂着头，勾起唇发出一声自嘲的轻笑。

哄他，还真的轻而易举。

笑意伴着低低的声线，透着浅浅的缱绻，传递到前头女人的耳边。

她转过头，表情严肃地威胁：“不准笑。”

可女人耳尖带红，浅眸微折着光影。

头一次说这种话，她才发现自己完全没有这人脸皮厚。

雨过天晴，盛瑜心情稍悦，迈步跟在她身后。

而季清晚也没打算送他到门口，只是刚好停在了自己休息室前，朝他挥了挥手：“你走吧。”

盛瑜见她完全就是顺路，抬了抬眸，语调稍抬：“这是送我？”

季清晚点点头，也学他的语气：“当然，这不是送了一半？”

明显是在耍赖。

盛瑜失笑：“那还真是辛苦我们季老师了。”

季清晚还在为刚刚的对话而尴尬，随意地开口道：“盛老师，再不走您的经纪人可能都等不及了。”

盛瑜抬眼看她，“哦”了一声：“我自己开车来的。”

季清晚：“……”

失策了。

“你走不走？”季清晚表情冷漠。

“走啊。”盛瑜点点头，幽幽地叹气感慨了一声，“但有点儿舍不得我们季老师。”

“那可惜了。”季清晚挑了下眉，“我挺舍得的。”

盛瑜闻言半垂着眼，不紧不慢地开口：“那季老师听我几句嘱咐，我再走好不好？”

季清晚自然地点头：“嗯，什么嘱——”

下一秒，面前的男人忽然上前，双臂一伸，将她揽进怀里。

季清晚猝不及防，整个人撞上他的胸膛，愣住了。

话音戛然而止。

他的气息紧紧包裹着她，带着他压抑的情绪。他一只手搂住她的双肩，一只手紧紧环着她纤细的腰肢。

陌生却又熟悉的味道。

是属于他的。

季清晚回过神后，就见男人低垂着头，温热的鼻息熨在她耳后的那片皮肤，他薄唇微启，轻轻地唤了一句：“阿晚。”

她身子微顿，低低地“嗯”了一声。

腰间横着的手臂微紧，深深禁锢着，带着满满的占有欲。

男人声音低沉，语调沙哑，压抑着心底的渴求：“乖一点儿，不要跑。”

不要被别人勾走了。

第十二章

失控

夏夏回来的时候，见只有自家艺人坐在折椅上，疑惑地问了句:“晚总，美玉呢？”

季清晚拿着剧本的手微顿，回道：“走了。”

夏夏闻言“咦”了一声：“怎么走了，他不是……”要陪晚总吗？

话音及时收住，她卡住没继续说。

季清晚抬了抬眼，轻点下颌：“他不是什么？”

夏夏眼神飘走，摇摇头：“没有，什么都没有。”

季清晚也没在意，低头看着剧本解释了一句：“他有点儿事，所以先走了。”

“好吧。”

夏夏叹了口气，安静了几秒后，没忍住又开口问：“那他什么时候还来呢？”

“人都还没走多远呢，你就想他了？”季清晚挑眉，好笑地问。

“没有啊。”夏夏摸了摸鼻子，“我这是怕您想。”

季清晚顿住，垂眸突然笑了一声，轻声问:“你怎么知道我想啊？”

夏夏以为这是反问，咽了咽口水:“我觉得您应该会想。”说完之后，她又急急忙忙添了句，“但是我觉得美玉应该更想您。”

季清晚嘴角微微扬起，没有回话。

他当然会想，都让我别跑了。

夏夏没听见回答，小声唤了一句：“晚总。”

季清晚抬眸看她：“怎么了？”

“可能是我瞎想的吧，但是……”夏夏舔了舔唇，“我觉得美玉好像喜欢您。”

季清晚垂着眼皮，眼睫阴影投在眸底，掩着情绪，淡淡地说道：“不算瞎想。”

这个人的在意和心思从来不怕被人发现，是直白的，但也透着散漫，张扬又内敛，从来不会笃定地说满。

让人有些迷惑、琢磨不透，却又无法抗拒。

从来没见过这样的人，第一眼是淡漠的，做事懒散随意，仿佛对什么事都不上心，说话也是，总是有能把人气死的本领。

可如果说他是个少爷脾气，他又有分寸有把握，不紧不慢地，就能把事情解决了。

似是已经掌控大局，只是他从来不急。

她想过这人会喜欢怎样的人，却没想到反应过来的时候，他已经悄无声息地把自己归入了他的领地。

她也意识到，他喜欢的人——

是她。

但那样散漫的男人，看人时那双漆黑的无波无澜的眼睛里，薄凉与寡淡各占了一半。

他这样的情分和喜欢，能维持多久？

季清晚的母亲对季善林的爱一直到死都在存着，可她至死所爱的男人呢？

他死后没有多看她一眼，只给她留了块墓地。

可笑又可悲。

所以现在让她选择，是爱还是等？

赌他爱她不变，还是等她用时间确认？

那她愿意等。

等到确认是他，不再改变。

…………

片场内，季清晚结束自己的戏份后，夏夏连忙拿着外套走上前来。

天气渐渐变冷，入夜后凉意扑面而来，有些刺骨。

季清晚天生怕冷，刚刚穿着旗袍站在镜头前演戏的时候就已经受不了了，一直在强撑着。

她接过夏夏递来的外套迅速穿上，保持着体温。

“晚姐。”旁边还穿着单薄的学生装的苏怡宝走来，看她已经披上了外套，笑了一声，“导演刚刚说要请我们吃火锅，全组人一起，你去吗？”

季清晚当然不会拒绝，点了点头。

苏怡宝见她同意，应了一声，转身去和导演报人数。

夏夏扶着季清晚的手皱了皱眉：“晚总，您的手也太冷了吧！”

季清晚吸了吸鼻子，没忍住打了个喷嚏。

前几天她也连着吹了几天的冷风，但今天完工结束晚，吹得就更久了。

怕她着凉，夏夏连忙拉着她去化妆间换衣服：“晚总，快喝点儿感冒灵。”

夏夏将杯子递给她，换回便装的季清晚接过喝了几口，就听到桌上的手机微微振动，她拿起打开看了一眼。

是苏怡宝给她发了火锅店的地址和包厢号。

季清晚看了眼时间，喝了几口药，起身收拾好，带着夏夏往外走。

停车场外。因为是临时起意的，夏夏代替了司机先进车库开车，季清晚站在门口等着。

剧组微信群一直在刷消息，她索性拿起手机查看。

都是工作人员们在开着玩笑，偶尔主演也会说几句。

季清晚被几条内容被逗笑。

忽然，她听见了外头的车子声，下意识微微抬头看去。

前面的人也瞧见了她，贝诗蕊拿着手机一顿，迈步向她走来。

季清晚看着她的举动，淡淡地问："贝小姐有事？"

贝诗蕊扫了眼她的四周："就你一个人，助理不在？"

季清晚闻言，眉梢微挑："贝小姐什么时候还关心起我的助理了？"

贝诗蕊半睨着她："季清晚，假借助理的名义带男人进来，你以为自己藏得很好？"

季清晚表情淡定："你什么意思？"

贝诗蕊轻嗤了一声："装什么呢！但你挺有能耐的啊，居然能攀上任家的少爷。"

季清晚闻言，难得一愣，回过神后，垂眸轻笑了一声。

任家少爷啊……

贝诗蕊也没在意她的笑："这次的女二号和《极速大逃脱》的综艺，是任家少爷给你的吧，你居然还真敢拿？"

"我为什么不敢拿？"季清晚觉得好笑，反问她，"怎么，嫉妒我？那你倒是去傍个有权有势点儿的啊！"

贝诗蕊听着这嚣张的话，面色微沉："季清晚！"

"叫那么大声干什么？"季清晚微微皱眉，"想让所有人知道你的事？"

贝诗蕊闻言，嘲讽道："你以为你能比我好到哪儿去，你不一样也是靠男人上的位。陪酒上床的事，你应该也熟悉得很，你哪儿的胆子说我？"

"我哪儿来的胆啊！"季清晚指尖半敲着手机屏幕，垂眸慢悠悠地开口，"这你可要在床上问问你的季哥哥了。"

贝诗蕊一顿，一时没有反应过来。

身后有车子驶来，季清晚见是夏夏开来的车子，迈步往轿车方向走，经过贝诗蕊时动作停了停，偏头微微垂眸，声音带着慵懒，吐字却清晰："洁身自好，这四个字我送给你，其他的我也没那么嘴碎，但前提，"话音微顿，季清晚抬起眼皮，露出那双浅褐棕眸，声线冷淡，"人不犯我。"

话音落下，她也懒得和贝诗蕊多说，伸手打开车门，可又似是想起了什么事，身影微顿，她“哦”了一声，“提醒一句——”季清晚抬眸看向她，淡淡地说道，“不会演戏就别演了，反正是浪费时间。”

在贝诗蕊那儿浪费了点儿时间，季清晚准点到了火锅店。

夏夏先送她到主演们的包厢，嘱咐了一句让她注意身体，然后去了隔壁的助理包厢。

到场的人员差不多都坐好了，苏怡宝留了个身旁的位置给她，看到她进来忙招手示意。

季清晚向导演们一一颔首，迈步往苏怡宝的方向走去，拉开椅子坐下。

苏怡宝给她倒了杯茶，放在她面前：“晚姐，怎么来得这么晚？”

季清晚接过，道了声谢，回她道：“刚刚出来晚了，路上有点儿堵。”

她揉了揉有些晕的脑袋，浅饮了一口茶，润了润唇。

放下茶杯，季清晚才注意到身旁的位置坐着是本剧的男主角——秦讯。

季清晚收到剧本的时候，男主角还没确定是谁。

进组后才知道是这位秦影帝，他因为行程有些冲突，进组比较晚，季清晚目前和他也没什么搭档的戏份，所以今晚算是两人在剧组的第一次见面。

“季小姐。”秦讯也注意到她，微微颔首致意。

季清晚回礼：“秦老师。”

一旁的苏怡宝听着两人的对话，笑了笑：“晚姐，这是你和秦老师综艺后的第一次见面吗？”

季清晚点点头：“算是。”

“哇，那你们也算是‘仇人’相见吧？”苏怡宝看着两人，有些激动，“一个是天使大人，一个是伯爵夫人，而且秦老师还‘杀’了你。”

季清晚闻言好笑道：“你怎么还在剧情里啊？”

苏怡宝摊手："因为印象深刻啊！特别是秦老师让你选择的时候，我都跟着一起纠结了，没想到最后你居然选择了'死亡'。"

她扭头好奇地问道："晚姐，你选的时候不纠结吗？"

季清晚眨眼："为什么会纠结？"

苏怡宝慢慢说道："你如果还活着，就可以逃出那座城堡啊，但如果你'死'了，盛瑜就可以逃走。"

"我没想过这个。"季清晚摇摇头。

苏怡宝疑惑："啊？那你怎么会选择让盛瑜活着？"

"迫于形势压力。"季清晚悠悠开口，"盛瑜老师的粉丝团浩大，我可不敢让他'死'啊！"

苏怡宝表情一呆，没想到季清晚居然想到的是这个。

秦讯在一旁听着，眉梢微扬。

苏怡宝回过神，歪了下脑袋："综艺第二期已经录制了吗？"

"还没有。"

"应该也快要录了吧！"苏怡宝更关心别的，"你知道这次剧本是什么吗？"

季清晚摇头："不知道，我还没收到信息。"

她转过头问身旁的人："秦老师收到了吗？"

秦讯也摇头："没有。"

苏怡宝见此顿感失望，季清晚看着她的表情，开口又给了她一击："就算我知道了，我们也不能告诉你，这是签了保密协议的。"

苏怡宝"啊"了一声："好难受，明明当事人就在我身边，但是我却什么都不知道，一点儿身份优势都没有，太难了吧！"

季清晚宽慰她："别难过，去录第二期的时候，我把播放时间告诉你。"

苏怡宝："？"

有什么用？

火锅宴还在继续，四周的人都在说笑打闹着，气氛热烈。

苏怡宝也参与其中，不时催着季清晚吃点儿东西，不要饿肚子。

然而季清晚没什么胃口，她没有动筷，只是点点头算应过了。

她伸手揉了揉太阳穴，觉得头有些难受，身子也有些发冷。

可能是晚上的风吹得太多了。

她端起茶杯浅饮一口，润了润干燥的唇，摸出手机准备给夏夏发信息。

四周环境嘈杂，有些刺耳，但又像是自带立体音响效果，在她脑子里一阵阵回荡着。

她开始有些晕眩，甚至一阵阵地耳鸣。

她眉心蹙起，感到自己不断发冷的身子，点开微信给夏夏发了句话让她过来。

“怎么了？”秦讯侧头看来，注意到她有些不对劲。

室内的温度有些高，但女人的脸色带着不正常的绯红，她紧抿着唇，唇色一片苍白。

季清晚收到夏夏的回信，朝秦讯道了句：“没事，应该是发烧了，等下麻烦秦老师帮我向其他人说一声，我可能需要回去休息。”

秦讯颔首，伸手准备扶她起来，季清晚摆手示意不用，道了谢后，拿起包和手机往外走。

门外等着的夏夏听见开门声，转身看去，瞧见她虚弱的样子，连忙伸手扶住她。

夏夏抬起手背探了探她的额头，立刻皱眉：“额头有些烫，晚总，我们去医院吧。”

脑袋的失重感很明显，季清晚摇摇头，撑着身子：“没事，先去停车场。”

夏夏点头接过她的包和手机，扶着她坐在大厅的沙发上，低声嘱咐了一句：“晚总，我先去开车，您等一会儿。”

夏夏的声音听起来有些缥缈，季清晚舔了下唇，应了一声。

热感来势汹汹，拖着好几天的感冒突然堆积爆发。

季清晚单靠在沙发上，觉得自己的世界有些颠倒，头重脚轻。

她索性闭上眼睛，可身体又忽冷忽热。

很难受。

不知坐了多久，一直没等到夏夏回来，季清晚垂眸想给她打电话，摸了半天，才想起自己的包在夏夏那儿。

她低叹了一口气，缓了一会儿，单手撑起身子准备站起。

大厅外人影晃过，火锅店的门忽然被人打开，门板上的铃铛声撞击响起。

丁零——

季清晚脑袋有些昏沉，迟了半秒才听见声音，她以为是夏夏回来了，微微抬头看去，一愣。

来人依旧是早上的穿着，身影修长高挑，步伐一改往日的不疾不徐，大衣衣摆随着他快速的步子微微摆动扫过。

微黄的灯影洒在他的脚边，男人身披夜色一步步朝她走来。

黑色鸭舌帽帽檐下的面容未被遮挡，而那双眼睛，深邃如夜色，却也隐约透着压抑的迫切感。

盛瑜垂眸，冷眸扫到沙发上的女人，寒意顿消。

他走近俯身，弯腰蹲下与她平视，抬手触碰她的脸颊。

透着凉意的指腹贴上她微烫的肌肤，季清晚一顿，意识有些不清明：“你……”嗓音有些沙哑，她清了清嗓子，重新问，“你怎么来了？”

温度有些烫。

盛瑜皱了下眉，收回手，淡淡地道：“先去医院。”

他起身弯腰伸手准备将她抱起，但季清晚似是察觉到了，摇了下头：“我可以走。”

这儿是公共场所，他们俩都没戴口罩。

盛瑜闻言眉头拧紧，明显不悦，正要否决的时候，季清晚已经借他的力站起身子。

她舔了舔有些干燥的唇，示意道：“走吧。”

男人没动，季清晚微微抬眸看他。

两人对视了几秒后，最后是他投降。

就听见他幽幽叹了口气："不是让你乖一点儿？"

季清晚脑袋晕晕的，反问道："你不是让我别跑？"

见她记得这个，盛瑜轻笑一声，抬起手腕，解开了大衣扣子。

他脱下外套，俯身披到女人肩上。

"季老师这么听话，怎么落得现在这副样子？"

盛瑜顺势手腕下行，牵着她的手往外走。

季清晚没有拒绝，索性借着他的力走着，半拖着音叹气："感冒也不是我能决定的，听话也没用啊。"

盛瑜闻言侧头看向她，淡淡地吐出两个字："活该。"

季清晚："？"

店外不能停泊，还需要走一段路才能看到车道。

季清晚看见熟悉的路虎车停在路边，夏夏就坐在车内，开窗等着两人。

盛瑜牵着她往前走，夏夏瞧见两人相牵的手，愣了愣，默默移开视线看向自家艺人的脸。

季清晚撑着沉重的脑袋走到车边，还在想这人是怎么过来的，猝不及防地就被身旁人揽进了怀里，脑袋撞入他的胸膛。

季清晚意识有些迟缓，顿了顿，刚要抬头的时候——

"别抬头。"

男人尾音落下，单手按住她的后颈，掌心的温度和她的皮肤温度不相上下。

季清晚听话地保持动作，下一秒，自己的头上被扣下了一顶鸭舌帽。修长的手指捏着帽檐，微微向下一压，遮挡住了她的视线。

他的举动有些突然，季清晚愣了一下，瞬时懂了他的意思。

有娱乐记者在偷拍。

盛瑜微微低头，把她藏进自己的怀里，示意夏夏开门，将人放进了后座位上。

车门关闭，男人绕过车身走到驾驶位旁顿了顿，他抬起眼帘朝后头的一辆轿车看去，眼神幽深。

盛瑜启动驾车离去。

娱乐记者们窝在车窗后面，及时收回相机镜头，有些胆战心惊地摸了摸自己的头："吓死我了，我还以为盛瑜要过来呢！"

"我都和他对视了，冷汗都冒出来了！"其中一人后怕地咽了咽口水，低头看着相机里的照片，转过头问，"盛瑜怎么突然过来了？"

"我怎么知道，我们至少拍到了素材。"

今天上头派来的任务是跟着秦讯，万万没想到被他们抓到了盛瑜这条大鱼。

一边的人按着相机查看，惊叫道："女主角的脸都被盛瑜挡住了，你们有谁拍到了吗？"

"没呢，这位大神手速快得很。"一旁的人想起刚刚盛瑜的眼神，斟酌了一下，问，"这条新闻发不发？"

"发啊，这如果发了肯定炸，而且盛瑜把这个女生的脸全都挡住了，肯定能上热门话题榜！"

"但这个女生到底是谁啊，居然能勾住盛瑜这么清心寡欲的人？"

"你管人家是谁，发就完事了！"

…………

两位话题主人公正坐在车里，盛瑜驾车操作方向盘，车子往季清晚住的酒店方向行驶。

夏夏在后座照顾着病人，季清晚靠在座椅上，脑袋昏昏沉沉的，颠倒得难受。

夏夏拿起外套裹紧她的身子，季清晚紧皱着眉，眼睑下垂，忽然冷得颤了颤身子。

车内空调温度被调高，暖风加大，透着阵阵暖意。

两边的绿化带不断倒退着，困意渐渐翻涌上来，季清晚轻轻合上了眼皮。

车子减速慢行，盛瑜刹车熄火下车。

夏夏小心地打开车门，正准备叫醒身旁的人。

“不用叫。”男人打断了她，侧头问她，“房间号是多少？”

夏夏顿了顿，看着座椅上的人斟酌了一下，老老实实地把房间号告诉他，顺便也把房卡给他了。

“那麻烦您照顾一下晚总，我先去买退烧药。”

盛瑜颔首应了一声，微微弯腰拿起坐垫旁的鸭舌帽，指节微压，戴好扣在头顶。

他俯身低头将昏睡女人身上的大衣裹紧，伸手揽腰抱起，动作轻缓，小心翼翼的，似是抱着一件贵重的珍宝，怕她被惊醒。

身后不远处，刚走几步的夏夏想起自己的包忘记拿了，连忙转身，准备开口说话时忽然一顿，止住了嘴边的话。

她看清了盛瑜站在车旁，垂眸看着怀内女人的神情。

往日的淡漠疏离、无波无澜被打破，他的眼神中盛满了难以言喻的极致克制，压抑又深藏情愫。

房间在 301 室。

盛瑜抱着怀里的人到达房间门口，身旁的服务生拿着房卡感应解锁开门。

屋内漆黑一团，房卡插入通电开关，灯光亮起。

服务生已经完成了自己的职责，朝身旁的人侧身示意，盛瑜微微颔首道谢。

服务生浅笑转身退出后，带上房门。

咔嗒——门锁相合声响起。

盛瑜迈步往隔间走去，单膝跪在床榻上，微微弯腰将怀内的人轻轻放入被褥间。

女人似是感到了柔软，自觉地侧过身子，躺进被窝里。

盛瑜看着她这副模样，眉梢微扬，身子移动，索性坐在床边，伸手将她散乱的碎发别到耳后，而后低声唤了句：“季清晚。”

女人的侧脸线条美好，眼睑轻合，长睫卷翘如扇，脸颊酡红，粉嫩的唇瓣微张，呼吸有些沉。

没有人回应他。

盛瑜垂眸笑了一声："心倒是大。"

也不怕他会做什么。

女人昏睡着，忽地微微蹙眉，似是有些冷，蜷缩起了身子。

盛瑜见此单手拉过一旁的棉被，盖在她的身子上，替她仔细掖好被角，又拿过床头柜上的遥控器，调高室内的温度。

一切保温工作做完后，盛瑜看着手中的遥控器，顿了顿。

他从来不知道自己还有这么贴心的一面。

半晌后，盛瑜摇摇头似是感叹地放下遥控器，坐在床边看着女人，散漫地道了句："如果病还不好，可就对不起我的所作所为了。"

仿佛听到了他的话一样，季清晚似是不同意，拧了一下眉，动着身子想挣脱开自己身上的被子。

发烧冷感过去后，体温开始上升。

季清晚迷迷糊糊地觉得自己像在火炉里蒸烤一样，热得让她难受。

她晕乎乎地将双手伸出被褥，感受到空气的凉意后，稍稍有些舒适了，正抓着被子边缘准备掀开的时候，却被人压住了。

"做什么？"男人懒洋洋的语调传来。

她皱着眉头，不舒服地吐出一个字："热。"

盛瑜双腿交叠着，一手支颐，一手压着被子，毫不留情道："忍着。"

季清晚闻言顿时不满，想挣脱开被子和他的束缚，然而脑袋太沉、太重，她扯了几下后，放弃了。

"……我热。"女人半侧着身子，说着似梦非梦的话。

她语调半拖着，声音喑哑无力，比平常清醒时轻软了些，似是撒娇、耍赖。

"知道你热。"盛瑜伸手轻抚过她冒着细汗的额角，温声道，"但乖一点儿，忍一会儿就好了。"

如果此时唐志文看见现在这个男人轻柔到极致的神情和动作，可能觉得他是被鬼上身了。

谁都知道这位少爷最没耐心，然而现在这人不只耐心十足，居然还在哄人。

可被哄的那位完全没感觉，歪着脑袋，埋进被褥重新陷入昏睡中。

盛瑜等了几秒后没得到回应，微垂下眼，笑得无奈：“小没良心的。”

被骂后，女人依旧没什么反应，她一直保持着低头的姿势，鼻息被掩盖在被子下。

怕她呼吸不畅，盛瑜伸手托起她的脑袋瓜，放在枕头上。

季清晚睡得很熟，呼吸轻缓又安静。

盛瑜低垂着眼，冰凉的指腹轻轻扫过她的脸颊。

细腻而温热的触感。

温度有些烫，顺着指尖一直流淌、传递到他的心脏。

季清晚。

三个字在嘴边轻轻散开。

唐志文问过他为什么会喜欢她，他当时没回答。

因为他不知道。

二十几年都这么清心寡欲地过了，突然冒出了别的心思，他确实不知道。

感情是没有由头的，他只知道他会忍不住接近她，想和她说话，想把所有最好的东西都给她，更想……把她占为己有。

所有的情绪慢慢堆积，这是不妙的感觉。

完完全全脱离了他的掌控，他不想在意，可又发现，一些他从未在意过的细节总会在无人时，一点点浮现在他的脑海里。

初次的相遇，她穿的衣服是什么样的，离别时她在手帕上的签名，最后笔渍留点……

等最后回过神的时候，发现人已经住进他的心里了。

而这人也总是能轻易地扰乱他的情绪。

看到季清晚和林裕河演戏的时候，他头一次真实地感受到她不属于他。

吃醋的情感袭来，冲走了他的理智。

可他没有任何身份能指点这件事。

无力和挫败感同增。

盛瑜注视着她的睡颜，指尖抚过她的脸颊，启唇，声线压低，轻轻唤了一声："阿晚。"

话音落下，屋内安静至极，只有空调运转的声音，而床上人呼吸的声音均匀——她安静地睡着，毫无反应。

他眼睑下垂，视线落在她合着的眼眸上，又顺着鼻梁下移，落在她的唇瓣上。

昏暗的光线，有些诱人遐想。

停了几秒后，盛瑜单手撑着床榻，倾身靠近，低垂下头。

冰凉柔软的唇，轻轻吻上她温热的唇角。

（未完待续）